KB078193

말년병장, 이등병되다!

이등병되다!

에바타리체 장편 소설

FUSION FANTASTIC STORY

말년병장, 이등병 되다! 4

에바트리체 장편 소설

초판 1쇄 찍은 날 § 2014년 7월 22일
초판 1쇄 펴낸 날 § 2014년 7월 28일

지은이 § 에바트리체
펴낸이 § 서경석

편집부장 § 권태완
편집책임 § 박은정

펴낸곳 § 도서출판 청어람
등록번호 § 제387-1999-000006호
등록일자 § 1999. 5. 31
어람번호 § 제1-1899호

주소 § 경기도 부천시 원미구 부일로 483번길 40 서경B/D 3F (우) 420-822
전화 § 032-656-4452 팩스 § 032-656-4453
http://www.chungeoram.com
E-mail § chungeorambook@daum.net

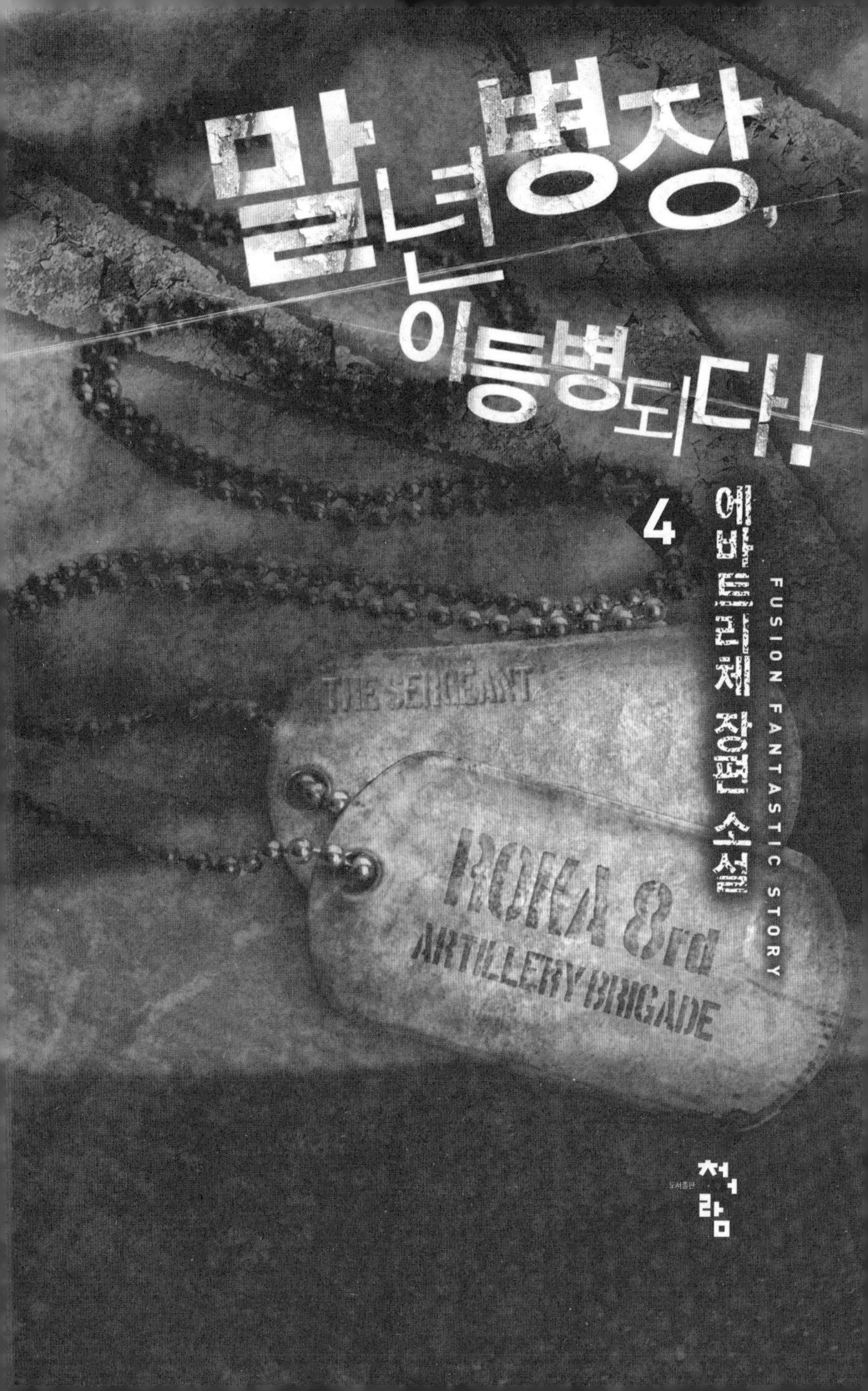

CONTENTS

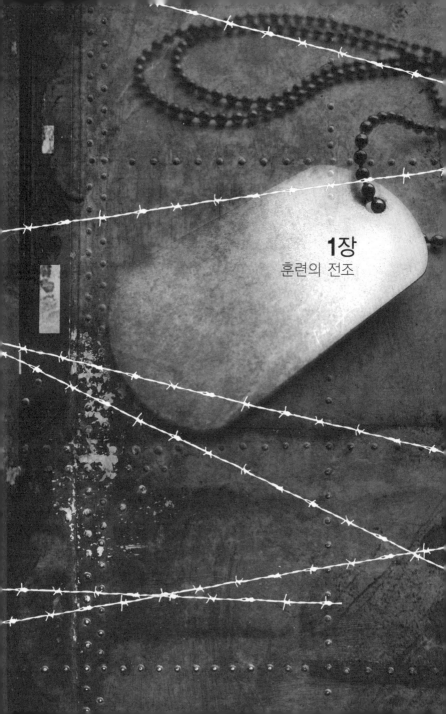

1장
훈련의 전조

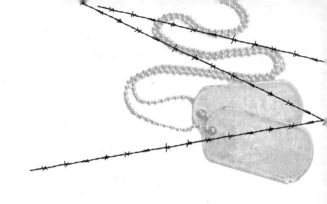

  행보관에게 들킨 줄도 모르고 작업 능력을 인정받은데 기쁨을 표출하는 도훈과 철수는 하루 일과를 마치고 돌아와 샤워를 한다.

  곡괭이질은 체력 소모가 극심한 막노동 중 하나라고 할 수 있다.

  철주를 박는 해머질, 그리고 땅을 까야 하는 곡괭이질.

  이 두 가지 막노동은 극심한 체력 소모를 요하기에 다들 가급적이면 피하고 싶은 류의 막노동 중 하나이다.

  특히나 곡괭이질 같은 경우에는 위험하기도 하고 테크닉을 필요로 하기에 가급적이면 막 전입해 온 신병에게는 맡기지 않는다.

하지만 도훈은 너무나도 익숙하게 곡괭이질을 선보였다.

그 점에 대해 문득 의구심이 생긴 대한이 점호가 시작되기 전에 도훈을 부른다.

"너, 어디 막노동하다 왔냐?"

"아닙니다. 평범하게 학교 다니다 입대했습니다."

"설마 그 학교가 농촌학교 이런 건 아니겠지?"

"도심 한가운데에 있는 국립대입니다."

"이상하다."

뭔가 앞뒤가 안 맞는다는 표정을 지어 보이던 대한이 다시 한 번 도훈에게 대답을 요구한다.

"너, 우리한테 거짓말하는 거 아니냐?"

"제가 무슨 이유로 김대한 병장님한테 거짓말을 하겠습니까."

"아니지. 혹시 이럴 수도 있잖아. 막노동하고 왔다는 사실이 알려지면 여기저기 작업에 끌려갈 수도 있으니 일부러 밝히지 않는 것일지도."

"전 우리나라 드라마에서 자주 써먹는 출생의 비밀 같은 건 사용하지 않습니다."

딱 잘라 말하는 도훈에게 더 이상 할 말이 없는지 대한이 머리를 긁적인다.

"뭐, 일 잘하는 건 우리에게 손해가 아니니까."

대한의 말 그대로이다.

곡괭이질을 비롯해서 눈치가 빠른 것, 압존법이나 군대 말투를 아주 자연스럽게 사용하는 법 등 여러 가지 일에 너무나도 능숙하다.

정체불명의 신병, 그것이 바로 이도훈이다.

'하지만 첫 번째 훈련만큼은 어리숙한 신병 티가 나겠지.'

난생처음 겪어보는 훈련에 당황하지 않을 이등병은 없다.

그런 생각을 품은 대한은 사뭇 내일이 기대된다는 표정을 지을 수밖에 없었다.

자신의 분과에 소속되어 있는 신병이 오히려 실수를 하기만을 기다리는 선임이라니, 모순된 생각이지만 그 정도로 도훈의 행태가 너무나도 군인답다.

의심이 될 정도로 말이다.

"화스트 페이스!!"

"화스트 페이스!!"

아침에 일어나자마자 불호령처럼 떨어진 전투 준비 태세 화스트 페이스 구령이 우렁차게 제1포대 막사 내에 울려 퍼지기 시작한다.

벌써부터 정신이 몽롱한 상태를 선보이는 철수지만, 그에 비해 이미 전투 준비 태세 발령이 나기 10분 전부터 두 눈을 또랑또랑 뜨고 있던 도훈은 재빠르게 자신의 군장부터 챙긴다.

"뭐, 뭐야? 아침?!"

"이등병 새끼가 빠져가지고! 야, 김철수, 뭐하고 있나!"

"죄, 죄송합니다!"

범진의 호랑이 같은 소리에 후다닥 일어난 철수가 재빨리 도훈의 행동을 보고 따라 하기 시작한다.

동기 좋다는 게 뭔가.

이미 빠르게 군장을 챙긴 도훈은 벌써 전투화를 신고 있다.

순식간에 전투화의 끈을 졸라매고 튀어나간 도훈이 단독 군장을 걸쳐 메면서 행정실로 들어간다.

가장 먼저 행정실로 들어온 인물이 도훈이라는 사실을 깨달은 행보관이 도훈의 등을 빠악 한 대 후려친다.

"억?!"

"짜식, 역시 네 녀석이 1등이구만. 행동도 빠르다."

"이, 이병 이도훈!"

"후딱 가서 다른 이등병들의 코를 납작하게 해줘라."

"예, 알겠습니다!"

하나포 분과 총기를 전부 꺼낸 도훈이 왼쪽 어깨에 한 점, 오른쪽 어깨에 한 점, 나머지는 양손으로 들고 생활관 안으로 들어간다.

"총기 가져왔습니다!"

"오, 행동 하나는 기가 막히게 빠르구만!"

대한의 예상은 너무나도 어이가 없을 정도로 빗나갔다. 아침부터 도훈이 실수를 하나 안 하나 지켜보고 있던 대한이지만, 실수투성이는 모두가 예상한 철수 차지였다.

총기를 배급받은 하나포 분과 인원들. 도훈은 남는 시간 동안 철수의 군장까지 챙겨주었고, 이후 각자 군장을 들고 포상으로 뛰어가기 시작한다.

포상까지의 거리도 생각보다 꽤 된다. 군장을 들고 걷는 것도 힘든데 이걸 들고 뛰어갈 생각을 하니 벌써부터 체력이 팍팍 빠져나가는 기분이 들 것이다.

군장을 놓고 철수에게 또다시 막사까지 뛰어 올라가야 한다고 재촉하는 도훈이 언성을 높인다.

"얌전히 앉아서 쉴 틈 없어, 새끼야!"

"또, 또 뭘 가지러 가야 하는데?"

"화생방 보호 물자하고 K3 가지러 가야지."

"…뭐?"

그게 뭐냐고 묻고 싶은 철수였으나 질문쟁이도 체력이 방전되면 질문할 생각도 안 들게 마련이다.

게다가 남들은 다 우왕좌왕하며 뭔가 바삐 움직이는데, 가만히 앉아서 질문이나 하고 있을 수는 없지 않은가.

일단 뛰자!

생각할 시간은 차후로 미뤄두어야 한다.

그것이 도훈의 옆에서 지금까지 군 생활에 대한 나름의 지식을 습득해 온 철수의 군 생활 철칙 중 하나이다.

앞뒤 생각하지 말고 도훈이 하자는 대로 따라 하기 시작한 철수. 헉헉거리며 막사 위로 올라오자, 거대한 기관총 하나를 나란히 들고 내려오는 범진과 재수가 이들보다 더 피로한 표정을 지으며 포상 쪽으로 내려간다.

"저, 저게 뭐야?!"

"K3라고, 기관총이라고 생각하면 돼."

"우와! 짱이다! K시리즈!"

단발적인 감탄을 자아내는 것도 잠시,

"따라와라. 화생방 물자 날라야지."

"어, 어!"

보호의와 보호 장갑 등등 화생방 상황에 필요한 물자들이 담겨 있는 박스를 포상으로 옮겨간다.

화생방 물자가 보관되어 있는 장소는 막사보다도 더 위에 위치한 언덕이었기에 이들의 체력은 거의 바닥으로 떨어져 갔다.

간신히 모든 물자를 다 나르고 포상에 모이게 된 하나포 인원들.

차기 분대장을 달 안재수가 이들에게 말한다.

"다들 시간 남으니까 이럴 때 위장 크림 발라라."

"예, 알겠습니다!"

그때, 한수가 도훈에게 자신이 가지고 있던 위장 크림 하나를 건넨다.

"너희 위장 크림 없지?"

"예."

"나한테 하나 남으니까 그거 써라. 포대전술훈련이니까 빡 세게 위장할 필요는 없고 그냥 얼굴 위에 검, 갈, 녹 순으로 바르면 돼."

"알겠습니다."

익숙하게 손가락으로 위장 크림을 슥슥 문대는 도훈과는 다르게 철수는 위장 크림을 처음 보는지라 매우 신기해하는 눈빛을 하고 있다.

"이게 그 말로만 듣던 피부 아작 난다는 위장 크림인가?"

바르면 나도 모르게 절로 뾰루지가 쑥쑥 튀어나오는 위장 크림. 피부에 안 좋은 현상은 다 일으킨다는 바로 그 전설의 아이템에 철수가 잠시나마 손을 멈춘다.

이걸 발라야 하나, 말아야 하나.

물론 바르기 싫다고 안 바를 수도 없다. 그랬다간 무슨 얼 차려를 받을지 모르니까 말이다.

철수와는 다르게 도훈은 아주 익숙하게 검, 갈, 녹 순서로 자신의 얼굴에 위장 크림을 덕지덕지 바르기 시작한다.

땀 때문에 잘 안 발라지긴 했지만 그런만큼 위장 크림을 많이 사용하여 위장 완료.

반면, 철수는 도훈이 위장을 하고 나서야 겨우 위장 크림을 바르기 시작한다.

도훈이 하던 그대로 손가락을 내밀어 위장 크림을 몇 번 슥
슥 문지르더니,

"…촉감이 더럽게 안 좋네."

돼지기름으로 떡칠한 크림을 만지는 듯한 촉감이다.

"이런 걸 얼굴에 바르니까 피부가 아작이 나지."

"불평 그만하고 후딱 바르기나 해라. 어제처럼 한수 일병
님한테 또 혼나고 싶냐?"

도훈의 핀잔에 철수가 입을 삐쭉 내밀며 알았다고 대충 대
답하곤 위장을 시작한다.

위장 크림 세트에는 손거울도 달려 있기에 자신의 얼굴 상
태를 확인하며 바를 수 있다는 편리함이 있다.

물론 거울 상태가 매우 안 좋다는 사실은 감안해야 하지만,
그래도 없는 것보다는 낫다 생각하며 열심히 위장을 완료한
철수.

"어때? 잘했지?"

"그래, 무식하게 떡질 하나는 잘하는구나. 역시나 정력왕."

"떡질이 아니라 떡칠이다, 이놈아."

군대식 언어유희 말장난을 보여주는 사이 위장을 마친 김
대한이 도훈에게 말한다.

"도훈아, 넌 나랑 사주경계 나간다."

"예, 알겠습니다."

포상 입구에 있는 작은 호에 대한과 나란히 들어가 총기

받침대에 총기를 걸어놓고 경계를 한다. 이동 전까지 이렇게 2인 1개 조로 번갈아 가면서 경계근무를 서는 게 기본 훈련 패턴 중 하나이다.

밥을 먹을 때도 경계를 서는 두 명을 제외하고 나머지 인원들이 먼저 밥을 먹은 다음 교대를 해준다.

"한수는 범진이와 같은 조, 재수와 철수가 나머지 조다. 알겠나."

"예, 알겠습니다!"

빠르게 2인 1개 조를 짜주는 김대한. 역시 현역 분대장다운 판단이다.

하나포에서 누구보다도 분대원들에 대해 많이 알고 있으며, 어떤 식으로 인원을 배합해야 원활한 경계근무를 설 수 있는지 잘 알고 있다.

게다가 병장이기에 보는 안목도 다른 선임들에 비해 훨씬 넓은 편이다.

하지만 그런 대한보다도 도훈이 더 짬밥이 많다는 건 비밀이다.

"그나저나 도훈아."

"예, 김대한 병장님."

"화생방 물자 나르는 거, 혹시 한수가 알려줬냐?"

"얼핏 들은 거 같습니다."

"흐음."

화생방 물자를 날라야 한다는 걸 알려줬는지 알려주지 않았는지에 대해서는 대한으로선 알 길이 없다. 설사 한수가 알려주지 않았다고 한들 다른 사람들이 화생방 물자를 옮기는 모습을 보고 반사적으로 자신도 행동에 옮겼을 수도 있다.

도훈은 눈치가 빠른 녀석이니까 말이다.

내심 도훈이 이번 훈련 때 어떠한 실수를 하는지 궁금해하던 대한이었지만, 이제 슬슬 그런 생각을 버려야 할 때가 되었다는 생각을 하게 된다.

이 녀석은 특 A급이다.

부정할 수 없는 사실에 대한은 연신 고개를 끄덕일 뿐이다.

한편,

대한과 도훈 조가 경계에 임하고 있을 때, 남은 인원들은 포상에 모여 체력을 비축하기 시작한다.

물자를 나르느라 이미 체력이 거의 바닥으로 떨어졌는지라 이럴 때라도 쉬어야 한다는 게 대한의 판단이기 때문이다.

그래서 일부러 분대장이자 가장 고참급인 대한이 자처해서 경계를 나갔고, 그나마 체력적으로 별다른 문제가 없어 보이는 도훈과 같이 사주경계를 하게 되었다.

재수는 부분대장이기에 남아 있어야 한다. 그리고 남은 훈련 중에 중요한 역할을 담당해야 하는 범진과 한수는 앞으로 체력을 쓸 일이 많이 남았기에 미리 체력을 보충해 둔다.

철수는 그냥 짬 안 되는 신병이라서 가만히 놔두기로 한다.

"어떠냐, 신병. 처음 겪어보는 준비 태세는."

범진이 씨익 웃으며 묻자 철수가 고개를 절레절레 흔들며 말한다.

"정신이 하나도 없습니다."

"그야 당연하지. 그래도 실제로 전쟁이 일어났다는 가정하에 훈련하는 거니까 잘 보고 배워둬. 나중에 니가 후임들에게 알려줘야 할 테니까."

"예, 알겠습니다."

그때, 타종 소리와 함께 스피커를 통해서 행보관의 목소리가 들려온다.

—아, 아, 지금부터 전 병력은 이동 준비 실시할 수 있도록 한다. 현 시간부로 이동 준비 실시할 수 있도록.

방송을 듣고 있던 재수가 자리에서 일어서며 포상에 앉아 있던 이들에게 외친다.

"자, 이동 준비!"

"이동 준비!"

재수의 말에 따라 범진과 한수가 부지런히 움직이기 시작한다. 반면, 매번 도훈 옆에 붙어 있었으나 이번만큼은 경계를 나가 있는 도훈과 떨어진 채 혼자서 이등병 역할을 해야 하는 철수에게는 커다란 난관이 찾아왔다.

"야, 신병! 정신 똑바로 차려! 이동 준비라는 말 못 들었어?"

"죄, 죄송합니다!"

어리바리한 태도를 보이던 철수가 결국 재수에게 한소리 듣게 된다.

이럴 때 도훈이라면 어떻게 했을까.

물어볼 필요도 없이 곧장 포 사격 기재들을 주섬주섬 모아 차에 실을 준비를 했을 것이다. 하지만 철수가 그 사실을 알겠는가. 도훈과 다르게 철수는 완벽한 신병이니까 말이다.

한편, 경계를 서고 있던 김대한이 포상 쪽으로 다가오는 5톤 트럭을 보고서 도훈에게 말한다.

"내가 차량 유도할 테니까 넌 호 지키고 있어라."

"예, 알겠습니다."

호에서 빠르게 빠져나와 총을 걸쳐 멘 대한이 하나포 담당 운전병에게 소리친다.

"왜 이리 늦었어, 팔계?"

"이것도 나름 빨리 온 것입니다, 김대한 병장님. 제가 수송부에서 가장 먼저 올라왔다는 사실을 모르시는 겁니까?"

한눈에 봐도 뚱뚱해 보이는 거구가 운전대를 능숙한 솜씨로 다루며 천천히 5톤 트럭을 후진시킨다.

하나포 수송 담당이기도 한 이대팔 일병. 팔이라는 글자와 외형 때문에 팔계라는 별명이 붙어 있다.

그러나 보기와는 다르게 매우 능숙한 운전 솜씨를 자랑하고 있기 때문에 포문들 중에서 가장 첫 번째로 출발하는 하나포 운전병을 담당하고 있다.

"그렇지, 팔계야! 잘한다!"

수신호를 보내며 마치 삼장법사가 저팔계를 컨트롤하는 양 다루는 김대한 병장. 그제야 하나포 담당 수송병에 대한 기억이 떠오른 도훈이 머릿속으로 잠시 과거를 회상해 본다.

'성격은 정말 좋은 사람이지.'

왠지 소심해 보이는 것 같지만 의외로 터프하다. 그리고 성격도 시원시원해서 대인관계도 좋은 편.

그래서 도훈이 괜찮게 평가하는 선임 중 하나라고 인식하고 있는 인물 중 한 명이다.

"오라이! 오라이!"

어차피 5톤 트럭의 무자비한 소음 때문에 들리지도 않겠지만, 그래도 대한은 추임새를 넣으며 후진 신호를 계속 보낸다.

이미 포를 포차에 걸 준비를 마친 하나포 인원들이 포차가 뒤로 후진하는 것을 바라보고 있는 와중에.

"스톱!"

한쪽 주먹을 꽉 쥐어 보이자, 5톤 트럭이 신호에 맞춰서 정지한다.

그러자 포 가신을 순수한 인력으로 들어 올린 여섯 명의 젊은 용사가 포를 걸자 대한이가 마무리를 지으며 팔계에게 오케이 사인을 보낸다.

"됐어. 이제 시동 꺼도 돼."

대한이 포차를 탁탁 두드리며 말하자, 차의 진동을 느낀 이대팔이 포차에서 덩치에 어울리지 않는 날렵함을 선보이며 내려온다.

"너무 포차 두드리면 안 됩니다, 김대한 병장님. 요즘 겨울철이라 한창 민감해서 말입니다."

"어쭈! 이게 네 애인이냐? 살짝 건드렸다고 뭐라 그러네."

"에이, 곧 전역하실 분이 왜 그러십니까?"

"전역은 무슨. 나 전역하려면 아직도 4개월이나 남았어, 인마."

전역을 하기 전에 분대장부터 떼야 하지만, 대한은 분대장을 떼려면 아직 한참 남았다.

부분대장인 안재수에게 빨리 분대장 자리를 넘겨주고 자신도 말년 라이프를 즐기고 싶지만 제1포대 행보관은 말년 킬러로도 유명하기에 그런 생각은 진작 포기한 지 오래다.

매번 아침 집합 때마다 말년들을 속속들이 골라 작업에 끌고 가는 그 행태에 모든 말년이 혀를 내두를 정도니까 말이다.

포차에 걸고 남은 군장과 사격 기재들을 5톤 트럭 뒤에 싣고 있는 와중에 하나포 반장이 헐레벌떡 뛰어온다.

"이야, 미안하다. 얘들아, 내가 많이 늦었지?"

"전 하나포 반장님이 오늘 휴가 나가신 줄 알았습니다."

대한이 장난스럽게 말하자 하나포 반장이 섭섭하다는 듯이 말한다.

"이 무례한 자식. 그래도 나름 부사관 중에서는 가장 빨리 왔다고."

중사인 전포사격통제관을 제외하고 하사 중에서 가장 짬밥이 많은 게 바로 하나포 반장이다. 그래서 이 뺀질거림도 다른 하사관들이 뭐라 크게 말을 할 수가 없는 것이다.

다만 매번 행보관에게 엉덩이를 발로 차이는 일이 간혹 있긴 하다.

"그나저나 준비는 다 끝났냐?"

"예, 끝냈습니다."

"그래, 그래. 신병들도 고생 많았다. 이제부터 고생 시작이긴 하지만, 그래도 이동 준비까지 마치느라 수고 많았고."

"아닙니다!"

하나포 반장이 도훈과 철수의 어깨를 두드려 주자, 제각각 관등성명을 외친다.

특히나 철수는 완전 개고생이다. 도훈은 호에서 편하게 경계만 서는 역할이기에 별로 체력적인 소모는 없었지만, 철수는 무거운 사격 기재들과 동시에 자신들이 가지고 내려온 군장까지도 전부 날라야 했다.

게다가 이등병이 아닌가. 계급상의 지위 때문에 온갖 눈치를 보면서 가벼운 물건만 골라잡아 옮길 수도 없고, 최대한

힘쓰게 생길 만큼 무거운 물건만 골라 옮기다 보니 어깨가 다 나갈 지경이다.

특히나 포탄을 옮길 때에는 허리가 나가는 게 아닌가 하는 걱정까지 한 철수다.

다행히 허리는 나가지 않았는지 요리조리 허리 운동을 하면서 안도의 한숨을 내쉰다.

남자의 생명은 허리라고 하지 않는가.

철수에게 힘을 빼면 남는 것이 없기에 최대한 건강 상태에 유의를 하는 게 중요하다. 포병들이 가장 많이 앓고 시름하는 게 바로 허리니까 말이다.

"하나포 반장님, 이동 시간은 어떻게 되는 겁니까?"

재수가 군용 수첩에 적기 위해 펜을 꺼내며 묻자, 하나포 반장이 기억을 더듬기 시작한다.

"아마 10시 반일걸?"

"…아마입니까?"

"대충 그 정도 되겠지. 미루고 미뤄지다 보면 한 11시에 출발하겠다."

"진지는 어느 쪽으로 가는 겁니까?"

"3456 진지. 너희도 저번에 가본 적 있지? 무릉도원처럼 산봉우리 엄청 많은 곳."

"아!"

재수가 기억이 난다는 듯이 탄성을 자아낸다.

3456 진지. 주변에 민가라고는 없고, 있는 거라고는 산봉우리와 도로, 그리고 큰 호수가 도로 너머에 있다.

호수가 있어 아침만 되면 안개가 짙게 깔리는 독특한 진지이기도 하다.

그곳에 텐트를 치고 숙영을 해야 한다는 생각에 범진이 몸을 부르르 떤다.

"제가 제일 싫어하는 진지인데 말입니다."

"네까짓 게 말해봤자 위에 반영이 되겠냐. 그냥 하라면 하는 거지. 그게 바로 군대잖아?"

"하……."

나지막이 한숨을 내쉰다. 분명 도훈의 기억으로는 아침에 모락모락 피어오르는 아침 안개 때문에 일어날 때마다 매우 춥다.

게다가 지금은 한겨울이 아닌가. 추위에 한참 민감할 시즌에 아침 안개라니. 물기가 서리게 되면 그 물기는 얼음으로 변하게 된다. 얼음장으로 얼어붙은 텐트 안에서 하룻밤을 지새울 생각을 하니 벌써부터 정신이 아득해져 오는 게 바로 이들의 심정이다.

"우리도 슬슬 행보관님한테 한소리 듣기 전에 이동 준비 시작하자."

하나포 반장의 말에 따라 하나둘씩 포차에 탑승하기 시작한다.

각종 기재 때문에 차에 올라 자리를 잡기가 쉽지 않지만, 군인에게 불가능이란 없다. 우겨 넣으면 어떻게든 앉을 수 있는 자리는 나오게 마련이다.

덩치가 큰 철수와 키가 큰 범진이 고생을 좀 하긴 했지만, 마지막 김대한과 재수의 탑승으로 전원 탑승 완료.

운전석 옆에 오르기 전 하나포 반장이 주변을 돌면서 부대원들의 안전 여부를 살핀다.

"다 탔냐?"

"예!"

"떨어지지 않게 조심하고, 졸지 마라."

"하나포 반장님도 조시면 안 됩니다."

대한이 장난스럽게 말하자 하나포 반장이 대한의 엉덩이를 나무 막대기로 쿡쿡 찌르며 말한다.

"이 자식이 감히 포반장을 놀려? 나중에 두고 보자."

빠르게 선탑자 자리에 탑승한 하나포 반장을 끝으로 이동 준비가 끝이 났다.

그리고 시작된 진지 이동.

과연 이들 앞에 또 어떠한 시련이 있을지는 아무도 알 수 없었다.

덜컹덜컹!

움직이는 포차 안은 상당히 거칠게 덜컹거린다. 물론 안정

된 승차감을 기대한 건 아니었으나, 그래도 철수는 하다못해 몸이 공중으로 떠올랐다가 내려오는 이런 현상 정도는 최소한 없길 바랐다.

왜냐하면 철수의 몸이 요동칠 때마다 몸 여기저기에 둘러져 있는 완전군장에 총, 그리고 발밑에 있는 군장이 자꾸 철수의 발등을 찍는 것이 묘하게 신경 쓰이기 때문이다.

"승차감 참 좋구만."

반어법으로 표현한 철수의 말이 도훈의 귓가를 자극한다.

도훈 역시도 승차감에 많은 기대를 한 것은 아니다.

하지만 문제가 있다면 이 악몽 같은 승차감에도 불구하고 잠이 온다는 것이다.

포차를 탄 상태에서 잠을 잔다는 건 선임들에게 욕을 바가지로 먹겠다는 신호와도 같은 것이다.

이미 포차 끝에서 꾸벅꾸벅 졸기 시작한 대한. 병장이라는 특권과 더불어 대한보다도 높은 계급의 사병이 없다는 점 때문에 쉽사리 태클을 걸어오지는 않는다.

그에 반해 재수와 범진은 무념무상으로 바깥의 풍경을 바라볼 뿐이다. 워낙 일, 이등병 때 포차에서 존다고 욕을 하도 많이 먹은지라 이제는 웬만해선 잘 졸지 않는다. 더욱이 재수는 차기 분대장이 될 남자. 다른 누구보다도 모범을 보여야 하는 지위에 놓여 있다.

한편 후임급에 포함되는 한수와 도훈, 철수는 아직까지 잘 버티고 있는 모습이다.

포차 내에서도 사주경계를 해야 한다는 명목하에 총구를 포차 바깥을 향해 겨누고 덜컹거리는 포차를 타며 드라이브 길에 오르는 이들.

겨울의 날카로운 바람이 마치 살갗을 베어버릴 것만 같은 착각을 불러일으킨다.

그러나 이런 추위에도 잠의 요정은 어김없이 찾아오는 법.

"…드르렁."

순간 미세하게 코고는 소리를 들은 도훈이 반사적으로 옆에 앉은 철수를 본다.

이미 녀석은 코까지 골며 단잠에 빠진 지 오래.

어이가 없다는 표정을 지어 보이던 도훈이 손날을 세우고 철수의 뒷목을 노린다.

"필살! 감히 포차에서 잠을 자다니 건방진 녀석을 위한 아리랑 치기!"

"끄억?!"

기를 세 개 모아야만 쓸 수 있다는 도훈의 초필살기가 강림하자, 철수가 단발적인 비명을 지르며 번뜩 정신을 차린다.

이윽고 이유도 없이 맞았다는 억울함을 호소하기 위해 도훈에게 뭐라 말을 하려 하지만,

"어제처럼 혼나는 것보다 나을 거라고 생각하지 않냐?"

"……"

포차에서 존 일은 명백히 철수가 잘못한 일이다. 도훈은 이런 철수가 한수나 재수에게 혼나지 않게끔 일부러 잠을 깨는 데 특효약인 수단을 택했다.

이름하여 폭력.

맞으면 정신을 차리게 되어 있다. 아주 고전적이고 무식한 수단처럼 보이지만, 이보다도 더 뛰어난 효과를 자랑하는 수단은 찾아보기 힘들다. 발가벗은 여자라든지 이런 것을 제외하고는 말이다.

간신히 졸음과의 싸움을 끝내고 나서 도착한 3456 진지.

30분간의 대이동을 끝내고 겨우 도착한 진지 입구에 들어서자마자 먼저 도착한 선발대 인원들이 각 포차를 유도하기 시작한다.

하나포 역시도 포상을 대신하여 3456 진지에 미리 구축되어 있는 임시 포상으로 포를 집어넣는다.

이대팔의 운전 실력이 다시 한 번 빛을 보게 되는 순간이다. 아주 깔끔하게 후진하며 포를 포상 안에 넣자 김대한이 소리친다.

"다른 분과보다 속도 뒤지면 다 내 손에 뒈질 줄 알아!"

"예!"

김대한이 분대원들에게 소리치자, 의욕을 불사르며 분대원들 역시 빠르게 포차에서 하차한다.

포를 내려놓고 편각과 사각을 입력하기 시작한 사수와 부사수. 대충 가신을 벌린 뒤에 드디어 공포의 작키 띄우기 시간이 돌아왔다.

"이도훈, 김철수, 부탁한다!"

"맡겨주시기 바랍니다!"

도훈이 기운차게 외치며 철수와 나란히 작키 봉을 꽂아 넣는다.

이번에도 여지없이 풀작키. 보통은 대충 작키를 띄우지만 포대전술훈련에 포대장의 진급에 영향을 미치는 관계로 가급적이면 전부 FM으로 돌린다.

방열 또한 마찬가지.

"호흡 잘 맞춰라!"

"오케이!"

철수가 도훈의 주도하에 열심히 상체를 좌우로 번갈아 움직인다.

혼자서 하는 것보다 둘이서 하는 게 힘이 덜 들기 때문에 이들은 금세 풀작키를 띄우고 나서 재빠르게 다음 임무를 하기 위해 무기를 든다.

일명 삽과 곡괭이!

"좋아, 신병들! 거침없이 까라!"

"예!"

포반장의 명령에 도훈의 곡괭이질과 철수의 삽질이 다시 한 번 화려한 콤비네이션을 이루기 시작한다.

오늘 이 훈련을 위해 얼마나 땅을 까고 메우고, 까고 메웠는가.

"작살이다, 작살!"

"아작을 내버려!"

도훈과 철수가 정체 모를 괴음을 자아내며 무작정 땅을 까기 시작한다. 마치 원수라도 만난 듯한 포스를 자아내며 결국 두 개의 구덩이를 다 까내는 데 성공했다.

하지만 이들의 땅 까기 작업은 끝난 게 아니다.

"다음, 땅을 까서 호를 만든다. 실시!"

"실시!"

포반장의 지시에 따라 호를 만들기에 적합한 장소를 찾아 도착한 도훈과 철수가 또다시 굉음을 남발한다.

"죽여 버려! 이 음란한 땅구멍 년! 크크큭!"

"내 오늘 이 땅구멍 새끼를 아작 내고 말겠다! 하하하하하!"

점점 정신 상태가 이상해지는 두 신병의 조합으로 인해 다른 어떤 분과보다도 월등히 땅 까기 작업에서 앞서 나가기 시작한다.

다른 분과는 겨우 가신 발톱 구덩이 자리 두 개 파는 데만 해도 많은 시간이 걸리는 반면, 철수와 도훈은 무자비하게 땅을 헤집으며 결국 호까지 다 파내고 만다.

무거운 땀방울을 손등으로 훔치며 철수가 나지막이 말한다.

"어머니, 아버지, 오늘도 전 죄 없는 땅을 무자비하게 살해 했습니다."

참회하는 듯한 목소리로 두 손을 마주 잡아 기도하기 시작한다.

잠시 잊고 있을지 모르지만 철수는 군종병을 목표로 하는 남자다. 최근 성경책을 독파하다 보니 저런 부작용이 나온다.

하늘에 계신 높은 분에게 땅을 상처 입힌 일에 대해 용서를 구하는 듯 기도하는 철수의 뒤통수를 도훈이 여지없이 때려 준다.

"필살기 그 두 번째, 손날 격파!"

"컥!!"

도훈의 손날이 재차 철수의 뒷목을 강타한다.

도대체 앞서 선보인 아리랑 치기와 어떠한 점이 다를까 하는 의구심이 들지도 모르지만, 기술 명을 붙이는 사람 마음이니 더 이상 자세한 설명은 생략하는 게 좋겠다.

그래도 도훈의 시선으로 보자면 사고뭉치에 무능력자인 철수가 삽질 하나만큼은 마스터해 나가자 내심 흐뭇한 생각이 든다.

평소에도 이렇게 좀 해준다면 얼마나 좋을까. 무식하게 힘만 쓰는 일 하나만 잘하면 이놈을 어디에 쓰라는 것인지 모르겠다.

여하튼 땅 까기 작업을 다 마치고 돌아오자, 사수인 안재수는 측각수와 편각을 재고 있다.

포반장을 제외한 나머지 인원은 일단 휴식을 하기 위해 흙
바닥에 그대로 착석.

"휴~ 뒈지는 줄 알았네, 진짜."

김대한이 손으로 부채질을 하면서 한숨을 내쉰다. 병장 체
력임에도 불구하고 FM으로 포를 방열시키는 것은 매우 힘든
일이다.

그걸 아주 잘 아는 포반장이기에 빨리 끝나자 분대원들에
게 쉬라고 명령한 것이다.

"이럴 때 쉬지 언제 쉬겠냐."

"역시 포반장님. 쉬는 거 하나만큼은 정말 귀신같으십니
다."

"칭찬이냐, 욕이냐?"

범진의 중의적인 표현에 포반장이 작은 돌덩이를 범진의
방탄모에 명중시킨다. 팅 소리를 내며 튕겨 나오는 돌멩이가
공중으로 치솟아 땅에 떨어질 무렵, 설치되어 있는 통신기에
서 소리가 들려오기 시작한다.

—하나포, 하나포. 감도 양호한지.

"여기는 하나포. 감도 양호하다는 통보."

—수신 양호.

하나포 포반장의 말에 차량 형식으로 마련되어 있는 사격
지휘실에서 무전이 온다.

이름하여 박스카라고 불리는 작은 차 내부에는 포를 쏘게끔 편각과 사각을 산출해 제원을 하달하는 역할을 담당하고 있다.

"나도 저 박스카 안에 들어가서 쉬고 싶은데."

땀으로 인해 흠뻑 젖은 전투복이 여지없이 겨울 칼바람의 타깃이 되고 만다. 오들오들 떨기 시작한 철수의 시선이 한동안 박스카를 향해 꽂혀 있다.

"아서라. 너 같은 돌대가리는 들어가지도 못해."

"무슨 소리야? 이래 봬도 나름 지성인이라고."

"나름이잖아, 병신아. 편각, 사각 하려면 암산을 잘해야 하는데, 잘할 수 있겠냐?"

"…수학이었어?!"

무슨 일을 하는지도 모르면서 주구장창 FDC(사격지휘)에 대해 언급하는 철수가 대단하다는 생각이 드는 도훈이다.

측각수와의 작업을 끝낸 사수, 안재수까지 포 뒤로 모여 착석하자 포반장이 P—96K로 무전을 받는다.

"하나포 반장입니다. 예, 알겠습니다."

무언가 말을 주고받은 하나포 반장이 분대원들에게 말한다.

"니들이 좋아하는 식사 시간이다."

"아싸!"

그러고 보니 어느새 점심시간이라는 사실을 까맣게 잊고

있던 분대원들이 환호를 지른다.

훈련 때만큼 밥시간이 소중한 때도 없을 것이다.

너도나도 옹기종기 모여 앉아 반합과 반합 뚜껑에 각각 비닐봉지를 씌우기 시작한다.

봉지를 씌우는 이유는 딱 두 가지밖에 없다. 우선 첫 번째로 위생 상태 고려와 두 번째로는 세척을 하기 쉽다는 장점 때문이다.

비닐봉지만 버리면 굳이 반합을 씻지 않아도 된다는 이점이 있기 때문에 군인들은 비닐봉지를 애용한다. 하지만 밥을 먹을 때마다 비닐봉지라는 다수의 재활용 불가능한 쓰레기가 나온다는 사실은 절대로 잊지 말아야 할 문제점 중 하나라고 생각한다.

어쨌든 반합과 반합 뚜껑으로 임시 그릇 형태를 갖춘 이들 중에 한수가 신병 두 명을 이끌고 배식을 받으러 간다.

이미 간부 텐트 앞에는 배식 준비를 마친 간부들과 더불어 행정 분과 소속 병사들이 앞다투어 오는 이들에게 배식을 해 주고 있는 찰나였다.

"야, 하나포 찌끄레기들."

노골적으로 심기가 불편하다는 표정을 하고 있는 병장 하나가 이들에게 시비를 걸어오기 시작한다.

"짜증나니까 저리 꺼져라. 말년에 내가 꼭 밥까지 받아와야 하나. 씨발!"

분명 도훈은 저 말년이 누구인지 기억하고 있다. 처음 도훈이 자대로 전입해 왔을 때 시비를 걸던 바로 그 말년.

이름은 박대수. 후임들이 가장 싫어하는 병장 중 한 명이며 도훈이 정의한 이유 없는 꼬장을 피우는 악의 한 축이다.

순간 한수도 뭐라 한마디 하고 싶은 기분이었지만, 그렇다고 선임에게 대드는 건 말도 안 되는 행동이다.

군대는 모든 게 다 계급으로 통한다. 군기를 어기는 건 한수로서는 할 수 없는 일이기 때문이다. 일병이라는 신분적 제약이 한수에게 큰 약점으로 작용하고 있었다.

"뭐하냐, 한수?"

"일병 한수."

"귓구멍이 막혔냐? 얼른 꺼지라고."

"…예, 알겠습니다."

"아, 씨발. 이도훈 저 새끼도 있네. 마음에 안 드는 놈들만 잔뜩 모여 있는 분과구만. 이래서 하나포가 마음에 안 든단 말이야."

"……."

어쩔 수 없다는 심정으로 뒤로 물러선다. 간부들이 보고 있는 것도 아니고, 계급을 앞세워 횡포를 부리는 건 박대수로서는 당연한 일이다.

그러나 후임의 입장에서는 납득이 안 될 수도 있다. 다른 분과들도 애타는 마음으로 순번을 기다리고 있는데, 이렇게 횡포를 부리니 좋아할 사람이 어디 있겠는가.

박대수를 따라온 같은 삼포 후임들 역시도 불편한 심정을 감추지 못한다.

앞의 순번을 내주게 된 한수가 철수와 도훈에게 미안하다는 식으로 말을 꺼낸다.

"너희에게 면목이 없다. 계속 추위에 떨면서 기다리게 만들 수는 없는데……."

"괜찮습니다!"

"저희는 별로 신경 쓰지 않습니다!"

철수와 도훈이 번갈아가며 대답한다.

군대는 계급이 전부.

절대로 거절할 수 없다.

2년 전에도 도훈은 이런 식으로 박대수에게 알게 모르게 피해를 받으면서 시간을 보냈다.

하지만 지금은 다르다.

'복수의 시간인가?'

도훈은 이미 마음속에 박대수를 향한 시퍼런 날을 세우고 있었다.

배식을 받고 나서 옹기종기 모여 앉아 식사를 하는 와중에,

"나 그 박대수라는 새끼 좆나 싫다."

철수가 남들에게는 안 들릴 정도로 목소리를 죽이고 몰래

도훈에게 말한다.

"안 그래도 짜증나는 새끼인데, 너 볼 때마다 툭툭 시비 걸고. 아니, 수류탄 사건 때 네가 직접 나서지 않았다면 분명 그 자리에서 피해자가 나왔을 게 틀림없는데 그거 가지고 자꾸 시비래."

"그렇긴 하지."

"그리고 사단장 표창장 수여식 때문에 불만이 있다고 쳐. 그런데 왜 매번 사사건건 다른 후임들한테 아무렇지도 않게 시비 걸고 괴롭히는지 모르겠다."

박대수의 행각은 특히나 더 심하다.

물론 도훈도 말년병장 때에는 꼬장의 신이라 불리면서 후임들에게 장난도 치고 했다.

하지만 그럼에도 불구하고 후임들이 도훈이를 싫어하지 않은 이유는 정이 있는 꼬장이었기 때문이다.

말년에 우연치 않게 받은 포상 휴가도 자신은 앞으로 곧 전역할 테니 니들이 잘 쓰라며 분과에 기부도 하고, 어려운 훈련이나 작업 시 후임들이 잘 소화하지 못할 경우에는 도훈이 앞장서서 일을 진행했다.

말년병장임에도 불구하고 간부가 없을 때, 특히 제설 작업을 할 때는 간부 역할을 대신 해왔다.

꼬장을 피우며 말년병장으로서의 꼴불견을 부리긴 했지만, 자신이 절실히 필요한 순간에는 묵묵히 제 역할을 다한

게 바로 이도훈이라는 남자다.

하지만 박대수는 다르다.

아무런 이유 없이 후임들을 괴롭히는 건 물론이요, 무조건 자신의 마음에 들지 않으면 욕부터 날아간다.

포상 휴가 역시도 분과에 떨어지는 휴가가 있으면 자신은 말년휴가가 별로 없으니 본인이 받아야겠다고 박박 우긴 적도 있었다.

벌써 그게 2년이 지난 일이지만, 도훈은 박대수의 행태를 잘 알고 있다.

"가만히 앉아서 당해야 한다는 사실에 분통이 터진다, 진짜!"

철수가 손으로 가슴을 치기 시작한다.

분에 겨워하는 철수의 모습을 보던 도훈이 숟가락을 입에 물고 생각에 잠긴다.

2년 전에는 박대수의 괴롭힘에 그저 당할 수밖에 없었다.

병장과 이제 막 전입해 온 신병. 계급 차이가 나도 너무 났기 때문이다.

하지만 지금은 다르다.

군대의 노하우라면 도훈이 훨씬 앞서 있는 상태이고, 짬밥으로 비교하자면 도훈이 박대수보다 훨씬 상위에 있다.

이대로 가만히 당하기만 하면 너무 억울하지 않은가. 게다가 한 번도 아니고 두 번째다. 두 번이나 괴롭힘을 당하면 피해자 입장에서도 매우 짜증나는 일이다.

"친애하는 전우 철수여."

"…갑자기 말투가 왜 그러냐? 악마답지 않게."

평소의 딱딱하고 툭 내뱉는 어투와 사뭇 다른 친절한 도훈의 말투에 순간 닭살이 돋은 철수가 불안한 눈길로 바라본다.

그러자 도훈이 피식 웃으면서 가볍게 말한다.

"당한 것은 그대로 되돌려 갚아주는 게 우리 곡괭이, 삽 듀오의 철칙 아니겠냐."

"…그건 또 어디서 듣도 보도 못한 듀오 명칭이야. 그것보다 너, 네이밍 센스 진짜 구리다."

"시끄럽다."

앨리스와 다이나, 트위들디와 체셔에 이어 철수한테까지 네이밍 센스를 비난은 도훈은 꽤나 심적 타격을 입었지만 그래도 제정신을 차리고 말을 이어간다.

"박대수 그 새끼, 작살 내버리자."

"뭐?! 어쩌려고? 설마 방법이 있는 거야?"

"김철수, 내가 누구냐."

"군대 척척박사."

"이상한 소리 하지 말고."

"그것보다 방법이 있는 거야?"

"그야 당연하지."

군대는 계급사회다.

계급에 거역할 수 있는 군인 따위 없다.

"계급은 계급으로 찍어 누르면 그만 아니냐."

"무슨 소리인지 잘 모르겠는데?"

"넌 가만히 보고만 있어. 아니, 이제부터 박대수 그 새끼가 우리에게 모진 짓을 해도 그저 참고만 있으면 돼. 마음의 편지에다도 쓰지 말고, 간부들에게 고자질도 하지 마라. 전부 다 내 명령이 있기 전까지 그저 얼빠진 이등병처럼 괴롭히면 괴롭힘을 당해라."

"그게 무슨 방법이야? 결국 없는 거잖아."

"어허, 글쎄 이 이도훈 님만 믿으래도."

큰 라이트 훅을 날리기 위해서는 수많은 잽을 견뎌야 한다.

이도훈의 뇌리에는 이미 박대수에게 라이트 훅을 날릴 필살의 순간이 보였다.

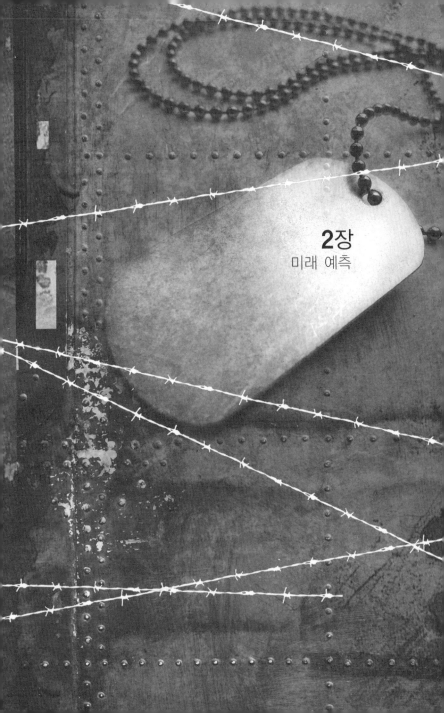

2장
미래 예측

　박대수에 대한 복수보다는 우선 지금 당장 헤쳐 나가야 할 훈련을 마치는 게 급선무다.

　점심식사를 마치자마자 이들에게 주어지는 다양한 훈련 상황.

　"대공사격!"

　포대장의 외침에 병사들이 일제히 45도 각도로 총구를 공중에 세우고 은폐엄폐를 한다. 이건 즉, 전투기의 시야에 보이지 않게끔 모습을 감춘 다음 소총으로 집중 공격을 한다는 의미의 훈련이다.

　"다음 화생방이다!"

"가스, 가스, 가스!"

이번에는 방독면을 뒤집어쓰고 화생방 상황 조치 훈련에 돌입한다. 여기서 가장 중요한 것은 저번에도 행보관과의 TV 연등을 걸고 했던 내기에서처럼 방독면 부수물자, 혹은 장구류가 지면에 닿지 말아야 한다는 점이다.

이번에도 누구보다 빠르게 방독면을 빛의 속도로 뒤집어쓴 도훈. 아무리 도훈보다 빨리 써보려 노력해도 그런 사람은 전 대대를, 아니, 대한민국 전 군인을 통틀어 봐도 찾기 어려울 것이다.

'방독면만 2년 넘게 쓰고 있다, 씨발 새끼들아! 누가 나보다 빠르겠냐?'

말년병장을 넘어서 군 생활을 더 하고 있는 도훈의 혼이 담긴 속마음의 외침이 다른 사람들에게 들릴 리는 없겠지만, 여하튼 그런 연유로 도훈이 가장 빠르게 방독면을 썼다.

이제 가장 문제가 되는 상황이 벌어지게 되는데.

"5대기 비상!"

"5대기 비상!!"

난생처음 듣는 구호에 당황한 철수였으나, 도훈은 재빠르게 복명복창을 한다.

오분대기조 비상.

훈련에서 해당 부대의 훈련이 얼마나 잘되어 있는지 평가하기 좋은 가장 훌륭한 수단이라고 할 수 있다.

각 분과별로 오분대기조 인원이 한 명씩 번갈아 맡게 되어 있는데, 하나포 오분대기조는 다름 아닌 한수였다.

"이런 씨팔!"

방독면을 뒤집어쓴 채 재빨리 오대기 소대장이 있는 장소로 뛰어간다.

오대기 소대장을 맡고 있는 건 다름이 아닌 하나포 반장.

"이런 젠장! 씨팔! 나였구나?!"

한수가 한 욕지거리에 추임새를 더 넣으며 뒤늦게 자신이 오분대기조 소대장이었다는 사실을 깨닫고 뛰어나간다.

역시 뺀질이 하사관다운 실수였지만, 그래도 워낙 운동신경이 좋은 하나포 반장인지라 순식간에 1등으로 도착한다.

"도훈아."

오분대기조에 대해 물어보려던 철수의 질문을 이미 파악한 도훈이 재빨리 선수를 치며 대답해 준다.

"오분대기조는 오 분 안에 출동해서 적을 제압하는 기동타격대야. 각 분과별로 한 명씩 번갈아가며 한 주 단위로 맡고 있지."

"오 분 내에?!"

"그래. 만약 대대에서 오분대기조 사이렌이 울리면 샤워하다가도 튀어나가야 하는 게 오분대기조다. 잘 기억해 둬. 너도 오대기를 해야 하니까."

"…군대란 게 왜 이리 좆같냐."

옹기종기 모이기 시작한 오분대기조. 하나포 반장의 지휘 아래 상황 부여가 떨어진 시점부터 행동을 개시하기 시작한다.

남은 인원 중에서 김대한이 배꼽을 잡고 킥킥 웃으며 말한다.

"한수 저 새끼, 재수도 없지. 하필이면 포대전술훈련 때 오대기냐."

"그러게 말입니다. 아이고, 배야!"

범진 역시도 대한과 같이 웃음폭탄을 터뜨린다.

반면, 앞으로 오대기를 담당하게 될 철수는 안색이 하얗게 질릴 수밖에 없었다.

자신이 과연 오대기 임무를 소화할 수 있을까에 대한 걱정 때문이다.

하라면 해야 하는 게 군대의 특성이긴 하지만, 누구도 도훈과는 다르게 어리바리한 철수가 오대기를 잘해낼 거라 생각하지는 않는다. 물론 그건 도훈뿐만 아니라 다른 하나포 분과 인원들 역시도 마찬가지이다.

그래도 지금 당장 닥쳐올 일은 아니기에 금세 긍정적으로 바뀐다.

"나중 일은 나중에 생각해야지. 암. 그럼."

"너 진짜 단순하다."

도훈이 어이없다는 듯 말한다.

한눈에 봐도 단순하게 보이는 외형이지만, 이 정도로 단순한 녀석일 줄은 도훈도 예상하지 못했다.

대략 30분 동안 벌어진 오대기 훈련. 오대기가 아닌 자들은 멀찌감치 떨어져 구경하고 있고 병장급들은 수면을 취하고 있을 무렵 포대장이 소리 높여 외친다.

"10분간 휴식한다! 10분간 휴식!"

"10분간 휴식!"

복명복창을 하며 방탄모를 벗은 이들. 하지만 쉬는 시간에도 총기는 지니고 다녀야 한다.

"아, 죽겠다."

"화장실이나 가자, 도훈아."

"…귀찮게시리."

그래도 전혀 소변이 마렵지 않은 건 아니기에 못 이기는 척하며 철수의 재촉에 잠시 어울려 주기로 한다.

화장실에 우르르 몰려 있는 병사들의 모습. 그 와중에 박대수가 도훈과 철수를 발견했는지 어슬렁어슬렁 걸어온다.

"야, 신병."

"이병 이도훈."

"이병 김철수."

"담배 있냐?"

"…없습니다."

도훈이 먼저 담배 소지 여부를 밝히자 철수도 뒤이어 말한다.

"저, 저도 없습니다."

"어쭈, 선임이 피울 담배도 안 가지고 다니냐? 요즘 군 생활 많이 편한가 보다?"

"……."

"엎드려뻗쳐!"

"예!"

빠르게 엎드리는 이도훈. 그러나 철수는 도훈과 다르게 왜 자신들이 얼차려를 받아야 하는지 모르겠다는 표정이다.

하지만 순간 도훈이 한 말이 떠오른다.

'바보처럼 당하기만 해라. 그리고 끝까지 참아라. 언젠가는 내가 크게 한 방 먹여주마.'

철수는 도훈만 믿고 군 생활을 버티기로 결심했다. 아무리 상식적으로 이해되지 않는 말이라 해도 도훈을 믿지 않으면 누구를 믿겠는가.

도훈의 뒤를 이어 철수도 빠르게 엎드린다.

그러자 바닥에 침을 뱉은 박대수가 발로 도훈의 옆구리를 걷어차며 무게중심을 무너뜨린다.

버틸 힘이 없어 곧장 땅바닥에 쓰러진 도훈, 그리고 도훈이 쓰러지면서 옆에 있던 철수도 같이 나란히 도미노처럼 쓰러진다.

"씹새끼들이 좆은 왜 달고 있냐? 그것도 못 버티면서."

"죄송합니다!"

"씨발, 기분 더 더러워졌네."

욕지거리를 내뱉던 박대수가 옆에서 도훈과 철수를 동정 어린 시선으로 바라보고 있는 다른 포대 이등병에게 말한다.

"야, 넌 담배 있냐?"

"구, 구해 오겠습니다!"

그래도 제법 눈치가 있는 이등병인 모양인지 없다는 말 대신 구해오겠다고 말한다. 조금은 만족스러운 기분이 들었는지 박대수가 그 이등병에게 명령한다.

"3분 준다. 그 안에 구해 와라. 간부들한테 들켰다간… 알고 있겠지?"

"예, 예!"

허둥지둥 뛰어가는 이등병의 뒷모습을 보던 박대수가 도훈과 철수에게 단호히 말한다.

"쓸모없는 것들은 화장실에 올 자격도 없다. 당장 꺼져라."

"……"

"꺼지라고 했다."

"아, 알겠습니다."

졸지에 화장실 통제를 당하고 만 도훈과 철수는 힘없이 화장실에서 볼일도 못 보고 쫓겨났다.

근처 수풀에서 볼일을 보던 철수가 열불이 터지는지 도훈에게 항의하기 시작한다.

"진짜 저 인간에게 복수할 방법이 있긴 한 거야?"

"그야 당연하지."

여유가 넘치는 도훈의 태도에 철수는 의구심을 느낄 수밖에 없었다. 1박 2일 포대전술훈련 동안 도훈과 철수는 박대수와 마주치기만 하면 저런 식으로 일방적인 괴롭힘을 당할 게 분명하다.

게다가 말년병장을 무슨 수로 골탕을 먹이겠다는 건가.

"훈련이 끝나면 기대해라. 아주 저 인간을 작살내 버릴 테니까."

이제 거의 도훈의 말버릇이 되어버린 '작살낸다!' 까지 사용할 정도면 필히 무슨 방법이 있을 터.

철수는 도훈을 믿을 수밖에 없었다. 그 과정이 설사 조금 괴롭다 해도 말이다.

저녁 식사를 마치고 난 이후에도 계속되는 훈련의 향연.

어두컴컴한 바깥 상황에서도 사병들은 정신없이 훈련을 위해 이리저리 뛰어다니고 있다. 아직 훈련이 끝나지 않았기 때문이다.

하지만 밤은 낮과 상황이 많이 다르다.

가급적이면 최대한 소리를 내지 말아야 하기 때문이다.

철주를 박는 해머 소리도 내지 않기 위해 철주 위에 타이어를 잘라 만든 고무판을 대고 해머를 내리찍는다. 복병복창 역시도 낮에 비해 큰 소리가 아닌 작은 목소리로 서로가 서로를 알아볼 수 있을 정도만 내는 게 특징이다.

더욱이 가장 중요한 건 불을 꺼야 한다는 사실이다.

어두우면 당연히 불을 켜고 행동해야 하는 게 사회에서의 생활이라면, 군대에서는 어둠에 적응해야 한다는 난관이 있다.

"으앗?!"

가뜩이나 어두운 환경에서 무턱대고 걸어가다가 돌부리에 발이 걸려 넘어질 뻔한 철수가 자신도 모르게 큰 소리를 내지른다. 그러자마자 곧바로 쏟아지는 쌍욕의 향연.

"어떤 새끼가 큰 소리 질렀냐!"

"정신 안 차려?!"

"씨발, 훈련이 장난이냐!"

"죄, 죄송합니다!"

철수가 잔뜩 쫄았는지 연신 죄송하다고 연발한다. 시각적인 제약은 인간의 오감 중 가장 많은 답답함을 선사한다.

인간은 시각에 많이 의존한다. 오죽하면 직접 보지 않은 것은 믿지 않는다는 말이 나올 정도겠는가.

시야에 대한 압박은 무언가에 부딪칠지도 모른다는 두려움을 주고, 그 두려움이 인간의 행동반경을 매우 축소시킨다.

하지만 이 어둠이 도훈에게 있어서는 크나큰 호재로 작용했다.

잠시 휴식 시간이 주어지게 되자, 도훈은 화장실을 갔다 오겠다고 하면서 슬쩍 호 안으로 들어온다.

주위에 인기척이 별로 없다는 것을 확인한 도훈이 순간 양팔을 수평으로 활짝 벌린다.

그리고 마치 가슴 앞에 기를 모으는 듯한 형상으로 팔을 모은 도훈이 빠르게 양손을 공중으로 뻗으며 (작은 목소리로) 외친다.

"이도훈 서포터즈 다이나를 소! 환!"

그 말과 동시에 도훈의 방탄모 위로 땅 하는 소리와 함께 약간의 충격이 전해진다.

"호출할 때 내가 그런 포즈하라고 했나? 기억이 전혀 없는데. 아니, 도리어 창피하니까 하지 말라고 했던 것 같은데."

도훈의 부름을 받고 모습을 드러낸 다이나가 어디서 구해왔는지 지휘봉으로 도훈의 방탄모를 찰싹찰싹 때린다.

아무리 방탄모를 쓰고 있다고 해도 머리를 맞으면 기분이 좋을 리 없다. 극소수의 M을 제외하고는 말이다.

"감히 이 몸께서 고심하고 고심해서 생각한 멋진 소환 포즈를 폄하하는 게냐?"

자신의 전위예술에 함부로 태클을 걸지 말라고 경고한 도훈이 다이나에게 말한다.

"앨리스는?"

"니가 호출해 주지 않아서 지금 손수건으로 눈물 닦고 있어."

"…앨리스도 불러줘."

"알았어."

다이나가 손가락을 튕기자 순식간에 모습을 드러낸 앨리스가 기뻐하는 표정으로 도훈을 끌어안으려고 하다가 멈춘다.

"…이도훈, 냄새나."

"나라를 지키기 위해 열심히 땀방울을 흘리는 군인에게 마음의 상처가 되는 소리를 하는 게냐?"

"그래도 냄새나는 건 냄새나. 난 깔끔한 이도훈이 좋단 말이야."

"그 입 다물라! 어쨌든 너희 둘을 부른 건 다름이 아니고."

팔짱을 낀 도훈이 이들을 바라보며 단도직입적으로 묻는다.

"차원관리국 국장은 미래를 알 수 있다고 했지?"

"그래."

"응."

다이나와 앨리스가 순차적으로 답변한다. 여기까지는 평이하다.

"좋아, 그럼 두 번째 질문이다. 지금 이 자리에 그 차원관리국 국장을 부를 수 있나?"

"······?"

"······?"

"질문을 바꾸지. 내가 너희처럼 이 세계에 국장이란 작자를 소환할 수 있냐?"

순간 이어진 침묵. 앨리스가 슬쩍 다이나의 눈치를 보지만, 다이나는 앨리스에게 눈을 흘길 뿐 별다른 말을 하지 않는다.

도훈이 굳이 다이나와 앨리스를 부른 것은 다른 게 아닌 비교 분석을 하기 위해서이다.

다이나는 도훈의 말을 받아치기엔 너무나도 감정 컨트롤을 잘한다. 그렇기에 국장을 부를 수 있는지 없는지에 대해서는 거짓말을 해도 도훈으로서는 파악하기 힘들다.

반면, 감정이 풍부한 앨리스는 거짓말을 잘하지 못한다.

그렇기에 도훈은 앨리스를 거짓말 탐지기 역할로 내세우기 위해 부른 것이다.

먼저 답변을 한 것은 이도훈 서포터즈의 팀장 다이나.

"부를 수 없다."

"좋아, 그럼 앨리스 네 대답은?"

"부, 부를 수 없지 않을까?"

앨리스의 저 반응은 크게 두 가지로 압축할 수 있다.

인턴 신분이기에 잘 모른다거나, 아니면 알고 있지만 다이나의 말에 따라 어쭙잖게 거짓말을 하거나.

확률은 2분의 1이다. 여기서 도훈이 몰아붙이며 앨리스를 추궁하는 방법도 있지만, 그렇게 나갈 경우에는 다이나가 개입할 수 있다.

미묘한 줄타기가 오가는 가운데,

"그런 사소한 심리전 할 필요 없어."

도훈과 앨리스, 그리고 다이나 사이에 모습을 드러낸 또 다른 차원관리자.

풍성한 핑크색 머리카락을 소유하고 있는 아름다운 미소녀의 등장에 순간 도훈은 할 말을 잃고 말았다.

그와 동시에 직감할 수 있었다.

분명 이 녀석은…….

"네가 그토록 찾던 차원관리국 국장 체서라고 한다."

은은하게 빛이 날 정도로 아름다운 미소녀의 출현에 순식간에 다이나와 앨리스가 한쪽 무릎을 꿇는다.

마치 무협영화에서 일개 문파 일원이 수장에게 인사를 하는 것과 같은 예의를 차리는 두 차원관리자. 고개를 살짝 끄덕여 준 체서가 이번에는 도훈을 바라본다.

"나를 불렀느냐, 실험체여?"

"니가 그 유명한 미래를 볼 줄 아는 국장님이냐?"

"물론."

"흐음."

보기와는 이미지가 상당히 다르다.

앨리스보다도 어리게 생긴 작은 체구의 미소녀가 도훈을

올려다보며 하는 말에 순간 이들이 거짓말을 하는 게 아닐까 싶었지만, 그래도 도훈은 믿을 수밖에 없었다.

그 증거로 자존심 센 다이나가 무릎을 꿇었다. 다이나는 표정 하나 바꾸지 않고 거짓말을 꾸며낼 수는 있어도 자신의 자존심을 굽히는 일에는 약간의 반감을 보이는 반응을 더러 보여왔기 때문이다.

즉, 이 핑크빛 머리카락의 여자아이는 최소한 다이나보다는 직급이 높은 존재라고 할 수 있다.

순간 도훈은 자신이 알고 있는 미래에 벌어질 일을 질문해서 진짜 미래를 아는 국장인지 시험해 볼까 생각했지만 체셔는 이미 도훈의 생각을 읽고 있다는 듯이 말한다.

"쓸데없는 증명 같은 건 보일 시간이 없을 텐데? 훈련 중 아닌가?"

"…독심술이라도 익혔냐?"

"천만에. 네가 나에게 질문할 거라는 미래 정도는 충분히 알고 있으니까."

"……."

마음의 생각을 읽는 독심술이 아닌 미래를 보는 눈을 지니고 있기에 도훈이 자신에게 질문할 것에 대한 내용을 미리 알고 있다는 것이다.

이것으로 증명 완료.

물론 그게 독심술인지 아니면 미래를 보는 눈인지 모르겠지만, 여하튼 체셔는 도훈이 미리 마련해 둔 실험 장애물을 너무나도 간단히 넘어버렸다.

"그래, 나를 부른 이유가 뭐지?"

직설적으로 묻는 체셔의 말에 도훈 역시도 여과 없이 곧장 말한다.

"내가 미래를 알 수 있는 권한은?"

"없다."

"미래를 바꿀 수 있는 권한은?"

"모든 인간에게 평등하게 존재한다."

"그렇다면 내가 알고 있는 미래가 이 차원의 미래와 동일한지에 대한 확인을 할 권한은?"

도훈이 가장 묻고 싶은 질문이 바로 이것이다.

도훈은 지난 2년간의 군 생활의 기억을 가지고 있다. 하지만 이미 철수와 유리아라는 두 명의 변수가 생겨 버렸다.

미래는 바뀌어간다. 피드백이라는 현상에 의해. 하지만 적어도 도훈이 가지고 있는 이 기억이 쓸모가 없어진 것은 아니다.

만약 자신이 가지고 있는 이 기억이 체셔에 의해 단정적으로 확실시된다면 도훈은 확정된 미래를 알게 되는 것과 마찬가지가 된다.

체셔의 확신. 이게 있으면 도훈의 2년간의 기억은 이 차원에도 현실화가 된다는 의미다.

조금 놀랐다는 듯이 살짝 눈동자를 크게 뜬 체셔가 작은 입술을 연다.

"제법 머리를 썼구나, 실험체여."

"이도훈님이라 불러라, 건방진 꼬맹이 녀석아."

"후훗. 나쁘지 않군. 너의 그런 발상은 소위 인간계에서는 잔꾀라고 불리는 건가?"

"머리가 좋은 거라고."

"그렇다면 좋다. 실험체여, 네가 원하는 답변을 해주마."

잠시 호흡을 고른 체셔가 두 눈동자로 도훈을 응시한다.

"내 대답은 Yes다."

"……."

"자, 네가 듣고 싶은 답변을 해줬다, 실험체. 이제 나에게 어떤 재미를 선사해 줄 건가?"

체셔는 아주 기대가 넘친다는 눈동자로 도훈을 바라본다.

그녀뿐만 아니라 이도훈 서포터즈 전원이 도훈이 박대수에게 괴롭힘을 받는 장면을 모니터링했다. 그가 괴롭힘을 당할 때마다 앨리스는 '지금 당장 인간계로 가서 저 인간의 존재 자체를 멸해야 해요!'라고 강력하게 주장했지만, 그랬다간 인과율 수치가 또다시 상승해 피드백 현상이 올 수 있는 관계로 앨리스의 주장은 무마되었다.

물론 다이나와 트위들디 역시도 불편한 심정이었던 것은 마찬가지다.

말로는 툴툴거려도 그래도 같이 일하는 파트너가 아닌가.

그러나 때마침 도훈에게 이런 위기를 극복할 방안이 있는지 자신들을 소환했다. 거기까지는 좋았다. 하지만 문제는 바로 체서까지 소환했다는 점이다.

미래를 아는 자,

그리고 미래를 보는 자.

그녀를 이용하기로 결정한 도훈은 최대한 인과율 수치 10이 넘어가지 않게끔 유의하며 미래를 알아내야 한다.

이도훈이란 인물의 잔꾀와 화술이 빛을 보는 순간이었다.

"좋아, 그럼 국장 아가씨. 내가 알고 있는 미래의 기억을 확인해 주겠어?"

"말해보도록."

"훈련소가 끝난 그 다음 날, 2010년 3월 9일에 일어날 일은 이 차원에서 고스란히 벌어진다. Yes or No?"

"내 대답은 Yes다."

"…오케이. 그리고 하나 더."

도훈이 체서를 내려다보며 짤막하게 묻는다.

"박대수라는 인간은 이번 훈련이 끝나고 영창을 간다. Yes or No?"

"……."

"재차 질문하지. Yes or No?"

체서는 순간 자신이 이도훈이라는 실험체를 너무 얕잡아

보고 있었다는 생각을 한다.

이 인간은 보통이 아니다.

자신이 생각하고 있는 평범한 범주 안에 드는 인간이 아니다. 군 생활을 두 번째 하고 있는 중이라는 사실부터가 이미 평범한 사람이라는 수준을 훨씬 넘어서긴 했지만, 상황적인 문제와는 별개로 이도훈이라는 인물 자체의 빠른 두뇌 회전과 기질에 순간 체셔는 감탄할 수밖에 없었다.

그녀도 자주 게임기를 가지고 추리게임이라든지, 혹은 두뇌 강화 훈련이라는 명목을 앞세워 주로 저 연령층 아이들에게 판매되는 게임을 많이 하지만 도훈이 대수를 영창 보낼 방안이 구체적으로 어떠한 것인지 궁금했다.

물론 체셔는 미래를 아는 자다. 결과론적인 이야기지만, 도훈에게 대답은 해줄 수는 있다.

하지만 체셔는 그 과정을 알 수가 없었다.

게다가 도훈이 말한 질문에 대해서 그 결과물은 인과율 10이 넘어가지 않는다.

분명 도훈이 하는 행동은 인과율 10이 넘어갈 수치일 게 틀림이 없다. 하지만 인과율 측정 담당관에 의하면 아슬아슬하게 9.21이 나왔다.

물론 인과율 10 이하가 나온다 해도 미래가 전혀 바뀌지 않는 건 아니다. 바뀌긴 하지만 어디까지나 인과율 10이라는 기준은 차원관리국이 예측 가능한 미래의 변화 범주 내라는 한

계치와도 같다.

즉, 인과율 10이 넘어가는 건 체서조차 알지 못하는 미래가 펼쳐진다는 뜻이다.

도훈이 행하려는 건 인과율 10이 넘어가지 않는다. 그렇기 때문에 체서는 결과를 알고 있다. 미래를 알고 있다.

그러나 그 과정은 알지 못한다.

그렇기에 체서는 이도훈의 기질을 직접 두 눈으로 보고 싶다는 욕망이 솟구쳐 올랐다.

"내 대답은……."

"야, 이 녀석아, 어딜 싸돌다 다닌 거야?"

범진이 살짝 언성을 높이며 도훈에게 화를 낸다. 그러자 도훈이 연신 죄송하다는 말을 반복한다.

혼이 나긴 했지만 그래도 도훈의 입장에서는 매우 이득이 되는 시간이기도 했다.

자신이 알고 있는 2년간의 기억을 체서에게 확인받게 된다면 이건 도훈이 미래를 알고 있는 것과 다름이 없다.

설사 그게 철수, 유리아라는 변수가 있다고 한들 체서에게 No라는 대답을 듣게 되면 그건 아닌 것이다.

결국 그렇다와 아니다 정도의 유무만 안다 해도 결코 도훈에게 손해 보는 장사는 아니란 셈이다.

최대한 이득을 챙겼기에 도훈의 마음은 어느 정도 안심이

되었다. 그리고 앞으로의 계획을 좀 더 상세히 세울 수 있게
되었다.

도훈이 돌아옴으로 인해 휴식 시간이 끝남과 동시에 미리
작업해 놓은 텐트 안으로 하나둘씩 들어가기 시작하는 일동.

물로는 씻을 수 없기에 세면세족을 오로지 물티슈 하나만
으로 해결해야 한다.

"으, 찝찝해라."

범진이 위장 크림을 물티슈로 지우며 한 말에 모두가 공감
한다는 듯이 고개를 끄덕인다.

병장인 대한도, 상병인 재수도, 일병인 한수도, 그리고 이
등병인 철수와 도훈도 겨우 물티슈 몇 장으로 세면세족을 해
결해야 한다는 사실에 위생학적인 불평을 내뱉을 수밖에 없
다.

그래도 어쩌겠는가. 부족하면 부족한 대로 해야 하는 것
을.

"오늘만 지나면 다시 생활관에서 뜨뜻하게 잘 수 있으니까
조금만 참아라잉."

"예!"

대한의 말에 모두가 서로를 위로하며 그렇게 물티슈 세면
세족에 집중하고 있을 무렵이다.

"어이쿠! 제 자리도 좀 마련해 주시지 말입니다."

덩치 큰 이대팔이 하나포 텐트 안으로 비집고 들어오자, 대

한이 대팔의 엉덩이를 발로 차며 말한다.

"니가 왜 우리 텐트로 오냐."

"저도 하나포 소속 아닙니까. 하나포 전담 운전병인데 섭섭하지 말입니다."

"여태 코빼기도 안 보이다 이제 나타난 게 얄미워서 그런다, 인마."

이 녀석을 확 바깥으로 쫓아버릴까 고민했지만, 그사이 대팔이 헤헤 웃으면서 잽싸게 텐트 안으로 들어온다.

그래도 대팔 역시 고생 많이 했는데 안 재워줄 수도 없는 노릇이 아닌가.

어떻게든 비집고 들어온 대팔이 덕분이 텐트는 순식간에 일곱 명으로 비좁게 된다.

거기에 하나포 반장이 잘 자리까지 포함하면 도합 여덟 명. 물론 텐트의 내부 넓이 자체는 꽤나 큰 편이긴 하지만, 남자 여덟 명이서 끼어 자려고 하니 불편한 건 어쩔 수 없었다.

땀 냄새와 발 냄새, 그리고 아직 남아 있는 위장 크림의 잔재를 뒤로하고 서서히 잠에 빠져드는 이들이다.

한편,

박스카에서 추위를 피하고 있던 유리아는 피곤한 기색을 감출 수가 없었다.

포병이 여성의 몸으로는 힘들다고 했지만 설마 이 정도로 힘들 줄이야. FDC 분과 담당 간부인 탓에 박스카를 자주 오고 갈 수는 있었지만 그것만으로는 이 가혹한 훈련의 피로가 풀리지 않았다.

한숨을 쉬며 좁은 박스카 안에서 스마트폰을 작동시키는 유리아. 그러자 COM(단말기를 통해 제원을 산출하는 계산병) 직책을 맡고 있는 병장이 유리아에게 말을 건다.

"전포대장님, 힘드시면 미리 텐트에 들어가서 쉬시기 바랍니다."

"…아니. 미안. 잠깐 바람 좀 쐬고 올게."

"예, 알겠습니다."

박스카 문을 열자마자 차가운 새벽 공기가 유리아의 전신을 훑고 지나간다.

그동안 답답했는지 묶고 있던 머리도 풀어헤친다. 그러자 긴 생머리가 바람에 휘날리며 윤기 있는 머릿결을 자랑하기 시작한다.

"괜히 왔나."

약간 후회감이 들기 시작한 유리아가 혼잣말로 중얼거린다.

본래 유리아는 사단장과 함께 이곳저곳 부대를 다니면서 자신이 전입할 부대를 물색하고 있었다. 그렇기에 사단장의 차를 타고 동행한 것인데 본의 아니게 이도훈이라는 남자를 알게 되었다.

처음에는 그다지 호감형이 아니었다. 어디까지나 사병으로 대했기에 이성적인 감정은 철저히 배제하려 한 유리아였지만, 자신과 사단장의 보이지 않는 벽을 허물어줬을 뿐만 아니라 어찌 보면 목숨까지도 구해줬다.

착각이라고 생각하기에는 이미 그 마음이 너무나도 사랑이라는 형태와 가까운 모습을 지니고 있었다.

"어으, 추워."

하나포 텐트 앞을 지나던 유리아의 시야에 막 하품을 하며 텐트 밖을 나오는 도훈이 보인다.

부스스한 모습으로 텐트를 빠져나오는 도훈. 그 역시도 머리를 풀어헤친 유리아와 딱 마주친다.

운명적인 만남.

운명적인 장면.

그렇게 생각한 유리아는 순간 말문이 막혔지만, 도훈은 그렇지 않았나 보다.

유리아를 보고서 아주 적극적으로 이렇게 외쳤으니 말이다.

"귀, 귀신이다!!"

"누가 귀신이라는 거야?!"

유리아는 자신도 모르게 버럭 소리를 치고 말았다. 본인은 도훈과 이런 우연치 않은 만남의 순간을 가지게 되어서 내심 두근거리고 있었는데, 정작 도훈은 유리아를 보자마자 귀신이라고 하니 살짝 열이 받은 모양인가 보다.

"전포대장님, 죄송합니다!"

"어휴, 참."

아무리 새벽에 머리를 풀어헤친 여자와 마주쳤다고 한들 덜컥 귀신이라고 소리치다니. 유리아는 어이가 없다는 시선으로 도훈에게 눈을 흘긴다.

"…불침번 근무?"

툭 내뱉는 말투로 도훈이 텐트 밖으로 나온 이유에 대해 묻자 도훈은 그건 아니라는 듯이 고개를 절레절레 흔든다.

"잠시 화장실 좀 가려고 나왔습니다."

"불침번한테는 말했고?"

"예, 말했습니다."

"…그렇다면 상관없지만."

잠시 뭔가를 말하고 싶어하는 유리아의 의도를 도훈이 눈치채지 못할 리가 없다.

아무리 비몽사몽 상태라고는 하지만, 눈치 9단인 도훈이 유리아에게 직접적으로 묻는다.

"전포대장님이야말로 춥지 않으십니까?"

"박스카에 있다 나오니 괜찮아. 잠깐만."

뭔가 떠올랐다는 듯이 종종걸음으로 다시 박스카 안의 문을 두드리는 유리아. 그러자 병장 한 명이 문을 연다.

"무슨 일이십니까, 전포대장님?"

"아까 그 커피 두 잔만 줄래?"

"혼자서 두 잔이나 드시는 겁니까?"

"모, 몸이 추워서 그래."

"알겠습니다."

도훈의 존재를 알아차리지 못한 듯 박스카 안에서 커피 두 잔을 꺼내오는 병장.

"여기 있습니다."

"고마워."

따뜻한 커피 두 잔을 받아온 유리아가 도훈에게 커피를 건네며 말한다.

"잠시 이야기 좀 할까?"

"저기……."

유리아의 제안에 도훈이 말을 꺼내려는 찰나였다.

바스락거리는 소리와 함께 반사적으로 도훈이 유리아의 말을 막는다.

"정지, 정지, 정지. 손들어. 움직이면 쏜다."

그렇다고 총을 지니고 있는 건 아니다. 단순히 형식적인 말이다.

도훈의 말과 함께 유리아도 사뭇 긴장한 표정으로 근처 풀숲을 바라본다.

분명 누군가 있다. 누군가가 돌아다닐 만한 시간은 결코 아니다. 더욱이 민가와는 꽤나 떨어져 있는 이 거리에서 누군가가 있다는 건 심각하게 고려해 봐야 할 문제점이 아닌가.

"나무!"

도훈이 오늘의 암구호 중 문어를 내뱉는다.

그러나 상대방은 여전히 묵묵부답. 수풀 속에 숨어서 마치 기회를 엿보려는 듯이 움직임을 멈추고 입을 닫는다.

"나무!"

다시 한 번 문어를 대지만 역시 침묵으로 일관하는 상대.

그와 동시에 갑자기 달아나기 시작한다.

"앗?!"

놀란 유리아가 작게 비명을 지르지만, 도훈은 순간적으로 이 모든 정황이 연결되기 시작한다.

그는 일부러 자신들에게 모습을 드러냈다. 그리고 도훈이 문어를 대는 것까지 기다렸다.

암구호를 알아내기 위해 일부러 저지른 행동일 수도 있었다. 문어를 알아냈으니 이제 아무나 지나가는 군인에게 문어를 묻고 답어를 들으면 된다.

"…젠장."

도훈이 침음성을 흘리며 판단을 하기 시작한다.

이럴 때에는 고민할 필요가 없다.

"거수자 출현! 적 거수자를 발견했다!!"

고래고래 소리치기 시작한 도훈이 제1포대의 기상 시간을 앞당긴다.

사건이 발생하기 세 시간 전.

"준비는 잘되었겠지?"

"예, 대대장님."

3456 진지 바로 근처에 임시적으로 터를 잡은 대대장이 작전장교의 보고를 받기 시작한다.

"날센 녀석들만 골라서 데려왔습니다!"

"음. 그래 보이는군."

대대장의 눈앞에 서 있는 이들은 인민군 복장을 하고 있는 사병들이었다. 각기 본부포대, 제2포대, 제3포대에서 선발되어 온 운동신경이 뛰어난 최정예 병사들로, 이들이 오늘 새벽에 제1포대를 괴롭힐 인원이다.

구성은 총 여섯 명. 인민군 복장을 착용하고 낯선 거수자로 둔갑할 그들이 오늘 제1포대의 포대전술훈련에 있어서 가장 핵심이 될 장애물 역할을 할 것이다.

"알파 포대장에게는 말하지 않았겠지?"

"보안은 철저히 했습니다."

"절대로 포대장이 알아서는 안 돼. 이번 진급 시험에서 가장 중요한 요소가 될 것이니까 말이야."

도훈이 발견한 이들은 바로 대대장이 포대장의 진급 시험을 참고하기 위해 만든 일종의 함정이다.

포대장도 낯선 거수자가, 그것도 새벽에 나타날 거라는 사실은 훈련 일정에서 듣지 못했다. 모르는 상태에서 갑작스레 비상이 걸리게 되면 어떤 식으로 대처하고 병력을 효과적으로 운용할 수 있을지에 대해 알고자 하는 의도가 다분히 묻어 나오는 계획이다.

이번 일을 얼마나 잘 대처하느냐에 따라 알파 포대장의 진급에 많은 영향을 끼치게 된다.

"제한 시간은 두 시간. 그때까지 잡히지 않는다면 내가 너희에게 직접 4박 5일 포상 휴가를 주겠다!"

"열심히 하겠습니다!"

"가서 마음껏 날뛰어봐라!"

"예!"

인민군으로 변장한 병사들의 사기는 이미 하늘을 뚫을 기세이다.

군인들에게 포상 휴가란 목숨과도 같은 것.

이미 이들의 전투력은 북한군과 맞닥뜨리게 되어도 혼자서 일기당천의 기세로 돌변해 있었다.

그리고 세 시간 뒤.

이들이 제1포대의 낯선 거수자임은 쉽사리 눈치챌 수 없었다.

3장
오대기 VS 대항군

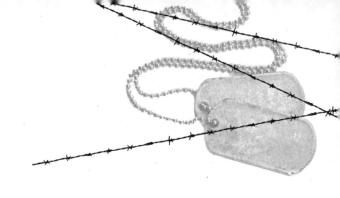

"5대기 비상!!"

"전원 경계에 임하라! 오대기는 후딱 모여!"

제1포대 포대장이 황급히 외치며 지시를 내리기 시작한다.

오대기 소집 명령이 내려지자 순식간에 뛰어가는 인원들. 하지만 그때 한수가 다리를 접질렀는지 중간에 절뚝거리며 대한에게 말한다.

"기, 김대한 병장님……!"

"이런 병신 새끼. 다리 괜찮냐?"

아무래도 새벽이다 보니 제대로 보이지 않는 시야가 한수를 괴롭힌 모양인가 보다. 비상사태와 더불어 한수의 부상.

하나포에서 오대기로 나서야 할 인물을 재차 뽑아야 하는데 도훈이 스스로 오대기를 자처한다.

"제가 가겠습니다."

"무슨 헛소리를 하는 거야? 너 오대기에 대해서 아무것도 모르잖아!"

"시켜 주시면 적어도 욕먹지 않을 만큼은 잘할 수 있습니다."

도훈의 말에 순간 대한의 말문이 막힌다.

분명 이도훈이란 남자는 이제 막 전입해 온 지 얼마 안 되는 신병 중의 신병이다.

하지만 저렇게 자신감 있게 말하는 이유는 도대체 뭘까.

그리고 뭐가 도훈을 저리도 당당하게 만든 것일까.

최초 거수자를 발견한 이도훈이기도 하기에 대한은 어쩔 수 없이 도박을 하기로 한다.

"씨발, 니 좆대로 해라."

"감사합니다!"

순식간에 총과 군장을 들쳐 메고 뛰어가기 시작한 이도훈. 이 귀찮은 오대기를 자처한 이유는 다름이 아니다.

'이것도 내 생각대로다.'

거수자의 등장.

이건 도훈의 기억에도 있는 훈련 내용이다.

물론 그렇다고 이도훈 역시도 낯선 거수자를 보자마자 이

것이 훈련이라는 것을 단박에 눈치채진 못했다.

유리아가 있어서 그런지 몰라도 처음에는 진짜 북한군인 줄 알았으니까.

하지만 말도 안 된다. 북한군이 대놓고 인민군 복장으로 총까지 무장한 채 여기까지 내려오기란 쉽지 않은 일이다. 그리고 진짜 북한군이었다면 문어를 알아낸 즉시 이들의 생명을 위협했을 것이다. 다름 아닌 소위 유리아가 있는데도 조용히 도망친다는 건 뭔가 말이 안 되기 때문이다.

그리고 도훈이 오대기를 자처한 가장 큰 이유는 다름이 아니다.

'잡으면 포상 휴가다!'

인민군 복장을 한 병사들이 두 시간 동안 잡히지 않고 요리조리 제1포대를 농락하면 4박 5일 포상 휴가를 받듯이 거수자를 쫓는 추격대 역시도 거수자를 잡는 즉시 포상 휴가를 받을 확률이 높다.

특히나 이번 훈련은 제1포대 포대장의 진급 시험에도 반영이 되는 훈련 내용이 틀림없었다. 포대장이 휴가 한 장 정도는 챙겨줄 수 있을 거라 도훈은 믿어 의심치 않았다.

빠르게 오대기 소대장인 하나포 반장에게 뛰어온 이도훈의 모습을 가장 먼저 알아차린 하나포 반장이 의아한 표정으로 묻는다.

"신병 너, 오대기였냐?"

"한수 일병이 다리를 접질린 탓에 제가 대신 오게 되었습니다!"

"제대로 할 수는 있겠냐?"

"제가 거수자의 위치를 알고 있습니다. 저를 데리고 가시면 정보 측면에서 큰 도움을 얻을 수 있을 겁니다."

도훈은 최초 발견자다. 아무래도 최초 발견자의 힘을 무시할 수는 없기에 하나포 반장은 재빨리 머리를 굴리기 시작한다.

하나포 반장이 도훈을 데리고 가는 것에 망설이는 이유는 다른 게 아니라 경험이 없기 때문이다.

오대기에 관한 지식이 있는지 없는지에 대한 여부는 둘째 치고, 하나포 반장의 입장에서 오대기를 실제로 해본 적이 없는 도훈이 난데없이 이런 중요한 순간에 오대기를 자처한다는 건 아무리 생각해도 긍정적으로 받아들이기 힘들었다.

하지만 그와 동시에 하나포 반장은 도훈과 같이 패기가 있는 사병을 많이 선호하는 간부이기도 했다.

"좋아, 가자! 수송은 차량 준비해라! 눈앞에 보이는 산에 인민군으로 의심되는 적 여섯 명을 곧장 추격해 나간다!"

"예!"

이렇게 해서 새벽 2시 반에 난데없이 인민군으로 변장한 특수조직 VS 제1포대 오대기의 대결이 시작되었다.

바스락바스락.

거수자들이 모여 있는 곳으로 추정되는 산의 정상을 향해 천천히 나아가는 오대기 인원들.

도훈 역시도 긴장한 표정으로 이들의 뒤를 따른다.

거수자의 정체나 위치는 도훈의 2년 전 기억으로도 충분히 알 수 있다. 하지만 아주 상세하게 이들이 어디에 숨어 있는지, 그리고 어떤 작전으로 오대기와 맞설 것인지에 대해서는 도훈으로서도 알 수가 없다.

왜냐하면 2년 전 기억으로는 도훈이 오대기가 아닐뿐더러 직접 눈으로 보지 못하고 그저 간신히 오대기가 인민군을 제압했다는 결과만 접했기 때문이다.

천천히 나아가던 와중에 인민군 두 명이 나무 위에서 페인트 탄을 발사하기 시작한다.

"죽어라, 간나 새끼!"

"두다다다다!"

마치 자신들이 진짜 인민군인 양 실감 넘치는(?) 연기를 선보이며 총을 난사한다.

그러자 빠르게 반응한 것은 역시 이도훈이었다.

"나무 위에 적 발견!"

"은폐엄폐 실시!"

하나포 반장의 빠른 지시에 다른 이들도 제각각 나무, 혹은 바위 뒤로 몸을 숨긴다.

아무리 나무 위에 자리를 잡고 있다 해도 울창한 숲인지라 시야에 상당히 많은 방해를 받을 수밖에 없다. 더욱이 지금 시각은 새벽. 어둠 또한 제1포대 오대기의 방어막이 되어주고 있었다.

"어디 있냐, 이놈들."

도훈이 욕지거리를 내뱉는다.

현재 오대기는 도훈과 하나포 반장을 포함해서 열 명이다. 인민군은 총 여섯 명. 숫자상으로는 오대기가 앞설지도 모르지만 인민군은 지형에 미리 진지를 구축하고 있다는 면에서 이미 우위를 접하고 있었다.

선공으로 치자면 이미 인민군으로 변장한 특수조직에게 빼앗겼다는 의미다.

하지만 이도훈이 누구인가!

"인민군 따위가… 나의 포상 휴가를 막을쏘냐."

이를 악문 이도훈이 반격을 가하기 시작한다.

특별히 지급된 페인트 총을 이용해 나무 위에 있는 적을 향해 발사한다.

평소 지니고 다니던 K-2와는 사뭇 다른 총이기에 적중률이 높지 않다. 더욱이 페인트 탄 자체가 곡사 형식으로 나가다 보니 처음 페인트 총을 사용하는 오대기 인원들은 당황할 수밖에 없었다.

예비군으로 치자면 서바이벌 훈련과도 같은 형식이지만, 이들은 생전 이런 고급스러운(?) 훈련을 받아본 적이 없다.

"쳇!"

그나마 뛰어난 적중률을 선보이는 인물은 하나포 반장이었다. 역시 간부라고 할 수 있을까. 나무 위에서 페인트 탄을 난사하던 인민군 한 명의 가슴팍에 페인트 탄을 명중시킨다.

형광색의 페인트 탄이 인민군의 군복에 터지자 탄을 맞은 병사가 '크억! 여기서 죽다니, 간나 새꺼들' 하며 나름 실감 넘치는 연기를 선보이며 조심스럽게 나무에서 내려온다.

이제 남은 적은 하나.

"동무, 내가 저 간나 새끼들을 잡아 원수를 갚겠소!"

남은 한 인민군 병사 역시도 이미 연기에 혼을 실은 지 오래인 모양인가 보다.

하지만 실감 넘치는 병사의 생명을 단축시킨 것은 다름 아닌 도훈이었다.

타앙!

도훈의 페인트 탄이 인민군의 왼쪽 어깨에 맞는다. 하지만 사망 처리하기에는 얕은 상처라고 볼 수 있었다.

스스로 자신의 아웃 상태를 파악한 인민군이 다시 총을 연사한다. 그러자 도훈이 혀를 차면서 다시 페인트 탄을 조준한다.

심하다 싶을 정도로 곡사로 날아가는 페인트 총이 매우 걸리적거린다. 도훈도 군 생활을 하면서 페인트 총을 딱 한 번밖에 쏴본 적이 없다. 그것도 이런 훈련이 아닌, 우연치 않게 파견 나갔다가 접한 기회였다.

그때 느낀 점이, 페인트 총은 일반 실탄 사격보다 총탄이 매우 심하게 곡사로 날아간다는 점이다. 총알이 직선으로 나아가는 게 아니라 마치 곡사포처럼 45도 비슷하게 쏘아져 나간다는 뜻이다.

그 사실을 미리 알고 있는 도훈이기에 다른 오대기에 비해 훨씬 높은 적중률을 선보일 수 있었던 것이다.

"뒈져 버려!"

도훈의 필살을 담은 한 발이 결국 남은 인민군의 안면에 적중한다.

순간 페인트 탄을 안면에 뒤집어쓴 인민군이 항복 표시를 하며 나무에서 내려온다. 그러자 즉각적으로 다른 오대기들이 포승줄로 이들을 포박한다.

이미 사망 처리가 되어 있기 때문에 포로로서는 가치가 없지만, 그래도 행여나 하는 마음으로 포승줄 조치까지 취한 것이다.

그때, P—96K를 통해 포대장으로부터 무전이 온다.

—하나포 반장, 상황 보고하도록!

"현재… 오대기 인원은 저를 포함해서 총 네 명 생존, 그리고 적 인민군은 두 명 사살했습니다."

―고작 두 명에 오대기 여섯 명이 아웃되었단 말인가?

포대장의 침음성이 무전기를 통해서 전해져 올 정도다.

사실 여섯 명과 두 명을 맞바꾼 것도 나름 선방한 것이라 할 수 있다. 오대기 쪽은 인민군의 정확한 위치를 모른다. 반면, 인민군들은 이미 이 산 전체를 진지 삼아 오대기가 오기만을 기다리고 있었다.

적의 함정에 단신으로 뛰어든 꼴에서 두 명과 여섯 명을 맞바꾼 것은 괜찮은 성과라 할 수 있지만, 가장 큰 문제가 있다면 바로 남은 인원이 사 대 사라는 점이다.

오대기는 하나포 반장을 포함해서 이도훈, 통신병, 그리고 운전병 이대팔이 남았다.

전포 인원 중에서는 유일한 생존자가 이도훈이다.

게다가 인민군을 한 명 사살한 전과를 세운 것도 바로 이도훈.

"제법이네, 신병. 너, 이 페인트 총으로 직접 쏴본 경험이 있어? 잘 맞추더만."

이대팔이 친근하게 말을 걸어오며 묻는다. 하나포 전담 운전병이기에 이도훈에 관련된 일화는 이대팔도 아주 잘 알고 있다. 하지만 그 명성을 직접 두 눈으로 보니 혀를 내두를 정도이다.

단순히 눈치나 행동이 빠른 녀석인 줄 알았는데, 이대팔이 알고 있는 것보다도 훨씬 더 우수한 능력을 보여준다.

"그저 우연입니다, 우연."

"글쎄, 우연치고는 너무 정확하다고 할까."

"정말입니다, 이대팔 일병님."

"뭐, 그러려니 하지."

어차피 여기서 도훈을 추궁해 봤자 결과는 달라지지 않는다.

전포 인원 한 명, 생존자 중 한 명은 통신병. 최악의 결과다.

하지만 하나포 반장은 이 약소한 인원으로 인민군과 대항해야 한다. 오대기의 최우선 목표는 거수자들을 모두 제압, 혹은 본진에서 포를 쏘는 데까지 시간을 벌어야 한다.

현재 본진에서는 이미 방열된 포를 통해 포탄을 발사하는 시뮬레이션이 실행되고 있다. 남은 포병들이 바삐 움직이며 오대기 인원들이 시간을 끄는 동안, 초탄을 포함해서 적의 본거지를 섬멸하기 위해 가상으로 포를 쏘는 훈련을 하고 있다.

그 과정이 끝나고 이동 준비까지 마치는 동안 오대기는 인민군을 제압하고 본진으로 돌아가야 한다.

"어려운 일이 될 거 같군."

평소 뺀질거리기만 하던 하나포 반장이 처음으로 식은땀을 흘리기 시작한다.

한편.

도훈이 소속되어 있는 오대기가 인민군과 혈전을 벌이고 있을 무렵, 본진 역시도 난리통이었다.

"하나발 장전!!"

이제야 겨우 제원(諸元)이 하달되어 편각과 사각을 입력한 사수와 부사수, 특히나 하나포는 포반장이 없는 빈자리를 채우기 위해 대한이 직접 나섰다.

"하나포 발사 준비 완료되었다는 통보!"

"수신 양호!"

FDC에게 사격 준비 완료 통보를 날린 대한이 1번 포수를 제외하고 전부 포 뒤로 모여를 외친다.

다리를 다친 한수가 억울하다는 듯이 지면을 주먹으로 내려치며 말한다.

"…죄송합니다, 김대한 병장님."

"됐어, 인마. 다친 건 죄가 아니니까."

포탄 발사 명령을 기다리고 있는 틈을 타 대한이 한수의 방탄모를 토닥토닥 두드려 준다.

지금 이 순간 가장 억울한 건 다름 아닌 한수일 것이다.

평소 A급이라 불리며 제아무리 어려운 일이라도 스스로 극복해 오던 녀석이다. 그런데 오히려 자신이 발을 접질림으로 인해 아무것도 모르는 신병을 내보낼 수밖에 없었다.

하나포로서는 도훈을 내보내는 것이 최선의 선택이었다.

안재수는 사수, 김범진은 부사수다. 한수는 다리를 접질려 오대기 참가가 불가. 김대한은 하나포 반장의 빈자리를 대신해 포반장 역할을 해야 한다.

그럼 오대기 인원으로 나가야 할 후보가 도훈, 아니면 철수밖에 없다.

그때 김대한은 이미 모든 상황을 파악했다. 여기서 오대기로 내보내도 손색이 없는 인원이 바로 이도훈이라는 사실을.

그리고 이도훈 역시도 스스로 나가겠다고 지원했다. 철수가 나가도 별반 다를 것이 없겠지만, 포를 발사하는 것만큼 오대기의 활동도 매우 중요하다.

"너무 그렇게 걱정하지 않으셔도 됩니다!"

철수가 침울해하는 한수에게 당당히 외친다.

"이도훈 녀석, 훈련소에 있을 때도 혼자서 수류탄 사건을 막아낸 전공을 세웠습니다! 사격을 할 때도 유일한 만발을 기록하기도 했습니다! 그리고… 야간 행군 때 그 녀석은 분명지도 지쳤을 텐데 동기를 위해서 군장을 두 개나 메고 피눈물산의 악명 높은 급경사도 올랐습니다!"

철수가 두 주먹을 불끈 쥔다.

이도훈은 자신의 동기이자 앞으로 군 생활을 하면서 가장 많이 볼 전우이기도 하다.

자신이 전우를 믿지 않으면 누가 믿어주겠는가!

"틀림없이 녀석은 해냅니다."

의심의 여지가 없다.

다른 누구도 아닌 이도훈이다. 그거 하나만으로도 이미 철수는 무한한 신뢰가 갈 수밖에 없었다.

누가 보면 바보 같을지 모른다. 고작해야 신병 따위를 믿느냐고. 하지만 철수는 그런 질문을 하는 사람에게 도리어 이렇게 따지고 싶다.

당신이 나가면 할 수 있겠는가?

분명 이도훈은 이렇게 대답할 것이다.

나 이도훈님이다. 감히 누구에게 토를 다는 거냐?

다른 건 몰라도 군대에 대해서만큼은 이미 도훈을 능가할 자가 없었다.

"김철수."

"이병 김철수!"

대한이 철수를 똑바로 응시하며 묻는다.

"그 말 틀림없겠지?"

"예, 확실합니다!"

"…너희는 서로 좋은 친구가 될 수 있겠구나."

전우이자 친구. 그렇기에 철수는 도훈을 믿을 수밖에 없었다.

"이런, 씨발!!"

도훈이 빠르게 뛰어가 꼴사납게 흙바닥을 구른다. 그러자 도훈이 서 있던 자리에 페인트 탄이 무수히 날아온다.

파바박, 파박!

페인트 탄이 터지는 소리가 실탄 사격할 때의 소음보다도 더 무시무시하게 들려오는 것은 이번이 처음일 것이다. 살짝 내려온 방탄모를 제대로 쓴 도훈이 곧바로 나무 뒤에 은폐엄폐를 실시하며 고래고래 소리친다.

"전방에 인민군 두 명 발견!"

"또 두 명이냐!"

하나포 반장이 짜증난다는 대답과 함께 은폐엄폐를 하며 총구를 살짝 내밀고 페인트 탄을 난사한다.

잠깐 방심하고 있는 찰나에 순식간에 이들을 향해 거리를 좁혀온 인민군 두 명이 습격을 감행한 것이다. 한꺼번에 네 명의 인민군이 투입해 이들을 제압하기보다는 소모전으로 갈 작정인지 최소 2인 1개 조 형태로 이들을 향해 급습을 감행하고 있었다.

실로 좋은 작전에 하나포 반장도 혀를 내두를 지경이다.

"역시 대대장님. 전술 역시 기가 막힌다니까."

작전장교를 하면서 한때 포병계의 제갈량으로 불리던 대대장의 전략전술에 하나포 반장은 기가 막힌다는 반응을 보일 수밖에 없었다.

아마 오대기를 상대하는 두 명을 제외하고 남은 두 명은 본진을 타격하기 위해 산을 내려갔을 가능성도 있다. 분명 포를 발사하는 작업을 방해하기 위해 그럴 수도 있겠지만, 만약 여기서 오대기가 인민군 두 명을 제압한다면 상황은 달라질지 모른다.

본진을 타격하러 간 인민군 두 명은 복귀하는 오대기와 본진에 있는 병력에게 협공을 당할 가능성 또한 충분히 있다. 그래서 최대한 산으로 오대기를 유인해서 오대기 병력을 전멸시키고 본진을 타격한다는 게 인민군으로서는 가장 이상적인 작전이다.

그리고 인민군이 오대기를 맞이하는 장소에는 이미 다수의 함정이 설치되어 있었다. 즉, 오대기 병력은 이미 인민군의 함정에 빠져들었다는 것.

하지만 인민군의 계산을 뒤집는 변수가 있었다.

바로 이도훈이 오대기에 새로 투입되었다는 사실이다.

"젠장!"

페인트 탄을 전부 소모해 버린 이도훈. 다른 오대기 병력 역시 페인트 탄의 소지량이 얼마 되지 않았다.

어쩔 수 없다는 듯이 혀를 찬 도훈이 빠르게 하나포 반장을 향해 외친다.

"포반장님! 저를 엄호해 주실 수 있으십니까?"

"뭘 어쩌려고?"

"탄이 없습니다!"

"이쪽도 탄이 거의 다 떨어지고 있어! 굳이 말 안 해도 안다니까!"

"그래서 이 방법밖에 없을 것 같습니다!"

말을 하자마자 도훈이 은폐엄폐를 포기하고 적군에게 무방비로 모습을 드러낸다.

설마 하던 포반장의 뇌리에는 순간 도훈이 의도하는 작전이 무엇인지 눈치챌 수 있었다.

탄이 없다면 접근전을 노리면 된다.

무식한 방법이긴 하지만, 그래도 가장 효과적인 방법이 될지도 모른다.

"전원, 이도훈을 엄호하라!"

"예!"

남은 페인트 탄을 쏟아부으며 상대방에게 난사를 하기 시작한 오대기 병력. 그 사이로 도훈이 빠르게 전면으로 치고 들어가기 시작한다.

산길이라 그런지 조금 불편함이 있지만, 그조차 도훈을 막을 수는 없었다.

아직 말년병장 때의 노하우와 몸놀림에는 미치지 못하는 신병의 신체지만, 그래도 도훈에게는 말년병장으로서의 경험과 자신감이 있다.

"접근전이라고?!"

도리어 놀란 쪽은 다름이 아닌 인민군이다.

불친절한 산길을 그대로 돌진하는 이도훈. 새벽 공기를 가르며 빠르게 인민군 중 한 명의 안면에 형체를 드러낸 도훈이 빠르게 전투화를 신은 오른발을 들어 휘둘러 차기를 시전한다.

"윽!"

반사적으로 뒤로 두세 걸음 물러서며 도훈의 육탄전을 피해낸다.

도훈은 사회에 있을 때 취미로 태권도를 배운 적이 있다. 그렇게까지 고단수는 아니지만, 그래도 2단까지는 땄다.

"이 간나 새끼가!!"

발차기 공격을 당한 인민군이 아닌 또 다른 인민군(으로 변장한 병사다)이 총구를 도훈에게 겨누지만, 쉽사리 쏠 수가 없다. 페인트 총은 정확도가 매우 낮을뿐더러 자칫 잘못하면 자신의 동지에가 맞을 수가 있다.

도훈이 노린 것이 바로 이것이다.

가까이 붙으면 같은 편이 함부로 자신에게 총을 쏠 수가 없다는 점을 노린 것이다.

'설마 근접전을 걸어올 줄이야!'

인민군 복장을 한 병사는 놀랄 수밖에 없었다.

페인트 탄이 다 동났다고 무작정 접근전으로 밀어붙이는 사람이 세상에 어디 있겠는가. 물론 그 사람이 바로 이도훈일 거라고는 이들도 예상하지 못했다.

"왜 그러냐, 간나 새끼들? 어서 덤벼보라우!"

도훈이 도리어 이들의 말투를 흉내 내며 도발한다. 그러자 인민군 A가 슬쩍 열이 받았는지 페인트 총을 내팽개친다.

"어디 한번 해보자 이거지?"

"인민군 역할을 소화하라면 말투도 끝까지 유지해야 하지 않겠어?"

"포상 휴가 앞에 인민군 따위가 무슨 소용이냐!"

역시 인민군A 또한 도훈처럼 포상 휴가를 노리고 있었다.

이대로 이들의 패배가 확실시된다면 새벽에 일어나 불려나온 보람도 없을뿐더러 포상 휴가와의 인연도 작별해야 한다.

그동안 다른 사람들이 포상 휴가를 받는 모습을 가만히 지켜보고만 있어야 했던 인민군A는 이번 기회를 통해 포상 휴가를 얻어야 한다는 욕망이 매우 강하게 샘솟고 있었다.

왜냐하면 이번에 휴가를 나가야 미팅 자리에 참가할 수 있기 때문이다.

"나의 휴가를 방해하지 마라!"

인민군이 도훈에게 돌진하며 날아차기를 선사한다. 그러나 움직임이 너무나 컸기에 가볍게 몸을 살짝 옆으로 빼서 회피하는 도훈.

"아닛?!"

"설마 그런 허접한 공격에 맞을 거라 생각했냐?"

순식간에 도훈에게 등을 보인 인민군이 아차 하며 재빨리 몸을 돌려 양팔을 가슴 위로 교차시킨다.

도발이야말로 상대방의 심리를 무너뜨리기에 가장 최적화된 공격 방식.

도훈은 그 사실을 알고 있기에 일부러 이런 급박한 전장에서 상대방을 도발한 것이다.

"으랴압!!"

도훈의 옆차기가 인민군의 양쪽 팔의 교착 지점을 정확히 강타한다. 전투화를 신고 있기에 발 공격은 무게감까지 더해져 무시무시한 공격 수단으로 변모한 지 오래다.

"크윽!"

팔에 엄청난 통증을 느끼며 뒤로 몇 걸음 물러나는 인민군이었지만, 용케 넘어지지 않고 끝까지 버텼다.

만약 그 자리에서 무게중심을 잃고 뒤로 넘어졌다면 필히 도훈에게 아웃 당했으리라.

"역시 인민군으로 선정될 만한 녀석이군."

여유롭게 감탄을 자아낸 도훈이지만, 사실 도훈 역시도 그다지 여유가 넘치는 상황은 아니었다.

최대한 빨리 이 대치 상황을 끝내고 남은 두 인민군을 쓰러뜨려야 한다. 그렇지 않고서는 본진이 타격을 당할 수 있기 때문이다.

눈앞에 있는 인민군만 쓰러뜨리면 남은 오대기 세 명이 다른 인민군 한 명을 제압할 것이다. 오대기 쪽 진영에 페인트 탄이 얼마 없다 해도 숫자상으로 차이가 있기에 삼 대 일의 인해전술로 밀어붙이면 그만이기 때문이다.

게다가 이들 인민군 두 명은 아까 나무 위에 매복하고 있던 인민군과는 상황이 많이 다르다.

이미 자신의 모습을 노출시켰기 때문에 아까보다 오대기가 훨씬 더 수월한 전투에 임할 수 있는 환경이 조성된 것이다.

더욱이 오대기 소대장을 맡고 있는 인물은 하사관 중에서 가장 운동신경이 뛰어난 하나포 반장. 뺀질거리는 게 단점이긴 하지만 운동신경이나 반사신경 하나만큼은 타의 추종을 불허할 정도로 뛰어나다.

'내가 이 녀석을 잡으면 승기는 우리 쪽으로 넘어온다!'

도훈이 다시 자세를 잡는다. 언제든지 주먹을 휘두를 수 있도록 준비를 한 것이다.

반면, 이미 기세 싸움에서 도훈에게 밀려 버린 인민군은 최후의 수단을 떠올릴 수밖에 없었다.

"이렇게 된다면!"

이를 악물고 주머니 속에 손을 넣는 인민군. 그 모습을 보고 있던 다른 인민군이 소리친다.

"이, 이 멍청한 자식아! 설마 너?!"

"어쩔 수 없잖아! 여기서 우리 둘이 희생하고 오대기 전원을 전멸시킨다면 우리 팀의 승리다!"

팀의 승리!

이들은 결코 하나가 아니다. 여럿이다. 제1포대를 타깃으로 삼고 있는 대대장 산하의 특수 조직된 병력.

이들이 제1포대의 포격을 방해하기만 한다면 이들의 승리로 간주된다.

"받아라! 이것이 나의⋯ 아니, 우리의 포상 휴가에 대한 의지다!"

도훈과 대치하고 있던 병사가 결국 주머니 속에서 꺼내 든 것은 다름이 아닌 수류탄이었다.

모의 수류탄. 이미 수류탄에 대해서라면 훈련소에서 지긋지긋한 추억 하나를 새기고 전입해 온 이도훈이기에 반사적으로 혀를 찬다.

"단단히 준비를 해오셨구만."

설마 수류탄까지 가지고 있을 거라고는 생각하지 못했다. 이 정도로 철저하게 준비하고 있을 줄이야. 수류탄이라는 최후의 수단까지는 생각지 못한 도훈의 실책 아닌 실책이었다.

"하하하! 인민공화국 만세라우!"

마지막까지 인민군을 열연하는 병사가 기어코 수류탄의 안전핀을 뽑는다.

그 순간, 인민군도 예상치 못한 일이 발생했다.

"컥!"

단발적인 비명을 내지르며 앞으로 고꾸라진 인민군. 그와 동시에 인민군을 뒤에서 넘어뜨린 장본인이 방탄모를 벗더니 땅에 떨어진 수류탄 위로 덮어씌운다.

"다들 어서 피해!!"

"이, 이대팔 일병님!!"

이도훈이 놀라 대팔이를 향해 외친다. 그러자 대팔이는 육중한 자신의 신체로 방탄모를 배 밑으로 향하게 만들고 그대로 엎드린다.

"뒷일을… 부탁한다, 신병."

"이대팔 일병니이이임!!"

한 명의 숭고한 희생으로 인해 오대기 VS 인민군의 2차 대결은 오대기 병력의 승리로 돌아가게 되었다.

산에서 오대기와 인민군이 치열하게 전쟁을 벌이고 있을 무렵.

"고폭탄 장약 4호!"

마지막 삼 발을 향해 제1포대 병력의 움직임은 갈수록 빨라지고 있었다.

반면, 행정보급관은 잔여 병력에게 호통을 치며 더더욱 빠른 움직임을 요구하고 있었다.

"이 잡것들아! 이동 준비 빨리 못하냐! 텐트 철거하고! 마지막 한 발이 발사됨과 동시에 곧장 이동 준비해서 포대로 들어가는 것까지가 우리 제1포대의 승리 조건이다! 알겠냐?!"

"예, 알겠습니다!"

행정 분과 소속 인원들은 덕분에 죽을 맛이었다. 다른 분과 텐트까지 대신 철거해 줘야 하는 상황이 왔기 때문이다.

행보관이 이동 준비를 바삐 서두르고 있을 때, 포대장은 FDC를 통해서 오대기와 인민군의 소규모 전쟁 결과를 보고받고 있었다.

"오대기 소대장, 그리고 이도훈 이병을 제외한 나머지 오대기는 전멸이라고 합니다."

"흐음."

포대장의 미간에 주름이 새겨진다.

오대기 인원 여덟 명과 인민군 네 명을 바꾼 것은 나름 선방했다고 할 수 있다. 하지만 남은 오대기 인원 두 명이 과연 인민군 두 명을 상대할 수 있을까.

물론 하나포 반장의 실력은 믿어 의심치 않는다. 포대장 역시도 하나포 반장이 뺀질거리는 것 빼고는 하사관으로서 매우 우수한 성적을 거두고 있다는 점 또한 잘 알고 있기 때문이다.

그러나 놀라운 것은 하나포 반장이 아닌 이도훈의 성과였다.

이미 1차 교전에서 인민군 한 명을 사살했을 뿐만 아니라 2차 교전에서는 인민군과 접근전을 벌이면서까지 치열하게 교전에 임했다.

도저히 평범한 신병이라고는 생각되지 않는 그 판단 능력에 포대장은 혀를 내둘렀다.

한편, 옆에서 보고를 듣고 있던 유리아가 가슴 위로 오른손을 모으며 놀란 심장을 진정시키고 있다.

"아직 무사하구나. 다행이야."

남들에게 들리지 않을 만큼 아주 작은 목소리로 말한 유리아지만, 이미 주변 사람들에게는 그녀의 목소리가 다 들리고 있었다.

그리고 그녀의 행동이 도훈에게 특별한 관심사로 나타나고 있다는 것 정도는 이미 거의 제1포대에 쫙 소문이 퍼진 지 오래다.

오로지 본인만 모르고 있을 뿐이다.

"어흠, 전포대장."

"소, 소위 유리아!"

포대장의 부름에 유리아가 황급히 거수경례를 하며 대답한다.

"혹시… 이번 기습 거수자 대처 훈련을… 사단장님께서……."

"제가 아는 한 사단장님께서는 준비하시지 않은 걸로 압니다."

"흐흠. 그렇단 말이지."

괜히 무안해졌는지 포대장이 연신 헛기침을 한다.

그렇다면 정답은 하나뿐.

이 난관을 준비한 건 다름 아닌 대대장일 것이다.

"어렵구만."

대대장과 포대장의 두뇌 싸움. 대대장은 이미 군 내부에서 두뇌 플레이어로 유명한 군인이기도 하다. 비록 계급은 중령이지만 능력이 탁월한지라 진급도 어렵지 않게 할 수 있을 것이다.

그런 대대장이 바로 포대장의 앞을 가로막는 역할을 하다니.

영광이라고 해야 할지, 아니면 좀 봐달라고 해야 할지 순간 고민이 들었지만 포대장은 약해진 마음을 다시 다잡는다.

'내가 부하들을 믿지 않는다면 누가 믿어준단 말인가!'

포대장에게 있어서 진급도 중요하지만 무엇보다도 자신을 믿고 따라주는 부하들 또한 중요하다. 두 존재를 두고 저울질을 한다면 포대장은 당연히 부하를 선택할 것이다.

그리고 그의 기대감에 보답이라도 하는 것일까.

얼마 안 있어 포대장 무전병이 황급히 뛰어오며 외친다.

"포, 포대장님!"

"또 무슨 일인가?"

"바, 방금 오대기 소대장에게 연락이 왔습니다! 지, 지금……."

잠시 숨을 고르던 무전병이 다급하게 말하기 시작한다.

"이, 인민군과 3차 교전을 벌이기 시작했답니다!"

남은 오대기 인원이 인민군과 만나기 전.

"포대로 돌아가기 전에 인민군을 제거해야 합니다."

도훈의 제안을 들은 하나포 반장이지만, 그로서도 남은 인민군 두 명이 어디에 숨어 있는지 알지 못한다. 그렇기에 정확한 목표를 잡을 수 없었다.

"나도 네 말에는 공감하지만 어쩔 수 없잖냐. 어디 있는지도 모를 상대를 찾아다닌다는 건……."

"어디 있는지는 대충 알고 있습니다."

"…뭐라고?!"

놀란 하나포 반장의 표정을 읽을 틈도 없이 도훈이 빠르게 말을 이어간다.

"아까 저희와 싸운 인민군이 지니고 있던 장비를 생각하면 답이 나옵니다."

"그래 봤자… 페인트 탄하고 수류탄이었잖아."

"이게 있지 않습니까."

도훈이 하나포 반장에게 들어 보인 것은 다름이 아닌 방독면 주머니였다.

방독면 주머니를 열자 방독면과 더불어 정화통, 그리고 부수물자가 우수수 떨어진다. 보급을 담당하는 행정병, 혹은 화학병이 도훈의 이런 행동을 봤다면 게거품을 물었을 테지만, 다행스럽게도 이 자리에는 없었다.

"방독면이라면……."

하나포 반장이 머리를 굴리기 시작한다. 방독면, 수류탄, 그리고 페인트 탄.

행방불명이 된 두 명의 잔여 인민군.

이들의 승리 조건은 본대가 포를 발사하는 과정을 방해하는 것, 혹은 전멸.

"…전멸?!"

아까 2차 교전에서 인민군 한 명을 사로잡아 그들의 목표를 토로하게 만든 끝에 알아낸 한 가지 사실.

그건 바로 인민군의 승리 조건이었다.

"제1포대의 전멸 역시도 이들의 승리 조건에 들어 있었습니다."

"잠깐. 고작 여섯 명으로 80명이 넘는 인원을 전멸시킨다고? 어떻게?"

"그래서 바로 이 방독면이 힌트라는 겁니다."

도훈이 괜히 방독면을 하나포 반장에게 직접 보인 게 아니다.

"화생방. 적은 인원으로 다수의 적을 섬멸시킬 수 있는 무서운 수단 아니겠습니까."

"……!"

이제야 하나포 반장은 모든 것을 이해할 수 있었다.

도훈의 말대로라면 남은 인원 두 명이 선택할 제1포대 전멸

방식은 화생방이다. 무색무취의 연기를 맡게 된다면 제1포대
는 말 그대로 전멸이다.

"지금 불어오는 바람의 방향을 보면… 저쪽 언덕에 있을
확률이 높습니다."

도훈이 손가락에 침을 발라 바람의 방향을 파악한다. 그러
고서 인민군 두 명이 있을 확률 높은 장소를 선정하자, 하나
포 반장이 대단하다는 듯이 탄성을 자아낸다.

"너 천재냐?"

"저는 천재도 뭣도 아닙니다. 그저 전입해 온 신병일 뿐입
니다."

물론 이건 거짓말이다.

속은 최강의 사병 이도훈이기 때문이다.

도훈이 가리킨 방향으로 발걸음을 옮기는 두 사람. 그때 도
훈이 하나포 반장에게 정지 수신호를 보낸다.

'…찾았다!'

인민군 두 명의 모습이 도훈의 시야에 포착되는 순간이다.

이도훈의 시야에 포착된 두 명의 인민군. 이들은 화생방 가
스를 뿌리기 위해 한창 작업 중이었다.

지금 인민군의 위치에서 화생방 가스를 살포하면 바람이
부는 방향을 고려할 시 분명 제1포대 진지를 훑고 지나갈 것
이다. 만약 인민군이 여기서 화생방 가스를 살포하고 제1포
대 본진에서 화생방 탐지기 경보가 울릴 시에는 이들의 승리

로 끝이 나게 된다.

한마디로 제1포대가 이번 포대전술에서 승리를 거두기 위해서라면 지금 이 자리에서 저 인민군 두 명을 쓰러뜨려야 한다는 뜻이다.

"저 자식들, 시작해 버렸잖아!"

하나포 반장이 한탄하며 빠르게 페인트 총을 장전한다. 인민군의 페인트 탄을 모조리 가져와서 지금 이들은 페인트 탄에 어느 정도 여유가 있다.

게다가 숫자도 이 대 이. 그중 한 명은 간부다.

오대기에 절대적으로 유리한 상황이지만 쉽사리 덤벼들 수도 없다.

만약 이들의 정체가 탄로 날 경우에는 저들은 여지없이 화생방을 살포할 게 틀림없기 때문이다.

"어떻게 한담."

하나포 반장으로서는 판단이 서지 않는다.

멀리서 저들을 일격필살로 쓰러뜨릴 수 있는 비장의 수단이 과연 무엇일까.

그 순간, 도훈은 재빠르게 머리를 굴린다.

분명 수단은 존재한다.

하지만 실패할 확률은 99.9%.

"하나포 반장님."

페인트 총을 장정한 도훈이 오랜만에 긴장한 표정으로 말한다.

"도박을 해보시겠습니까?"

"⋯⋯?"

하나포 반장은 도훈이 무슨 좋은 수가 떠올랐다는 사실을 즉각적으로 눈치챌 수 있었다.

하지만 여태껏 자신감을 선보이던 도훈도 도박이라는 단어를 선택했다.

그 정도로 어려운 수단임이 틀림없으리라.

지금 당장 결정할 수 있는 권한은 포대장도, 그리고 대대장도 아니다. 바로 오대기 소대장인 하나포 반장. 그가 현재 이 전장을 책임지고 있는 총책임자이다.

그리고 그의 결단력은 머지않아 발동되기 시작한다.

"가자! 승리로 이끌 도박을 향하여!"

그와 동시에 도훈의 페인트 탄환 한 발이 발사된다.

"하나포 포구 이상 무!"

마지막 세 발째를 쏘아 올린 포반들. 그중에서 철수가 우렁차게 포구 이상 무 구호를 외침과 동시에 포대장의 다급한 다음 명령이 하달된다.

"전 포반은 즉시 이동 준비를 할 수 있도록! 오대기 인원이 돌아오는 즉시 대대로 귀환한다! 알겠나?"

"예!"

"지금 이건 훈련이다. 하지만 훈련이라 생각하지 말고 실제 전쟁이라 생각하고 임해라. 전장에서는 너희의 목숨이 너무나도 가볍게 사라질 수 있다. 하지만 나에게는 내 소중한 부하들의 목숨이 하찮게 사라지는 건 용납할 수 없다. 설사 그게 이제 막 전입해 온 신병이라 해도!"

"예, 알겠습니다!"

포대장의 말에 하나포 분대원들은 절로 도훈을 떠올릴 수밖에 없었다.

전입해 온 지 한 달이 채 지날까 말까 한 녀석이 오대기를 자처하고 인민군과 혈전을 벌이고 있다.

"젠장!"

특히나 가장 억울하게 생각하는 인물은 바로 한수다. 다리만 접질리지 않았다면 도훈이 자신을 대신해 고생하지도 않았을 것이다.

"맞선임이라는 게… 참 쪽팔립니다."

한수의 억울함에 범진이 말없이 어깨를 토닥여 준다.

"믿어라. 다른 누구도 아니고 도훈이잖아."

"…예."

"그 녀석은 반드시 해낸다."

철수가 믿은 것처럼 하나포 역시 그를 믿기로 했다.

이도훈이라면 분명 인민군을 모두 물리치고 무사히 귀환할 것이다.

타—앙!

정확히 한 발.

그 한 발의 페인트 탄환이 총성을 내며 두 명의 인민군 중 한 명의 등 한가운데를 정확히 맞춘다.

순간 무슨 일인가 싶은 인민군이 등 뒤를 만지작거리더니 자신의 손에 묻어 나온 핑크색의 페인트 탄을 보곤 순간 경직된 표정으로 무릎을 꿇는다.

"이, 이럴 수가? 페인트 탄으로 저격이라고?!"

땅에 철퍼덕 쓰러진 인민군을 본 또 다른 인민군이 순간적으로 주변을 둘러본다.

페인트 총은 정확도가 매우 낮다. 앞서 말했듯이 페인트 탄 자체가 직선으로 발사되는 게 아닌, 거의 30도에 육박하는 곡사 형식으로 발사되기 때문에 페인트 탄의 궤도를 정확하게 꿰뚫고 있지 않다면 불가능한 것이 바로 저격이다.

페인트 총 유효 거리 자체도 굉장히 짧은 편임에도 불구하고 도훈은 페인트 탄의 가벼움과 바람의 방향, 세기, 그리고 날아가는 곡사 각도까지 계산해 저격을 성공시킬 수 있었던 것이다.

하나포 반장은 도훈의 일격필살 저격에 놀라움을 금치 못했다.

간부 훈련을 받을 때에도 페인트 탄을 정확하게 한 발로 표적을 맞추는 인물은 거의 찾아보기 힘들다.

그런 진기명기를 고작 자대로 전입해 온 지 한 달밖에 안된 신병이 선보이다니!

이쯤 되니 하나포 반장은 도훈이 두려워지기까지 했다.

한편, 동료가 쓰러진 것을 본 인민군은 저격수를 찾는 일보다 화생방 가스를 살포하는 일에 집중한다.

순간적으로 혀를 찬 도훈이 하나포 반장에게 외친다.

"지금밖에 기회가 없습니다!"

"그래! 돌진이다!"

만약 인민군이 두 명이었다면 필히 한 명은 페인트 탄을 난사하며 도훈과 하나포 반장의 접근을 방해하고, 동시에 다른 한 명은 화생방 가스 살포 기계를 작동시켰을 것이다.

그러나 이제 막 한 명이 아웃되었기에 남은 최후의 인민군은 선택을 할 수밖에 없었다.

그리고 인민군이 선택한 것은 자신의 목숨을 바쳐 적을 소탕하는 것이었다.

"어딜 감히!!"

하나포 반장이 페인트 총을 난사하며 순식간에 거리를 좁힌다. 그러나 바로 그때, 기계를 막 작동시킨 인민군이 갑자기 반격을 가한다.

그 의미는 필히 기계 작동을 완료했다는 신호와도 같다.

띠딕, 띠딕, 띠딕.

기계에 붙어 있는 전자판에 카운트다운 숫자가 보인다. 남은 시간은 대략 8초.

"하하하하! 포상 휴가는 내 거라우!"

인민군이 광기 어린 미소를 지으며 페인트 탄을 남발하기 시작한다. 말 그대로 속사포. 저 총탄비 속을 뚫고 나아가 기계를 정지시켜야 한다.

하지만 이 넓은 공터에는 은폐엄폐를 할 나무나 바위도 없기에 저 총탄을 다 피할 수도 없는 상황. 순간적으로 판단한 하나포 반장이 도훈에게 외친다.

"이도훈! 내 뒤에 서라!"

"서, 설마… 하나포 반장님?!"

"내가… 내가 너의 방패가 되어주겠다!"

혼의 외침을 담은 하나포 반장이 두 팔을 벌린다.

그와 동시에 쏟아지는 페인트 탄환의 무자비한 공격. 온몸이 핑크색으로 물들어가기 시작한 하나포 반장이 천천히 앞으로 전진한다.

"이, 이런 젠장!!"

계속 탄환을 날리지만 머리나 심장 부근을 팔로 가린 채 천천히 앞으로 전진하는 하나포 반장 때문에 좀처럼 아웃 포인트인 치명상을 입히지 못한다.

하지만 그것도 잠시.

"윽!!"

양손의 가드를 뚫고 명중한 페인트 탄이 하나포 반장의 심장 위치에서 터진다.

지면에 무릎을 꿇은 하나포 반장. 그 뒤를 따르던 이도훈이 큰 목소리로 외친다.

"하나포 반장니이임!!"

"…가라… 이도훈……. 가서… 우리의 희생을… 의지를… 보여줘라. 풀썩!"

자체 효과음까지 내며 쓰러지는 열연을 선보인 하나포 반장도 끝내 아웃되었다. 결국 남은 것은 인민군 하나와 오대기 한 명.

"겨우 이등병이냐. 하하하! 내가 승리했다우, 동무들!"

승리를 자축하는 인민군이었지만, 그는 한 가지 중요한 사실을 잊고 있었다.

바로 도훈이 평범한 이등병이 아니라는 사실을.

"내 동료들의 원수, 내가 직접 갚아주마!!"

도훈의 페인트 탄 한 발이 타앙 소리를 내며 인민군을 향해 날아간다.

인민군 역시 반사적으로 페인트 총을 발사한다. 서로가 서로의 모습을 드러내고 거의 제로 거리에서 사격을 실시하지만,

쓰러진 쪽은 다름 아닌 인민군이었다.

"어, 어째서……?"

"너의 총알은 이미 바닥났다."

그렇다. 인민군은 총알을 너무 난사한 끝에 자신의 탄환 개수마저 계산하지 못한 것이다.

아까부터 빈 탄환 소리만 내던 페인트 총의 소리를 들었기에 도훈은 이렇게 정면으로 일대일 승부를 할 수 있었던 것이다.

이것이 다 하나포 반장의 희생 덕분이다. 그가 인민군의 모든 페인트 탄을 맞아줬기 때문에 도훈이 승리할 수 있었다.

"나, 나의 포상 휴가가……! 억울하도다!"

인민군 역시 지면에 쓰러지는 열연을 한다. 그와 동시에 빠르게 도훈이 살포제 기계를 향해 뛰어간다.

아직 상황은 끝나지 않았다.

살포제 정지 버튼을 누르기 위해 손을 뻗는 이도훈. 그러나,

"저, 정지 버튼이 두 개라고?"

게다가 하나는 빨간색, 또 하나는 파란색이다. 어디서 본건 있는지, 마지막 순간까지 치밀하게 장치해 놓은 인민군 일동에 순간 도훈은 감동을 받을 뻔했다.

하지만 그것도 잠시, 남은 시간은 이제 고작해야 2초 남짓.

"선택해야 한다. 둘 중에 한 버튼은 정지고 다른 한 버튼은 발사 버튼일 터."

침을 꿀꺽 삼킨 도훈의 손가락이 서서히 버튼을 누른다.

"포대장님, 이동 준비 끝났습니다!"

삼포반장의 목소리가 들려왔지만, 포대장의 시선은 오대기가 떠난 산에서 떨어질 줄을 몰랐다.

그는 기다리고 싶었다. 오대기가 올 때까지.

하지만 승리 조건은 제1포대가 포격을 무사히 마치고 대대로 복귀하는 것이다. 여기서 오대기를 버리고 대대를 향해 즉각적으로 이동을 개시한다면 이들의 승리가 될 터.

그러나 그 순간,

"포, 포대장님!!"

황급히 간부들에게 뛰어온 철수가 들뜬 목소리로 외친다.

"도훈이가… 그 녀석이 돌아왔습니다!"

"오대기가… 오대기가 인민군에게 이긴 것인가?!"

포대장 또한 발걸음을 빠르게 하며 오대기의 귀환을 맞이한다. 전 간부, 그리고 전 병력이 서서히 떠오르는 태양을 등지고 3456 진지로 복귀하는 전사들을 바라본다.

페인트 탄을 뒤집어쓴 탓에 핑크색으로 물든 하나포 반장, 그리고 그 하나포 반장의 팔을 자신의 어깨에 두르며 부축해 걸어오는 역전의 용사 이도훈!

"역시 이도훈! 내 맞후임답다!!"

"최강의 이등병 탄생이냐?!"

"훈련소 때부터 믿어온 보람이 있구나, 군대 척척박사!"

철수의 환영 메시지를 마지막으로 도훈이 시원스럽게 웃으며 거수경례를 한다.

"이병 이도훈, 인민군을 모두 섬멸하고 복귀했습니다!"

포대전술훈련 새벽 급습 거수자 훈련 결과,

인민군 전멸,

오대기 소속 이도훈 이병 생존,

그리고 제1포대의 승리로 마무리가 되었다.

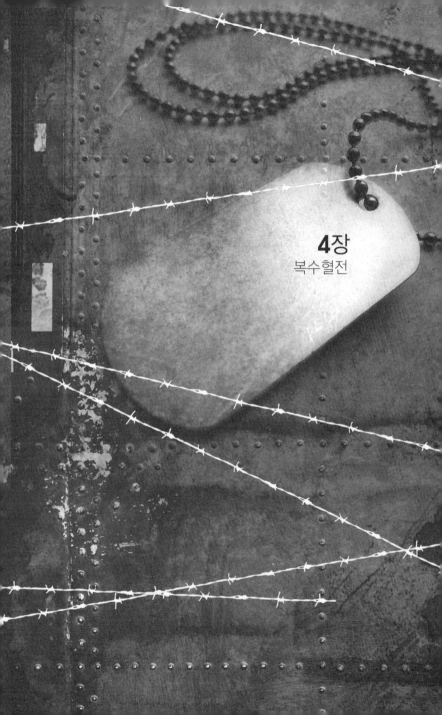

4장
복수혈전

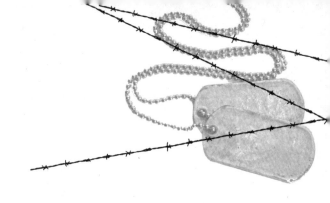

거의 한 편의 영화를 찍다시피 한 포대전술훈련은 새벽 6시에 동이 트는 태양을 등지고 복귀한 전 병력을 통해서 끝이 나게 되었다.

이번 포대전술의 성과를 들은 대대장은 포대장에게 큰 칭찬을 남겼고, 포대장은 무한한 감격을 느낄 수밖에 없었다.

그리고 그 중심에는 바로 이도훈이라는 존재가 있었다.

"무슨 전쟁 영화를 찍은 것도 아니고, 왜 이리 피곤하지?"

부대로 복귀한 철수가 매트리스 위에 누우며 말한다.

아침 식사를 한 이들은 온수 샤워를 하고 난 뒤 새벽에 고생했다는 명목하에 오침을 취할 수 있는 권한을 얻게 되었다.

불침번은 당직이 겸해서 하기로 하고, 외곽 근무는 다른 포대에서 지원이 오기로 되어 있었기에 거의 모든 병력이 쉴 수 있는 환경이 조성되었다.

이것도 다 대대장의 배려가 아닐까 싶다.

이른 아침부터 잠을 잘 생각을 하니 기분이 좋아졌는지 철수가 방금 내뱉은 불만을 지우고 희망찬 말을 내뱉는다.

"그래도 이렇게 오침도 취하고. 좋다, 진짜."

"그만큼 고생했다는 뜻이기도 하니까."

참으로 많은 고생을 했다. 도훈은 이런 말을 할 자격이 충분히 있었다.

난데없이 오대기로 자원해 나가고, 인민군 여섯 명 중 세 명을 제압했다. 이등병 오대기가 이룬 성과치고는 가히 어마어마하다 할 수 있을 만큼의 전공이 아닐까 싶다.

"그나저나 너 진짜 대단하다. 도대체 너의 한계는 어디까지냐, 이도훈?"

"글쎄."

"간부 지원은 할 생각 없고?"

"끔찍한 소리 하지 마라. 누가 군대에 말뚝을 박을 생각을 해?"

"다른 간부님들은 그럼 뭐가 되고?"

"천성에 맞나 보지. 아무튼 난 무슨 일이 있어도 전역할 거다."

전역을 얼마 남기지 않은 상태에서 다시 훈련병 시절부터 생활 중인 이도훈으로서는 어떻게든 전역을 하고 싶다는 소망만이 간절할 뿐이다.

이들의 대화를 엿듣고 있던 김대한이 늘어지게 하품을 하면서 말한다.

"이제 그만 슬슬 다들 자라, 신병들."

"예, 알겠습니다!"

이미 다른 사람들은 늘어지게 코까지 골면서 자는 중이다. 철수도 피곤한지 대한에게 옮겨 받은 하품 바이러스를 뿜내며 슬슬 눈을 감는다.

도훈도 슬슬 잠에 자기 위해 눈을 감는다.

정말 폭풍 같은 하루였다. 자신도 몰랐던 새로운 능력이 줄줄이 등장한 것도 신기했다.

하지만 그것도 잠시,

'이제부터 또 다른 계획을 세워야 할 필요가 있겠어.'

그동안 이도훈과 철수에게 모질게 굴던 박대수를 향한 복수의 칼날을 갈 때가 슬슬 다가오고 있었다.

오후 3시에 기상을 마친 이들에게 대대장이 특별 지령을 내린다.

"전 병력은 저녁 식사 시간까지 자유 시간을 가지다가 18시에 막사 앞으로 식사 집합할 수 있도록."

생활관 내부에 울려 퍼지는 포대장의 전달 사항에 환호를 내지른다.

훈련이 끝난 뒤에 꿀맛 같은 휴식이라니. 오침도 감지덕지한데 휴식 시간을 줄 정도면 대대장이 이번 포대전술에 대해 얼마나 만족해하는지 충분히 알 수 있었다.

한편, 자유 시간을 부여 받았음에도 불구하고 한수는 다리에 붕대를 감고 생활관에 앉아 있어야 하는 신세가 되었다.

"야, 괜찮냐?"

범진이 다가와 묻자 한수가 별거 아니라는 듯이 대답한다.

"한 이틀 정도만 쉬면 나을 거라고 합니다."

"흐음. 그래? 혹시 모르니까 외진이라도 한번 나가 보지 그러냐. 내가 김대한 병장님한테 이야기해 볼게."

"그래 주시면 저야 감사하지 말입니다."

"알았다. 잠깐만 기다려 봐."

오랫동안 알고 지내온 범진과 한수이기에 특별히 범진은 한수에게 관심을 쏟을 수밖에 없었다.

어찌 됐든 철수와 도훈, 그리고 한수는 맞선임, 맞후임의 관계니까 말이다.

한편, 도훈은 철수를 몰래 불러내서 무언가 작전을 짜기 시작한다.

"…그러니까 그 인간의 행적을 계속 쫓으라 이거지?"

철수가 다시 한 번 확인 차 도훈에게 묻는다. 그러자 도훈이 고개를 끄덕이며 철수에게 새겨들으라는 듯이 말한다.

"그래, 그리고 정확히 식사 집합하기 20분 전, 그러니까 5시 40분에 나한테 와서 그 녀석의 위치를 알려줘. 그러면 만사 오케이다."

"도대체 무슨 방법을 쓰려고 위치 추적까지 하라는 거냐?"

"두고 보면 알게 돼, 짜식아."

궁금해 입이 근질거리는 철수였지만, 아무리 그가 도훈에게 묻는다고 한들 절대로 대답해 줄 것 같지 않아 어쩔 수 없이 철수는 도훈이 하라는 대로 해야 했다.

그렇게 철수에게 지시를 내려놓고 도훈은 5시 반이 되기만을 기다렸다.

하품을 하며 잠시 헬스장에서 시간을 때우고 있던 도훈.

전자시계를 바라보며 도훈이 원하는 시간이 되기만을 손꼽아 기다린다. 이제 곧 그분이 강림하실 시간이니까 말이다.

이윽고 흰색의 승용차 한 대가 막사 앞에 등장한다. 운전자는 다름 아닌 유리아.

차에서 내리며 말끔하게 세면세족을 마친 유리아의 모습을 멀찌감치 보고 있던 도훈이 승리의 미소를 짓는다.

왜냐하면 뒷좌석에서 마치 숨어 있었다는 듯이 모습을 드러낸 또 다른 사람이 도훈의 시야에 보였기 때문이다.

그가 애타게 기다리던 인물이 등장했다.

이름하여 사단장.

"오랜만이로군. 이곳에 오는 것도."

별 두 개가 또다시 부대에 강림한 것이다.

관사에서 샤워를 마치고 잠을 청하던 유리아. 제1포대 병력과 마찬가지로 오후 3시에 자리에서 일어나 간단하게 씻은 뒤 슬슬 포대로 올라가려던 찰나이다.

띠리리리링~

아날로그식 벨소리가 울리며 유리아에게 전화가 왔다는 사실을 알려준다. 젖은 머리를 말리고 있던 유리아가 더듬거려 스마트폰을 찾아 들고 화면을 확인하고는 의아한 시선으로 통화 버튼을 누른다.

"…아빠?"

―우리 사랑하는 딸, 첫 훈련은 어땠어?

"나쁘진 않았어요. 그런데 무슨 일이에요?"

본래 군복을 입고 있을 때는 사단장에게 깍듯이 말하는 유리아지만, 이렇게 사적인 용무로 대화를 나눌 때에는 평범한 부녀지간으로 돌아간다.

스마트폰 너머로 들려오는 사단장의 목소리에는 살짝 높은 언성이 미약하게 포함되어 있다.

―실은 이 아빠가 너희 부대에 방문하려고 한다만…….

"오지 마세요. 아빠가 올 때마다 부대 사람들이 얼마나 많이 긴장하는지 아세요?"

―그래도 우리 딸이 근무하는 장소인데 이 아빠가 한번 직접 시찰하지 않고서는 의미가 없잖니.

"과잉보호예요, 그거. 저 혼자서 충분히 할 수 있다구요. 절대로 오지 마세요. 절대로!"

―하지만 이미 네 관사 앞인 걸 어쩌냐.

"…네?"

―창문을 열어보거라.

설마 하는 표정으로 관사의 창문을 연 유리아. 그러자 그곳에 사복 차림의 운전병 옆에 나란히 서 있는 중년남자가 싱긋 웃고서 유리아에게 주책없이 손을 흔들어 보인다.

사단장 역시도 사복 차림.

그렇다면 필히 사단장이 비밀리에 이 부대를 방문한 것이리라.

위병소에는 또 어떻게 말했기에 통과되었을까 하는 궁금증이 든 유리아가 스마트폰에 대고 외친다.

"도대체 어떻게 들어온 거예요?!"

―네 대대장의 스승이라고 하고 들어왔지.

"고작 그런 일로 민간인을 부대에 들여보낼 리가 없잖아요!"

―그렇더구나. 그래서 그냥 신분증을 제시했지. 위병소 녀석들이 벌벌 떨길래 내가 '보고했다간 어떻게 될지 알지? 알아서 해라' 라고 아주 간단하게 협박을 했단다. 하하하!

"협박하지 마세요!!"

사병들이 얼마나 바들바들 떨었을지 감도 안 잡힌다. 아마 지금쯤이면 대대장의 귀에도 이 사실이 보고되었으리라 생각된다.

한숨을 쉬며 가볍게 군복을 입고 바깥으로 나온 유리아가 사단장에게 눈을 흘기며 토라진 어투로 묻는다.

"무슨 연유로 오신 겁니까, 도대체?"

"말투가 갑자기 군대식으로 변하는구나. 이 아빠는 섭하다."

"섭하고 자시고 애초에 상관과 부하의 관계 아닙니까. 어째서……"

"미래의 사위를 보러 왔지."

"…무슨 소리입니까, 그건?"

"다 들었다. 네 친구한테서 '유리아가 좋아하는 남자가 생긴 거 같아요, 아저씨. 이름이 이도훈이라는 이병인데요, 혹시 아세요?' 라는 메시지가 왔다."

"…그년이!!"

얼마 전에 도훈이 외박을 나갔을 때 유리아와 동행한 그 친구가 모든 사건의 원흉이다.

이미 유리아의 친구들 사이에서는 드디어 유리아에게도 봄날이 왔다는 식으로 와자지껄 떠들며 자기들끼리 뭐가 좋은지 쑥덕거리고 있는 상황이었다. 그 소문이 사단장에게까지 도달한 것이다.

"내가 보고 정식으로 교제를 허락해 주마."

"무슨 말도 안 되는 소리를 하는 겁니까! 당장 집에나 들어 가세요!"

유리아가 사단장의 등을 억지로 떠밀다시피 차 안을 향해 민다. 그러나 사단장은 그저 허허 웃으면서 탑승을 거부하며 몸부림친다.

낑낑거리며 힘으로 사단장을 제압하려던 유리아였으나, 사단장은 소싯적 씨름을 했을 정도로 힘이 장사다. 아무리 나이가 들었다고 해도 여성의 근력으로 사단장을 움직이게 하는 일은 불가능하다.

결국 포기 선언을 한 유리아가 거친 호흡을 고르며 말한다.

"…목적이 뭡니까?"

"네가 근무하는 근무지 시찰 겸 미래의 사위와의 만남."

"그, 그런 거 아니라니까. 어휴!"

이미 말이 안 통한다. 유리아에 관해서라면 사단장은 유독 심한 집착을 보인다.

간단히 말해서 딸바보라고 할까. 그런 사단장에게 유리아 가 이길 리가 없다.

"진짜… 저 곤란하게 만드실 겁니까?!"

유리아가 살짝 목소리를 높여 말하지만, 사단장은 도리어 그런 유리아가 귀엽다는 듯이 큰 손으로 머리를 쓰다듬는다.

"이 애비가 딸내미 근무지 보고 싶다는데 문제가 되나?"

"무진장 문제 됩니다! 무진장!"

"잠시 슬쩍 보고 갈 거야. 너무 그렇게 화내지 마라."

"……."

집에서도 그러긴 하지만 사단장은 유리아를 너무 애 취급한다. 사단장의 시선에서 보자면 유리아는 성인이 아닌 아직 한창 어리광을 부릴 여자아이로밖에 보이지 않을 것이다.

물론 그렇다고 유리아가 애교가 많은 성격도 아니다. 어릴 때부터 고아로 자란 유리아이기에 그다지 밝은 성격도 아니다. 오히려 똑 부러지는 성격의 소유자로서 옳고 그름을 명확하게 가려내는 아이라고 표현하는 편이 더 정확할 것이다.

하지만 그런 그녀도 사단장의 고집을 꺾을 수는 없었다.

엄한 남자이자 동시에 가정적인 남자이기에 유리아로서는 진심으로 사단장에게 화를 낼 수가 없었다.

"…알았습니다, 알았어요. 제가 졌어요."

결국 이번에도 사단장의 승리로 돌아가게 되었다. 유리아는 축 늘어진 어깨로 자신에게 거수경례를 하는 사병을 바라본다.

"대신 차는 제가 운전하고 갈 거예요. 불만 없죠?"

"그러엄! 당연하지."

살짝 사단장을 째려보던 유리아가 운전병을 대신해서 운전석에 자리를 잡는다.

그러자 사단장에게 뻣뻣하게 굳은 목소리로 묻는 운전병이다.

"저는 어디에 있으면 됩니까?"

"뒷좌석에 타고 있다가 리아랑 내가 알파 포대로 가면 주차시켜놓고 대기하도록."

"예, 알겠습니다!"

이런 연유로 인해 사단장은 몰래 제1포대로 접근할 수 있게 되었다.

물론 이미 위병소를 통해서 사단장이 왔다는 소식을 개인통신으로 접하게 된 대대장은 부랴부랴 부하들을 이끌고 알파포대를 향해 뛰어가고 있었다.

포대장 역시 마찬가지. 모처럼 포대전술훈련도 성공리에 마쳤다고 생각했는데 예상치도 못한 난관이 들이닥친 탓에 패닉 상태가 되었다.

"비, 비상사태다!!"

생활관 문을 열며 저번과 사단장 방문 때와 같은 반응을 보이는 포대장이 우렁차게 외친다.

그러나 그 외침을 들은 사람은 한수 한 명밖에 없었다.

"다, 다른 병사들은?!"

"포대장님께서 자유 시간을 가지라고 말씀하셔서……."

"저, 전군! 전군을 소집해! 지금 당장!"

행정실로 뛰어가며 말하는 포대장이었지만, 그 일은 이뤄질 수 없게 되었다.

"어허, 병사들의 휴식 시간을 방해할 생각인가, 자네."

"태푸우우웅!!"

포대장이 잔뜩 긴장한 표정으로 거수경례를 한다. 그의 눈앞에 사복 차림의 사단장이 벌써 모습을 드러냈기 때문이다.

다이아몬드 세 개가 이렇게 초라해 보일 수가 있을까. 포대장은 잔뜩 얼어버린 동작으로 사단장을 행정실로 안내한다.

"드, 들어오시기 바랍니다!"

"음. 그러지."

행정실 안으로 모습을 드러낸 사단장. 그러자 당직사병과 더불어 행보관이 우렁차게 거수경례를 한다.

"태푸우웅!!"

"태풍."

짧고 간단하게 마주 거수경례를 해준 사단장이 포대장에게 말한다.

"이번 포대전술훈련을 아주 성공리에 마쳤다고 들었다만."

"예, 예! 그렇습니다!!"

"허허, 너무 긴장하지 말게."

말은 그렇게 하지만 긴장하지 않을 인물이 어디 있겠는가.

한 명 존재한다면 바로 소위 계급을 달고 있는 유리아일 것이다.

"…별일 없다면 빨리 가주시면 좋겠습니다."

유리아가 핀잔 투로 말하지만, 사단장은 일어날 생각이 없는지 당직사병에게 말한다.

"아, 그리고 자네, 방송으로 이도훈 이병 좀 행정실로 오라고 해주겠는가?"

"이, 이도훈 이병 말씀이십니까?"

"그래, 내가 왔다는 건 비밀로 하고."

"아, 알겠습니다!"

제1포대에서 사단장이 왔다는 사실을 알고 있는 건 아직까지 행보관과 포대장을 포함한 간부급들, 그리고 당직사병밖에 없다. 방송으로 사단장이 알파포대를 향해 온다는 말을 하려 했을 때는 이미 사단장은 도착한 후였다.

위병소에서 사단장이 가한 협박이 잠시나마 보고를 늦추게 되었고, 그것은 지금에서야 빛을 보게 되었다.

덜덜 떨리는 손으로 마이크를 켠 당직사병이 천천히 말을 반복한다.

"해, 행정반에서 알려드립니다. 행정반에서 알려드립니다. 이병 이도훈, 이병 이도훈은 지금 즉시 행정실로 오도록."

누가 들어도 덜덜 떨리는 목소리였지만, 방송상으로는 티가 잘 나지 않을 것이다.

그리고 방송을 들은 이들은 왜 당직사병의 목소리가 의기 소침해 있는지도 모를 게 분명했다.

하지만 도훈은 알고 있다.

지금쯤이면 사단장이 행정실에서 자리를 잡고 자신을 찾을 것이란 사실을.

"그럼 어디 한번 가볼까?"

가볍게 몸을 풀며 행정실로 향하는 도훈의 머릿속에는 이미 박대수를 엿 먹이기 위한 시나리오가 완성되어 있었다.

도훈은 사단장이 포대전술이 끝나고 대대에 몰래 들어온 사실을 알고 있었다. 그건 2년 전의 기억에도 마찬가지다. 물론 그때는 진급 시험을 앞둔 포대장을 위로하기 위해, 또한 포대전술이 끝나 겸사겸사 오게 되어 있었다. 이렇게 직접 제 1포대 막사까지 찾아오는 일은 없었다.

하지만 이번에는 유리아라는 변수가 존재한다. 유리아가 알파포대에 전입해 온 사실 하나만으로도 이미 사단장이 제1포대까지 몰래 올 거라는 사실은 쉽게 추측할 수 있다.

게다가 사단장의 성격으로 보아 분명 제1포대로 올 것이다.

이미 미래와 사단장의 성격, 그리고 체셔의 확신까지 더해서 도훈은 충분히 미래를 예상할 수 있었다.

이제 다음은 도훈이 원하는 대로 사단장을 데리고 다니기만 하면 된다.

"이병 이도훈, 행정반에 용무 있어 왔습니다!"

기운차게 거수경례를 하며 들어오는 도훈을 흐뭇한 표정으로 바라보던 사단장이 자리에서 일어선다.

"오랜만이로구만, 이도훈."

"태풍! 이병 이도훈!"

"허허, 내 자네의 활약상은 익히 들었네. 포대전술훈련 때 처음 맡아본 오대기로서 인민군 세 명을 때려잡았다지? 거참, 대단한 성과로구만."

"저 말고 다른 오대기 인원들이 열심히 해줘서 그렇습니다. 저는 아무것도 한 게 없습니다."

"이 친구, 겸손하기까지 하구만! 하하!"

　사단장이 격식 차릴 필요 없다는 듯이 도훈의 어깨를 가볍게 두드려 준다. 관등성명을 외치며 사단장의 스킨십에 가볍게 응수하는 도훈.

　그러나 뒤에서 유리아는 빨개진 얼굴을 손으로 감추며 지금 현재의 상황에 죽을 맛이라는 표정이다.

"이도훈."

"이병 이도훈!"

"자네하고 이야기도 할 겸 자네한테 부대 시찰 안내를 맡기고 싶네만."

　사단장의 말에 포대장은 경악을 금치 못한다. 지금 당장에라도 거품을 물고 쓰러지고 싶다는 표정이다. 그도 그럴 것이, 아무것도 모르는 이등병에게 부대를 안내하라니. 차라리 상병장이라면 그래도 안심이라도 하지, 이등병이 그만한 지식을 가지고 있는 것도 아니고 사단장 앞에서 무슨 막말을 할지 모른다.

가뜩이나 포대전술훈련을 완벽하게 소화해 낸 포대장인데 마무리가 좋지 않게 끝날 수도 있다는 불완전한 상황에 포대장의 마음이 놓일 리가 없다.

순식간에 지옥 같은 상황을 맛보게 된 포대장. 하지만 이게 바로 도훈이 기다리던 순간이다.

"예, 물론입니다!"

도훈의 확신 어린 말에 포대장은 다시 한 번 정신이 아찔해짐을 느꼈다.

사복을 입은 사단장을 데리고 부대 내를 안내하기 시작한 이도훈. 사실 사단장을 직접 만나본 사람이라고는 뒤따라오는 유리아와 행보관, 포대장 정도밖에 되지 않기 때문에 병사들은 사단장의 정체가 투스타임을 알 수 없었다.

"오, 도훈아, 그쪽 아저씨는 누구냐?"

김대한 병장이 줄넘기를 하면서 묻는다. 사복을 입고 있는 사단장은 영락없는 옆집 아저씨 같은 모습이기에 별다른 거리낌 없이 물어본 것이다.

순간 김대한의 말에 포대장과 행보관의 표정은 '저놈을 죽여, 살려?' 라는 눈빛이었지만, 김대한이 그렇게까지 눈치가 빠를 리가 없다.

사단장이라고 소개하려던 도훈이지만, 그때 사단장이 도훈의 어깨에 손을 올리며 말한다.

"난 도훈이 아버지의 오랜 친구라네. 군에 연이 있어서 한 번 만나보러 잠시 면회 왔지."

"아, 그러신가요?"

왜 민간인이 평일에 면회를 온 것일까, 그리고 고작 민간인인데 왜 포대장과 유리아, 행보관이 뒤를 졸졸 따라다니는 것일까 하는 의구심이 들긴 했지만, 김대한은 그러려니 하고 인사를 한다.

"안녕하세요. 도훈이가 소속되어 있는 하나포 분과의 분대장을 맡고 있는 김대한이라고 합니다."

"허허, 반갑네. 우리 도훈이 잘 부탁하네."

"예, 걱정하지 마세요. 이 녀석은 안 그래도 혼자서 잘 해나가는 타입이거든요. 더 이상 가르칠 게 없어서 문제라니까요. 하하하!"

"오호, 도훈이가 그렇게 군 생활을 잘한단 말이지?"

"잘하다마다요. 아마 저보다도 더 능숙하게 잘할걸요. 이렇게 말하고 보니 병장 체면이 말이 아니네요."

장난스럽게 웃으며 사단장과 마주 악수를 하는 김대한. 아마 대한은 꿈속에서도 모를 것이다. 자신이 사단장과 '요' 자로 말을 주고받으며 악수를 나눴단 사실을.

왠지 일반인처럼 연기하는 것에 재미가 들린 모양인지 사단장이 뒤따라오는 포대장과 행보관, 그리고 유리아에게 말한다.

　"자네들은 나와 어느 정도 거리를 두고 따라오게. 사병들과 소통할 시간 정도는 줘야 하지 않는가."

　"하지만……."

　"어허, 사단장 말이 말 같지 않은가?"

　"아, 아닙니다!"

　포대장이 황급히 부정하며 행보관과 유리아에게 말한다.

　"떠, 떨어져서 갑시다."

　아마도 포대장 인생에 있어서 가장 살 떨리는 경험이 아닐까 싶다. 부하들이 과연 사단장에게 어떠한 만행을 저지를지에 대해서는 포대장으로서도 감도 안 잡힌다.

　물론 너무 심하다 싶으면 도훈이 알아서 조절을 할 것이다. 도훈이 이등병이라고는 하나 눈치가 빠르다는 점은 행보관뿐만 아니라 포대장도 인정하고 있으니까 말이다.

　게다가 왜인지는 모르겠지만 도훈은 사단장이라는 거대한 존재를 눈앞에 두고 있음에도 불구하고 주눅 든 모습이 아니다. 그게 그나마 포대장으로서는 다행이라고 여기고 있다.

　괜히 얼어붙어 아무것도 못하는 것보다 자신감이 넘치는 모습을 보이는 게 사단장에게 많은 점수를 딴다는 것 정도는 포대장도 알고 있다.

한편, 사단장과 함께 포상과 게임장 등등 여기저기를 둘러
보던 도훈이 슬쩍 자신의 손목시계를 바라본다.

'…곧 약속한 시간이군.'

슬슬 철수에게 미리 지정해 둔 장소이기도 한 헬스장으로
사단장을 데려가는 도훈. 그러자 익숙한 목소리가 들려온다.

"야, 이도훈?!"

도훈을 부르며 허겁지겁 뛰어온 철수가 도훈과 같이 있는
아저씨를 보곤 의아한 표정을 짓는다.

"누구……?"

"내 아버지의 친구 분이셔. 우리 부대와 연이 있어서 잠시
들르신 거야."

"아, 그래요? 안녕하세요? 처음 뵙겠습니다. 도훈이하고 동
기인 김철수라고 합니다."

익숙하게 '요' 자를 쓰면서 사단장과 마주 악수를 한다. 사
단장 역시도 허허 웃으면서 철수의 악수를 흔쾌히 받아준다.

"반갑네. 자네, 풍채가 참 좋구만."

"그런 소리 자주 듣습니다. 특히 여자 친구한테요. 하하!"

"허허허! 농담도 잘하는구만!"

여자 친구의 입장에서 보자면 농담이 아니라 진담일 것이
다. 정력왕 김철수라는 말은 괜히 생긴 게 아니다.

"그래서, 그 인간 어디 있냐?"

작은 목소리로 철수에게 박대수의 행방을 묻는 도훈.

그러자 철수가 눈치껏 사단장에게 들리지 않을 만큼 작은 목소리로 말한다.

"…대대 식당."

"대대 식당이라고?"

이건 예상하지 못했다.

있어 봤자 막사 내부에 짱박혀 자고 있다든지, 혹은 플스로 위닝이나 하고 있을 줄 알았는데 식당이 웬 말인가.

거리상으로는 조금 멀 수도 있지만, 그래도 도훈에게 있어서는 어찌 보면 이게 기회일지도 모른다.

필시 말년병장이 무단으로 식당에 내려간 이유는 맛있는 음식을 독차지하기 위해서일 것이다. 아니면 식사 집합하고 밥 먹기 귀찮으니까 미리 내려가서 먹고 나중에 식사 집합만 했다가 생활관에 짱박혀 자려는 것이다.

한마디로 군 생활의 무법자.

그게 바로 박대수란 이름의 말년병장이다.

도훈과는 차원이 다른 막장의 길을 걷는 박대수의 행보였지만, 오늘 그 행보가 박대수의 무덤을 파는 날이 될 줄은 본인도 모를 것이다.

'한 방에 보낸다. 남자답게.'

그동안 받은 수모는 전부 단 한 방, 크게 한 방으로 보내 버릴 것이라 생각한 도훈은 철수에게 넌지시 말한다.

"야, 철수야, 우리 그러고 보니 식당 청소 담당 아니었냐? 가볍게 청소나 하러 가자."

"무슨 헛소리야? 우리 청소 구역은 1생활관 화장실… 억?!"

도훈이 철수의 발을 사뿐히 즈려밟고 가시옵소서를 선보인다. 순간 철수가 대뜸 화를 내려 했지만, 도훈의 눈빛을 보고 반사적으로 무언가를 알아차릴 수 있었다.

'뭔가가 있다!'

아무리 철수가 눈치 없는 둔팅이라 하더라도 도훈이 무슨 생각을 하고 있는지에 대해서는 대략 감을 잡을 수 있다.

오늘은 박대수에게 그동안 받은 수모를 되갚아주는 날이다.

그런 도훈이 이름 모를 아저씨를 데리고 대대 식당으로 내려가자고 한다.

설마 하는 눈초리로 바라보는 철수에게 도훈이 싱긋 웃으면서 말한다.

"사단장님이시다."

"사사사사사사사사사단장님?! 태푸우우웅!!"

부들부들 떨리는 손으로 거수경례를 실시하는 철수의 모습을 보며 사단장이 배 위에 손을 올려놓고 껄껄 웃기 시작한다.

"원, 녀석도 참. 뭐 그리 겁을 먹나. 이 사단장이 무섭냐?"

"아아아아아닙니다!!"

순간적으로 소변을 지릴 뻔한 철수가 필사적으로 생리현상을 참아낸다. 그 정도로 놀란 사단장의 등장에 철수는 정신이 아찔해짐을 느낀다.

어쩐지. 멀찌감치 포대장과 유리아, 그리고 행보관이 도훈과 사단장을 따라다닌다 싶었다.

철수는 그저 면회 온 일반인이라서 같이 다니는가 싶었는데 알고 보니 사단장이라는 신분 때문에 그랬던 것이다.

하지만 그와 동시에 철수의 두뇌도 도훈이 의도하고자 하는 모든 계획을 깨닫게 된다.

'진짜… 박대수 그 인간을 보내 버릴 작정을 하고 있구나.'

소름이 돋은 철수가 몸을 부르르 떤다.

이도훈 이 인간과는 절대로 원수를 지지 말아야겠다고 다시 한 번 결심하는 철수였다.

도훈이 철수와 함께 사단장을 데리고 대대 식당으로 가려는 상황 속에서,

"아, 씨발. 졸라 맛없네."

오늘의 저녁 메뉴이기도 한 불고기 맛을 보고 미간을 찡그린 박대수가 취사병에게 소리친다.

"야! 당장 안 튀어나오냐?"

"무슨 일이십니까, 박대수 병장님?"

헐레벌떡 뛰어온 알파포대 소속 취사병이 박대수에게 화

를 내는 원인을 묻자, 박대수가 노골적으로 짜증을 내며 말한다.

"내가 맵게 하지 말라고 좆나 강조했는데 이따위로 만들거냐? 불고기 먹으려고 대대 식당까지 내려왔는데, 씨발."

"그… 원래 레시피대로 한 거라서……."

"레시피 같은 소리 하고 있네. 말년에 내가 기름 둥둥 떠다니는 거 먹어야겠냐? 가뜩이나 돈도 없어서 PX도 못 가고, 불고기라도 많이 먹어두려고 했던 내가 병신이지. 씨발. 기분 엿 같네."

"…죄송합니다."

"다음부터는 똑바로 해라. 알겠냐?"

"예, 알겠습니다."

취사병도 아니면서 왜 취사반에 와서 저렇게 당당하게 음식에 대해 태클을 거는지 취사병들은 박대수의 언행을 이해할 수가 없었다.

반면, 후임에게서 빼앗아온 콜라 한 캔을 따 천천히 음미하고 있는 박대수에게 식당 안으로 들어오는 누군가의 발걸음 소리가 들린다.

목소리를 듣자 하니 도훈과 철수가 아닌가.

'씨발, 잘됐네. 좆같은 이 기분, 저 새끼들한테 풀어볼까.'

박대수의 손에는 마침 콜라 한 캔이 들려 있다. 어차피 자신은 말년인지라 곧 전역한다. 이 지위와 권력을 말년이 아니면 언제 사용하겠는가.

콜라를 몇 번 흔들고 대대 식당의 문이 열리는 순간, 박대수가 일부러 콜라 캔을 놓치는 척하며 처음 들어오는 이에게 콜라를 확 부어버린다.

"어이쿠! 이런. 나도 모르게 손이 미끄… 러… 지……."

실수인 척하면서 일부러 얼굴에 콜라를 부어버린 박대수의 시선이 의아함을 띠기 시작한다.

도훈과 철수가 들어와야 할 식당 내부에 웬 낯선 아저씨가 있는 게 것인가.

사실 박대수라면 도훈과 철수에게 많은 악감정을 가지고 있다는 것을 도훈은 잘 알고 있다. 그래서 일부러 식당 입구에 들어서기 전에 도훈이 철수와 목소리를 높여 자신들이 왔다는 사실을 알려준 것이다.

박대수의 일거수일투족을 따라다닌 인물은 철수 한 명이 아니다.

바로 투명화 마법이 걸려 있는 앨리스.

'그러니까… 입구에 들어서는 사람한테 콜라라고 적혀 있는 음료수 캔을 뿌리려고 들고 있어.'

'오케이.'

도훈은 앨리스에게 다른 사람에게는 들리지 않고 오로지 도훈과 앨리스에게만 들리는 텔레파시를 통해서 일일이 박대수의 행동거지를 전부 보고 받고 있었다.

철수는 오로지 위치 파악용으로, 그리고 앨리스는 맨투맨으로 박대수를 감시하며 그가 도훈과 철수에게 저지를 만행을 실시간으로 보고하는 역할로 세워둔 것이다.

도훈이 앨리스에게 지시한 것이 바로 이것.

박대수의 모든 행동을 자신에게 보고하라!

직접 앨리스가 인간계에 간섭하지 않으면서도 인과율을 넘기지 않는 가장 효과적인 방법이기도 하다.

이렇게 되면 도훈의 시야 밖에서 벌어지는 일도 차원관리자라는 일종의 사기 스킬을 통해서 마치 TV를 보는 듯이 실시간으로 보고를 받을 수 있게 된다.

차원관리자를 최대한 활용하면서 동시에 인과율 수치 10을 넘기지 않는 방법을 떠올린 결과가 바로 이런 방식이다.

그저 상황을 보고 도훈에게 알려주기만 하는 건 인과율 수치에 커다란 영향을 미치지 않는다. 중요한 것은 그 정보를 바탕으로 도훈이 얼마나 많은 활약을 펼치는가 하는 것이다.

그것을 최초로 시도하는 대상이 바로 박대수.

'오늘 한번 죽어봐라, 이 새끼야.'

도훈이 속으로 통쾌하다는 듯이 웃기 시작한다.

반면, 콜라를 얼굴에 정통으로 맞은 사단장의 표정이 순식간에 일그러졌다.

아무리 성격이 호탕하고 털털하기로 유명한 사단장이지만, 이런 악의적인 장난은 쉽사리 용납할 수 없다.

"야, 이도훈……."

"이병 이도훈!"

박대수가 어안이 벙벙한 표정으로 묻는다.

"이 아저씨는… 누구냐?"

사복을 입고 있는 것으로 보아서는 민간인이 아닐까 추측하는 박대수지만, 그도 날로 짬밥을 먹은 게 아니다.

민간인임에도 불구하고 평일에 직접 부대를 방문했다. 그렇다면 군부대와 연이 있는 사람이거나 아니면 퇴역 군인일 수도 있다.

그 말인즉슨 대대장보다도 직급이 높은 사람일 수도 있다는 의미이다.

박대수에게 질문을 받은 도훈은 마치 그에게 사형선고를 내리는 사람처럼 목소리에 힘을 싣고서 말한다.

"사단장님이십니다."

"사사사사사사사사단장님?!"

도훈의 말이 끝남과 동시에 사단장의 눈에 적색경보가 켜진다.

"자네는 평소에도 후임들에게 이런 장난을 치고 그러나?"

"그, 그렇지 않습니다!"

"아니긴 뭐가 아닌가! 포대장!"

벼락과도 같이 식당 내부로 뛰어온 포대장이 얼어붙은 표정으로 선다.

"이 친구, 영창 보내!!"

"아, 알겠습니다!"

사단장에게 걸리면 얄짤없다.

박대수는 이렇게 해서 전역을 얼마 남겨두지 않은 상황에서 군 생활이 늘어나는 마법을 직접 체험하게 되었다.

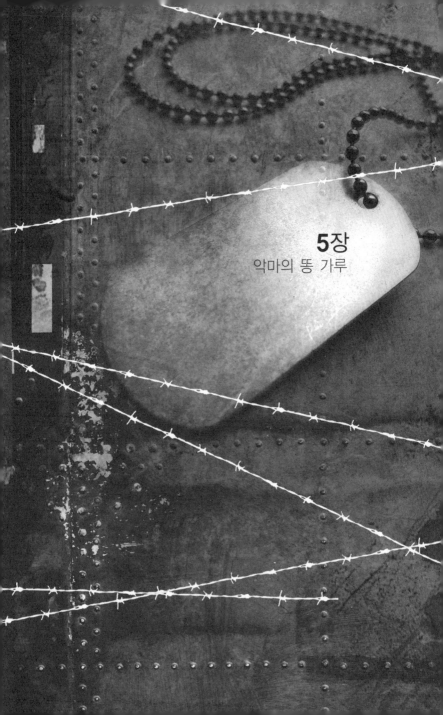

5장
악마의 똥 가루

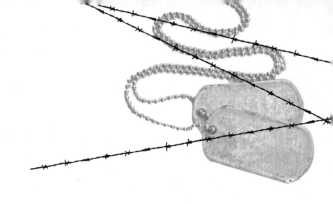

사회엔 이런 말이 나돌곤 한다.

눈이 내리는 것을 보고 좋아하면 아이이고, 걱정부터 하면 어른이라고.

거기에 세 번째 의견을 포함시킨다면 아마 이런 말이 추가되지 않을까 싶다.

눈이 내리는 것을 증오하게 된다면 그건 바로 솔로 아니면 군인이다.

특히나 군인은 눈이라는 것을 매우 싫어한다. 얼마나 싫어하냐면 '악마의 똥 가루' 라 부를 정도로 눈을 싫어하는 종족이다.

하지만 그렇다고 대자연의 힘을 억누를 수 있는 힘이 군인에게 있겠는가.

아무리 현대 과학이 발달했다고 한들 아직까지 자연을 컨트롤할 수 있을 정도까지 발전하진 않았다.

한마디로 눈이 내리는 것을 막을 길은 없다는 말이다.

"이런 젠장! 좆같은 군대!"

눈이 내리는 걸 보자마자 내뱉은 도훈의 욕지거리에 다른 분대원들도 심히 공감한다는 듯이 고개를 끄덕인다.

포대전술훈련이 끝나고 난 이후 약 2주 정도가 흘렀다. 3월 중순인데 쏟아지기 시작한 함박눈에 순간 모든 군인은 망연자실한 표정을 지어 보인다.

점심 식사를 하고 나서 막사로 올라온 이들. 모처럼 토요일의 달콤한 휴식을 보낼 틈도 없이 차곡차곡 쌓여만 가는 눈을 원망 어린 눈빛으로 바라본다.

"박대수 그 인간 영창을 보내서 엄청 기뻤는데 이런 재앙이 닥칠 줄이야."

도훈이 한숨을 쉬며 점점 하얗게 물들어가는 부대의 모습을 바라보며 중얼거린다. 그건 철수 또한 마찬가지.

"눈이 오면 분명 100% 쓸라고 하겠지?"

"그야 기본 아니냐."

게다가 오늘은 주말이다. 평일도 아니고 주말. 휴식을 취해야 하는 상황에서 하필이면 오늘 당직도 행보관. 눈이 쌓이는 꼴은 절대로 볼 수 없다고 호언장담하고 다니는 그 행보관의 손에 걸리면 얄짤없다.

"제발… 신이시여, 이 눈을 거두어주시옵소서."

양손을 가지런히 모으고 덩치에 어울리지 않게 기도를 시작한 철수의 뒤통수를 한 대 후려 버릴까 진심으로 고민하기 시작한 도훈이었으나, 아직까지도 군종병을 목표로 하고 있는 남자라는 타이틀을 달고 다니는 철수인지라 쉽사리 때리지도 못한다.

조만간 질리면 본인이 알아서 관두겠지 하는 생각으로 놔두고 있는데, 한 달 이상을 가는 중이다. 실로 대단하다고 볼수밖에 없다.

나날이 높아만 가는 철수의 신앙심은 잠시 뒤로하고 도훈이 잠시 막사 밖으로 나가본다.

"우왓! 대박이다, 대박이야!"

살짝 문을 열었음에도 불구하고 벌써부터 짙어진 눈발이 확연하게 시야로 들어온다.

이건 두말할 필요도 없다.

제설 작업의 시작이다.

—아아, 전 병력은 지금 즉시 넉가래, 빗자루 들고 막사 앞으로 집합하도록.

확인 사살이라도 하듯이 행보관의 목소리가 방송을 타고 막사 내부를 가득 채운다.

"이런 씨바알!!"

그리고 뒤이어 병사들의 절규가 들려옴은 굳이 말할 필요도 없다.

황금 같은 주말에 넉가래와 빗자루를 들고 집합한 이들.

활동복 안에 깔깔이, 내복, 장갑, 귀마개, 목토시 등등 온갖 방한용품을 걸치고서 나온 이들에게 행보관이 엄지손가락 같은 체형을 드러내며 말한다.

"이 행보관이 뭐 시키려는지 다들 잘 알고 있겠지?"

"…예."

"어허, 이 잡것들 봐라. 목소리가 작다. 뭐라고?"

"알고 있습니다!"

"알면 다행이구만. 어흠, 어디 보자. 그럼 제설 작업 구역을 정해줄 테니까 열심히 해라. 우선 하나포는… 초소 근처를 작업한다. 알겠냐?"

행보관의 말에 하나포 분대원 일동이 큰 목소리로 대답한다.

"예, 알겠습니다!"

하필이면 현재 초소에서 근무를 하고 있는 건 바로 김대한 병장과 한수 일병. 여섯 명에서 네 명으로 제설 작업 인원이 확 줄어든 하나포 인원은 제각각 넉가래와 빗자루를 짊어지고 초소 계단 입구로 들어선다.

눈도 제법 많이 쌓인 터라 초소를 오르는 것도 꽤 힘들다.

그래도 어쩌겠는가. 힘들더라도 제설 작업은 해야 하는 필수 작업 중 하나. 행여나 이 쌓인 눈을 놔두었다간 저번처럼 도훈과 유리아가 미끄러지는 사건이 또 발생할 수도 있다.

그때는 앨리스가 구해줘서 다행이지, 만약 앨리스가 구해주지 않았다면 이들은 필히 크게 다쳤을 게 틀림없다.

안전사고를 생각해도 제설은 필수적인 작업이다.

"우왓! 제설 작업이잖아! 토 나온다."

김대한이 약이라도 올리듯 외치는 말에 범진이 순간적으로 눈덩이를 뭉친다.

"시끄럽습니다, 김대한 병장님! 확 눈덩이 날려 버릴 수도 있습니다!"

"어쭈, 너 많이 컸다, 김범진?"

"아까는 주말 낮에 근무 나간다고 투덜거리시더니만, 그 마음 싹 달아나셨나 봅니다?"

"그야 당연하지. 너희의 불행은 나의 행복이니까. 하하하!"

사악한 미소를 지으며 이들에게 다시 한 번 약을 올린다.

본래 세상일은 어찌 돌아갈지 모른다. 아까까지만 하더라도 주말에 웬 외곽 근무냐고 투덜거리던 김대한과 한수가 이번에는 승리자가 된 셈이다.

다만 전제조건이 있다면 이들이 외곽 근무를 마치고 복귀하는 타이밍에 제설 작업도 끝나 있어야 한다는 점이다.

물론 그런 기가 막힌 타이밍이 나올 것이라고는 김대한도, 한수도 장담하지 못한다.

군대 날씨는 절대로 예측 불가능하니까 말이다.

하다못해 훈련소에서도 그 누가 새벽에 폭우가 내릴 거라 예상했겠는가. 군대 날씨란 아무리 뛰어난 기상 예측 요원이 와도 절대로 예측하지 못할 것이다.

"그럼 나하고 도훈이가 같이 초소 계단을 쓸고, 범진이 넌 철수 데리고 초소 근처 쓸어라."

"알았어."

아무리 도훈이 뛰어난 능력을 소유하고 있는 이등병이라 해도 선임 입장으로서는 함부로 후임 두 명에게 제설을 맡길 수가 없다.

훈련은 아니지만 제설도 엄연히 노하우와 스킬을 요하는 작업이다.

철수처럼 단순무식하게 힘만 앞세워서 눈을 쓸거나 밀면 절대로 장기간 제설 작업을 할 수 없다.

"헥헥!"

넉가래를 들고 벌써 체력 부족을 호소하는 철수의 모습에 범진이 혀를 차며 말한다.

"넌 남자 새끼가 벌써부터 지치면 어떻게 하냐. 그래 가지고 여자 친구가 기뻐하겠냐?"

참고로 철수의 여자 친구는 아주 만족하고 있다. 철수는 노동적인 측면에서는 체력이 약한데, 희한하게 여자와 밤일을 할 때면 정력왕이 된다.

아마도 작업에 임하는 태도의 차이가 아닐까 싶다.

반면, 넉가래를 든 도훈은 아주 능숙한 솜씨로 계단의 눈을 슥슥 밀어내기 시작한다.

발목까지 올 정도로 쌓여 있는 높이에도 불구하고 별다른 힘 들이지 않고 가볍게 쑤욱 밀어낸다.

그 모습을 지켜보고 있던 재수가 새삼 감탄하며 도훈의 자세를 관찰한다.

넉가래 막대 끝을 잡고 눈을 밀 때에는 최대한 넉가래 막대기의 각도를 낮춰 바닥의 돌과 부딪치지 않도록 평면을 유지하며 스윽 민다.

이 동작이 아주 물 흐르듯 연결되니 남은 눈덩어리를 쓸어내는 재수의 입장에서는 마치 제설 작업의 신이라도 만난 듯한 기분이 든다.

상병인 자신도 저 정도로 완벽하게 눈을 밀어내지는 못한다.

그렇다고 넉가래가 지나치게 새 제품이라서 저러는 것도 아니다. 아무리 제설 도구가 신품이라 해도 사용하는 사람의 스킬에 따라 작업 능률이 달라진다.

도훈은 적어도 두세 사람 몫을 하고 있다.

그 증거로 초소 주변 팀이 겨우 반절 정도 치웠을 때 이미 재수와 도훈 팀은 계단을 전부 다 쓴 지 오래이다.

"기가 막히구만, 신병."

감탄을 자아낸 쪽은 같이 일한 재수가 아닌 초소에 있는 김대한이다.

"초소에서 쭉 보고 있었는데 눈 밀어내는 실력이 보통이 아니야. 적어도 그건 짬밥 1년 이상 먹어본 녀석만이 할 수 있는 스킬인데… 대단하구만."

새삼스레 도훈의 놀라운 작업 능력에 감동받은 대한이다. 그 말인즉슨 한수에게는 아직 무리인 스킬이라는 뜻이다.

괜히 오기가 발동한 것인지 한수가 살짝 미간을 찌푸리며 말한다.

"저도 할 수 있습니다, 김대한 병장님."

"넌 짬이나 더 먹고 그런 말 해라. 워이~ 워이~ 짬내 난다. 이 초소에 짬내가 진동을 하는구만."

그렇게 따지면 도훈보다 짬을 많이 먹어본 사람은 지금 이 자리에 없을 것이다.

도훈은 군 생활만 2년이 넘어가는 경력을 지니고 있으니 말이다.

어쨌든 도훈의 선방으로 모든 제설 작업을 마친 하나포 분대원들. 눈발은 점점 그쳐가는 추세이고, 이제 슬슬 막사로 돌아가야 하지 않을까 생각하는 철수지만, 모두들 움직일 생각을 하지 않는다.

"저기… 안재수 상병님?"

"왜?"

"작업도 다 끝났는데… 슬슬 들어가지 말입니다. 날씨도 추운데."

"이래서 이병은 안 된다니까."

재수 대신 범진이 혀를 차면서 고개를 절레절레 흔든다.

"잘 들어라, 김철수. 지금 우리가 내려가면 따스한 생활관 안에서 푹 쉴 수 있을 거 같지?"

"저희가 먼저 작업을 끝냈으니까… 먼저 끝낸 만큼 쉬는 게 정상 아닙니까?"

"그건 사회에서나 있을 법한 일이고, 여기는 군대야. 우리가 제설 도구 가지고 막사로 내려가면 무슨 일이 생기겠냐. 도훈아, 한번 말해봐라."

지목을 받은 도훈이 별거 아니라는 듯이 답변한다.

"행보관님의 명령에 따라 다른 구역 제설 작업에 투입될 것 같습니다."

"그렇지! 역시 이도훈이구만."

철수와 같은 이병임에도 불구하고 도훈은 이미 이 사실을 숙지하고 있었다.

군대에서 작업이란 것은 하나를 지정 받으면 그것을 일과 가 끝날 시간까지 쭉 가지고 가야 한다. 즉, 작업을 미리 끝내

놓으면 쉬는 게 아니라 그다음 일거리가 주어진다는 의미이다.

"우리가 이대로 제설 작업 마치고 내려가면 필히 아직 덜 끝난 다른 분과 제설 작업에 투입시킬걸. 우리 행보관님은 그러고도 남는 분이니까."

"…정말입니까?"

"이 친구, 풋내기구만. 하긴 이병이니까 이해해 줘야지. 그러니까 날씨가 춥더라도 다른 분과 제설 작업이 다 끝나는 타이밍에 맞춰 슬슬 내려가면 되는 거야. 죽도록 눈 치우는 것보다 춥긴 하지만 초소 근처에서 가만히 휴식을 취하는 편이 훨씬 좋잖아?"

"그렇긴 하지만 말입니다……."

"여하튼 그런 거야. 한수, 행보관님 올라오시면 바로 알려 줘라."

"예, 알겠습니다.

초소에서는 시야가 탁 트인 탓에 멀리서 걸어오는 거수자의 존재도 금방 알 수 있다.

특히나 행보관의 체형을 보면 금방 누구인지 알 수 있기에 한수는 자신감 넘치는 목소리로 대답한다.

한편, 초소 바깥으로 보이는 사회의 풍경에 범진이 탄성을 자아낸다.

"지금쯤이면 연인들은 눈 왔다고 난리부르스를 추겠구만.

부러워 죽겠다, 시발."

"김범진 상병님은 여자 친구 없으십니까?"

도훈이 슬쩍 떠보자 범진이 한숨을 쉬며 말한다.

"그래, 없다, 인마."

"김범진 상병님 정도면 여자 친구 있을 거라 생각했는데⋯ 제 생각이 짧았나 봅니다."

"어쭈, 벌써부터 이병이 아첨이냐? 안 그래도 너희는 내 아들 군번이니까 그렇게 사탕발림 안 해도 충분히 잘 봐줄 거다. 그러니까 아첨 같은 건 안 해도 돼, 인마."

"진심에서 우러나온 말입니다."

"어이쿠, 이것 봐라?"

그래도 기분이 나쁘진 않은지 범진이 씨익 웃으면서 도훈의 등을 토닥여 준다.

이도훈식 선임에게 아첨하기!

별거 아닌 것 같지만 이런 발언 정도는 하나씩 툭툭 내뱉어 줘야 선임의 기분을 좋게 만들어줄 수 있다.

물론 이건 군대 내에서만 적용되는 특이 케이스가 아닌, 사회에서도 통하는 방법이기도 하다. 군대는 작은 사회라고 하지 않는가.

이미 도훈은 이 작은 사회를 어떤 식으로 공략해야 효과적인지 마스터한 존재다. 계급으로는 가장 낮은 이등병일지 모르지만, 어찌 보면 이도훈 같은 존재가 군대 내에서는 가장 무서운 존재일 수도 있다.

눈발은 이제 완전히 멈추었다.

옹기종기 모여 앉아 초소 근처에서 몸을 녹이고 있던 범진이 멀찌감치 보이는 막사를 내려다보거진, ○○○지 주섬주섬 제설 도구를 들고 작업에 여념이 없다.

"거참, 느려 터져 가지고. 우린 네 명으로 초소를 싹 처리했는데."

혀를 차면서 다른 분과의 작업 속도를 비웃는다. 그도 그럴 것이, 하나포에는 이도훈이라는 막강 신병이 존재하고 있다.

상병장급으로 안재수와 범진이 있고, 그 상병장급을 뛰어넘는 짬을 지니고 있는 이도훈이 포함되어 있으니 작업 능률이 타의 추종을 불허했다.

물론 철수라는 빈틈이 존재하긴 하지만, 체력은 약해도 힘은 센 녀석이니 별다른 문제가 되진 않는다.

"심심해 뒤지겠네."

범진의 말에 재수가 한쪽에 쌓여 있는 눈덩어리를 보며 말한다.

"눈사람이라도 만들까?"

"무슨 애도 아니고. 야, 우리 눈덩이 멀리 던지기 시합할래? 지는 사람이 PX 쏘기."

내기의 화신 김범진의 도박사 기질에 다시 불이 붙었다.

저번 작키 띄우기 내기에 이어 이번에는 눈덩이 멀리 던지기 내기를 해보자는 범진의 말에 대한이 찬성을 외치며 말한다.

"나도 낀다! 저번에 털린 나의 추진비를 모조리 회수해 주마!"

"김대한 병장님은 근무 서시는 중이지 않습니까?"

"어허! 눈덩이 잠시 던지는 거 가지고 왜 이러시나. 쫄리면 빼시든가."

"…좋습니다. 도전을 받아주도록 하겠습니다!"

범진과 대한은 이미 불이 붙었다. 재수는 자신이 제안한 눈사람 만들기가 별다른 호응을 얻지 못하자 심리적인 타격을 좀 입긴 했지만, 그래도 이 분위기를 망치긴 싫어서 참가에 동의한다. 괜히 썰렁한 날씨를 더 썰렁하게 만들고 싶지 않았기 때문이다.

한편, 저번 내기의 승리로 인해 어느 정도 자금에 여유가 있는 한수와 철수도 기꺼이 동의한다.

이제 마지막 남은 인물은 풀작키 띄우기의 성공 신화 이도훈.

"당연히 하지 말입니다."

"좋아!"

범진이 아주 만족한 미소를 지으며 고개를 끄덕인다.

"그래야 우리 하나포 분과라고 할 수 있지!"

내기라면 아주 환장을 하는 범진이 손수 나서며 막대기를 구해 선을 긋기 시작한다.

"이 선 바깥으로 발돋움하면 즉시 탈락입니다."

"알았으니까 눈덩이나 만들어놔라. 내 거하고 한수 거까지."

"예, 예, 알겠습니다."

초소 근무를 서고 있는 탓에 대한과 한수는 눈덩이를 만들 타이밍이 잘 나지 않는다. 언제 간부가 올라올지 모르기 때문에 항상 감시를 해야 하는 이유에서이다.

외곽 근무란 자고로 거수자만 감시하는 게 아니다. 간부가 순찰을 도나 안 도나 하는 것도 감시해야 하는 게 바로 외곽 근무자의 임무이기도 하다.

"어디 보자. 적당한 눈덩이를 만들어볼까?"

범진의 말을 시작으로 다들 눈덩이를 만들기 시작한다.

정해진 규칙에 따르면 첫 번째, 눈덩이 안에 몰래 돌을 넣지 않는다. 두 번째, 눈덩이의 크기는 상호 간에 통일한다. 세 번째, 바닥에 있는 제한 선을 넘으면 안 된다.

이 세 가지가 이번 내기 규칙으로 선정된 가운데, 도훈도 천천히 눈덩이를 뭉치기 시작한다.

도훈으로서는 첫 번째로 참가하는 하나포 배 내기 대회.

'일단 눈은 잘 뭉쳐지는군.'

눈발이 매우 굵었던지라 잘 뭉쳐졌고, 잘 뭉쳐진다는 건 적어도 날아가는 동안 쉽게 부서지지 않는다는 뜻이기도 하다. 충분히 이점으로 작용할 수 있지만, 도훈에게 이점으로 작용한다는 건 다른 사람들에게도 이점으로 작용한다는 사실을 잊지 말아야 한다.

이번 내기는 일반적인 돌 던지기와는 다르다.

왜냐하면 얼마나 자신의 무기인 눈덩이를 단단하게 만드느냐에 따라 승패가 좌우되기 때문이다.

아무리 잘 뭉친 눈이라 해도 날아가는 순간 눈덩이가 부서지는 경우도 허다하다.

"좋았어."

눈덩이를 고른 도훈이 양손으로 꾸욱꾸욱 누른다. 하지만 이것으로는 부족하다.

뭔가 눈덩이의 무게를 상승시킬 수 있으면서도 눈덩이가 부서지지 않게끔 막아주는 그런 환상적인 재료가 있다면…….

돌덩이를 안에 넣는 건 규칙상 금지다. 걸리면 무효 처리가 되니까 말이다.

그렇다면 남은 방법은…….

'저게 있었군.'

도훈의 눈에 이번 내기를 승리로 만들어줄 비책이 들어왔다.

"지금부터 내기를 시작하겠습니다."

졸지에 사회를 맡게 된 철수의 말에 모두가 가볍게 군대식 박수로 열광한다.

"순번은 땡잡이(초시계 버전 섯다)로 정했습니다. 장땡을 뽑은 안재수 상병님부터 먼저 시작하도록 하겠습니다."

"장땡 같은 건 추진할 때나 좀 나오지, 이런 순번 정하기에 장땡이라니."

안재수가 자신의 운수를 한탄하며 출발선에 자리를 잡는다.

"…던진다!"

눈덩이를 쥐고 있는 손을 뒤로 크게 젖힌 뒤 있는 힘껏 원심력을 이용해 휘두른다.

부웅 하는 바람을 가르는 소리와 함께 꽤나 멀리 날아가는 눈덩이.

하지만,

"안 돼!!"

안재수의 외마디 비명과 함께 공중에서 산산조각이 나기 시작하는 눈덩이였다. 그러자 범진과 대한이 배꼽을 잡고 웃기 시작한다.

"푸하하하! 포대 브레인이 실격이라니!"

"아이고, 배야! 안재수 너, 사실 머리가 나쁜 거 아니냐?"

"……."

굴욕이다. 나름 수학과 출신의 영재인 안재수는 눈덩이가 날아가는 각도, 풍향과 바람의 세기 등을 고려해 눈덩이를 만들었다.

지금 바람이 불어오는 쪽을 감안해 눈덩이를 최대한 가볍게 만들어 바람을 타고 멀리 나가게끔 한다는 게 안재수의 작전이었으나 눈덩이의 내구도가 재수의 계획에 부응하지 못했다.

"무겁게 하는 게 정답이었나?"

통탄을 금치 못하는 안재수의 머릿속이 복잡해진다. 최소한 기록이라도 남겨야 하는데 실격이라니. 재수로서는 예상치 못한 변수가 생긴 것이다.

차라리 기록 갱신을 포기하고 안전성을 택해야 했다. 한순간의 선택 미스가 결국 이 지경이 되었다.

첫 타부터 안재수의 실격이라는 예상치 못한 상황이 발생했지만, 이건 다른 참가자들에게 경각심을 불러일으키게 했다.

생각보다 눈덩이 던지기기 쉽지 않았다.

PX가 걸려 있는 이 상황에서 함부로 내기에 임할 수도 없는 상황. 특히나 저번 내기에 패배의 쓴맛을 본 상병장급들은 절대로 질 수 없었다.

가뜩이나 추진비용으로 대부분의 월급을 소모한 탓에 보급품으로 근근이 버텨가고 있는데, 여기서 빚까지 지게 되면 사채 인생이 시작될지도 모르기 때문이다.

두 번째 타자는 초소 근무 중인 한수였다.

"……."

철수가 대충 만들어준 눈덩이를 초소 안에서 나름 개조(?)해 온 한수가 가볍게 어깨를 푼다.

운동신경 하면 범진과 앞다툴 정도로 뛰어난 능력을 선보이는 한수였기에 이번 내기의 기대주라고 할 수 있다.

"그럼 던집니다!"

"니 군 생활도 함께 던져 버려라!"

범진이 한수를 놀리듯 말한다. 그 순간 한수의 움직임에 빈틈이 보인다.

그와 동시에 펼쳐지는 모습은 힘 조절을 하지 못해 얼마 나가지 않는 눈덩이.

"김범진 상병님 때문에 이런 거 아닙니까!"

"새겨들은 니가 잘못한 거지."

"……."

생각지도 못한 방해 공작이 들어올 줄은 한수의 입장에서도 예상치 못했다.

규칙에 '타인을 방해하지 말라' 라는 조항은 없었다. 그 말인즉슨 범진의 이번 행동을 계기로 앞으로 다른 참가자들의 방해 공작이 펼쳐질 수도 있다는 뜻이다.

그 사실을 인지한 것일까.

꿀꺽 침을 삼키며 자리를 잡은 다음 타자 철수가 긴장한 표정으로 눈덩이를 손에 쥔다.

분명 자신에게도 방해 공작이 들어올 것이다. 물론 양심상 직접적인 신체 접촉은 안 하겠지만, 어떠한 방해 공작이 들어올지 모르는 상황에서 철수는 준비를 단단히 할 수밖에 없었다.

"그럼… 던집니다!"

잔뜩 긴장한 표정으로 눈덩이를 던지려는 철수.

방해를 받아도 절대로 굴하지 않으리라 수차례 다짐한다.

자신은 군종을 목표로 하는 남자. 넘치는 신앙심으로 이 위기를 극복하리라 결심한 철수가 있는 힘껏 눈덩이를 던지려 하는데,

"앗, 행보관님이다!"

"태푸우웅!!"

눈덩이를 바닥에 떨궈놓고 거수경례를 하는 철수. 허무하게 발밑에 떨어지는 눈덩이가 철수의 마음을 더더욱 싸늘하게 만든다.

"뻥인데."

"……."

김대한이 낄낄거리며 터져 나오려는 웃음을 필사적으로 참는다. 대한뿐만 아니라 범진, 재수도 킥킥거리며 웃기 시작한다.

아주 단순한 거짓말에 속아 넘어가다니. 역시 단순한 철수

답다고 해야 하나.

"다, 당했다!"

좌절 모드로 돌입한 철수가 자신의 단순함을 한탄한다.

분명 뻔한 거짓말이라는 사실을 철수도 직감했는데 간부라는 말에 생각보다 절로 몸이 먼저 반응하고 말았다.

이래서 군대가 무섭다는 것이다. 습관이 버릇이 되고, 그 버릇이 2년 동안 지속되다 보면 자신도 모르게 전역을 하고 나서도 군인 티를 벗어날 수가 없다.

철수의 눈덩어리는 바로 발밑에 떨어졌고, 안재수는 실격 처리가 되었다. 어설프게 눈덩이를 던진 한수가 1등을 달리고 있는 가운데 이 내기의 주최자인 범진이 나선다.

"가볍게 끝내보겠습니다."

범진은 상병급이다. 어설픈 방해 공작은 통하지 않을 것이다. 게다가 범진보다 계급이 낮은 한수나 철수, 도훈은 쉽사리 범진에게 방해 공작을 퍼부을 수가 없다. 아무래도 계급이라는 게 암묵적으로 작용하니까 말이다.

"으랏차차차!!"

멀대같은 큰 키의 범진이 있는 힘껏 눈덩이를 던진다. 안재수처럼 바람의 세기를 고려하지 않고 그냥 무식하게 눈덩이를 최대한 뭉쳐서 무겁게 만들었다.

그럼에도 불구하고 이전 세 명이 너무 형편없었기 때문에 상당히 준수한 기록이다.

"이거이거, 일등은 제가 먹겠습니다. 하하하!"

범진이 아주 호탕하게 웃자 다른 사람들의 시선이 아니꼽게 변한다.

내기 주최자가 일등을 하는 건 왠지 배 아픈 일이다.

"깝치지 마라, 김범진."

대한이 사뭇 진지한 표정을 지으며 말을 잇는다.

"아직 내가 있다는 것을 잊으면 곤란하지."

총을 초소 안에 거치해 놓고 가볍게 어깨를 돌리며 바깥으로 나온 김대한.

하나포에서 가장 많은 짬밥 섭취를 자랑하는(이도훈을 제외하면) 그가 등장하자, 마치 그의 등장을 환영이라도 하듯이 바람이 더더욱 거세게 불기 시작한다.

일명 바람의 아들 김대한이라고 할까.

"한때 프로야구 마니아이던 나의 실력을 무시하지 말라고."

"마니아일 뿐이잖습니까. 실제로 선수로 뛰지도 않았으면서 무슨 소리를……."

범진이 어이가 없다는 듯이 태클을 걸지만, 대한은 애써 무시하며 마치 제구를 하는 투수의 포즈처럼 온갖 폼을 잡기 시작한다.

"드디어 나의 이 황금 어깨의 힘을 보여줄 때가 되었구나."

김대한은 지금까지 '멀리 던지기' 내기 시리즈에서 상위

기록을 다툴 정도로 뭔가를 던지는 건 굉장히 잘하는 사병이기도 했다.

특히 그가 가장 자신있어하는 것은 바로 돌 멀리 던지기. 지금은 겨울 한정 눈덩이 멀리 던지기로 종목이 바뀌긴 했지만, 무언가를 던진다는 행위는 같기에 김대한이 강력한 우승 후보란 사실에는 아무도 부정하지 못할 것이다.

"불타올라라, 나의 황금 어깨여!"

도움닫기를 시작한 대한이 왼발을 쭉 뻗는다.

그와 동시에 기가 막힌 제구력이 발동되려는 찰나,

미끌!

"엇?!"

대한은 잠시 잊고 있었다. 이들이 방금 행한 작업이 무엇인지를.

김대한과 한수가 초소 근무를 서고 있는 동안, 남은 하나포 인원들은 제설 작업을 했다. 그 말인즉슨 바닥에 아직 쓸다 남은 눈이 남아 있다는 뜻이다.

전투화의 밑바닥이 남아 있는 눈에 닿는 순간 미끌한 것이다.

"이, 이런 젠장!"

순간 무게중심을 잃어버린 대한의 눈덩이는 너무나도 허무하게 뒤로 날아갔다.

앞으로 날아가야 할 눈덩이가 뒤로 날아가다니 이게 웬 말인가.

안재수의 실격 처리보다도 더 웃긴 상황이 나와 버린 김대한의 어이없는 제구에 순간 모두가 할 말을 잃었다.

"큭큭."

"키키킥."

웃음을 참느라 필사적인 분대원들의 목소리가 대한의 귓가를 자극한다.

"이 좆같은 악마의 똥 가루야!!"

대한이 원망하는 악마의 똥 가루는 내릴 때 위력을 보여주는 것이 아니다.

바로 땅바닥에 쌓였을 때 진정한 위력을 발휘한다. 대한은 이 악마의 똥 가루에게 피해를 입은 피해자가 되었다.

마지막 우승 후보인 대한까지 어처구니가 없는 사건으로 실격 처리가 되자 거의 범진의 우승은 확실시되는 분위기로 돌아갔다.

하지만 이들이 아직 예상하지 못한 우승 후보가 한 명 더 있었으니.

"드디어 오셨구만, 예측 불허 신병님."

범진이 사뭇 긴장한 표정으로 도훈을 도발해 본다. 그러나 도훈은 가볍게 어깨를 풀면서 그저 침묵으로 응수한다.

지금까지 제1포대에서 도훈이 보여준 능력은 가히 타인의 추종을 불허할 정도로 놀라운 모습밖에 없었다. 사단장과의 면담도 그렇고 포대전술훈련에서 인민군을 반절이나 때려눕혀 전설이 되어가는 이등병 이도훈.

하나 과연 이도훈이 이 내기에서도 자신의 능력을 발휘할 수 있을 것인지에 대해서는 같은 포대원들도 의문을 자아낼 수밖에 없었다.

내기는 군 생활에 있어서 절대로 빠져서는 안 될 일종의 놀이 같은 것이다.

물론 큰 금액이 왔다 갔다 하면 놀이 수준에서 벗어나는 일이 되겠지만, PX 내기는 군 생활에서 소소한 재미를 선사해 주는 이벤트라고 할 수 있다.

그런 이벤트에서 승자가 될 수 있는 확률은 상당히 낮은 편이다.

눈덩이를 잠시 매만지던 도훈은 꼴찌로 던지게 된 자신의 순번에 운수가 따랐다며 속으로 승리의 미소를 지었다.

사실 도훈은 방해 공작이 나올 것도, 눈덩이가 날아가다 부서지는 것도 이미 충분히 다 예상했다.

그러나 대한이 미끄러진 경우는 솔직히 말해서 도훈도 예상치 못했다.

'저 앞이 생각보다 미끄럽단 말이지.'

유의하며 던지면 될 일이다. 대한이 먼저 희생양이 되어준 탓에 도훈의 승리로 향하는 길은 더더욱 굳어진 셈이다.

"어디 신병이 이번에도 얼마나 놀라운 능력을 보여주는지

한번 지켜보도록 할까?'

범진은 여유롭게 팔짱을 끼며 도훈을 바라본다. 확실히 도훈에게 있어서는 지금 이 상황이 안 좋게 작용할 수도 있다.

계급은 제일 낮은 이등병. 필히 다른 사람들의 방해 공작이 들어올 게 분명하다. 그 증거로 눈을 부라리고 있는 저 악당들(?)을 보라. 직접적인 신체 접촉을 통한 방해 공작이 허락되었다면 아마 도훈은 네 명을 상대로 격투를 벌였으리라 예상된다.

'그렇지만…….'

도훈이 침을 꿀꺽 삼킨다.

'이기지 못할 상황은 아니다!'

도훈은 비장의 무기를 준비해 왔다. 물론 아직까지는 다들 눈치채지 못했겠지만 이미 도훈의 눈덩이에는 이 내기에서 승리의 열쇠라고 불리는 무언가를 발라놨기 때문에 아마 범진의 눈덩이보다 멀리 날아갈 것이다.

제아무리 눈덩이를 꽉 뭉친다 해도 돌덩이보다는 무거울 수가 없다. 무겁지 않다면 멀리 날아가는 것도 힘들다.

눈덩이를 돌덩이 무게만큼 늘릴 수 있다면 참 좋겠지만, 눈이 돌보다 훨씬 가벼운 것은 말할 필요도 없다.

"갑니다."

준비 자세를 취한 도훈이 도움닫기를 시작한다.

그와 동시에 곧장 시작되는 방해 공작.

"앗! 저기 포대장님이 올라오신다!"

먼저 대한의 방해 공작. 간부를 앞세운 심리적 압박이었지만 도훈은 이미 대한이 거짓말을 한다는 사실을 알고 있기에 거침없이 다음 발을 뻗는다.

"이 세상에서 가장 큰 국은 미국!"

안재수의 되도 않는 썰렁 개그와 대한의 거짓 통보가 콤보로 들어왔지만 도훈은 코웃음도 쳐주지 않았다.

5초도 안 돼서 벌써 두 가지 방해 공작을 뛰어넘은 도훈이 포커페이스를 유지하며 마지막 방해 공작을 뛰어넘기 위해 발을 살짝 비튼다.

대한이 던질 때 미리 파악해 둔 빙판 지역.

'여기다!'

전투화를 살짝 틀어 바로 제한선 앞에 정확히 왼발을 뻗는다. 순간 무게중심이 무너질 수도 있었지만 도훈이 누구인가. 돌 던지기, 눈덩이 던지기는 김대한보다도 더 많이 해온 무적의 말년병장이다.

'이런 PX 내기에 내가 질 리가 없지!'

이등병 시절부터 53전 53승 0패의 신화를 자랑하는 이도훈이다. 그의 내기 전적은 한마디로 무적(無敵)!

"으라차차차!!"

있는 힘껏 눈덩이를 던진다. 투척 시 가장 멀리 날아간다는 45도 각도, 그리고 어깨를 통한 원심력까지, 그 모든 게 황금 비율로 적용된 이도훈의 제구에 눈덩이가 포물선을 그리며 날아간다.

날아간다.

계속 날아간다.

결국 보이지 않는 지점까지 눈덩이가 날아가고 말았다.

누가 봐도 이도훈의 우승.

"마, 말도 안 돼!"

어이가 없다는 듯 무릎을 꿇은 범진이 탄식을 자아낸다.

물론 범진뿐만 아니라 다른 이들도 마찬가지. 아무리 눈덩이를 촘촘하게 뭉친다 해도 저렇게까지 멀리 날아갈 무게감을 지닐 수 없다.

무슨 조화를 부린 것일까. 마치 눈덩이가 아닌 돌덩이처럼 날아간 눈덩이에 범진이 강력하게 항의한다.

"너 눈덩이 안에 돌 넣은 거 아니냐?!"

"넣지 않았습니다."

"그렇다면 어째서 저렇게까지 멀리 날아가는 거냐? 있을 수 없다, 있을 수 없어!"

"해답은 간단합니다."

라고 말하면서 도훈이 손가락으로 가리킨 것은 다름 아닌 초소 지붕에 달려 있는 고드름이다.

이 고드름이 뭐 어쨌냐는 듯이 바라보는 하나포 일동. 그러나 이 중에서 유일하게 도훈의 의도를 눈치챈 인물은 안재수였다.

"서, 설마?!"

"안재수 상병님께서 생각하고 계신 그 설마가 맞습니다."

"무, 무서운 녀석."

재수가 치를 떨며 진심으로 소름 끼친다는 듯이 몸서리를 친다. 그러자 범진과 대한이 번갈아 재수에게 소리친다.

"혼자만 이해하지 말고 우리한테 설명 좀 해줘라."

"머리 좋은 거 자랑하냐, 이 인간아."

잠시 생각을 정리한 안재수가 이들에게 친절히 설명하기 시작한다.

"고드름이 뭐가 얼어서 생긴 거라고 생각합니까?"

"그야 물이지."

"그럼 생각해 보시기 바랍니다. 고드름을 녹이면 물이 됩니다. 그 물을 눈덩이에 묻힌다면……."

"……!!"

이제야 모든 게 이해가 된다는 듯이 놀란 표정을 지어 보이는 하나포 일동. 그러자 도훈이 싱긋 웃으면서 초소에 매달려 있는 고드름 하나를 뜯어낸다.

"전 눈덩이를 만들고 나서 계속 고드름을 녹이고 있었습니다. 가장 후번이라는 요소도 작용했습니다. 남는 시간 동안 계속 고드름을 녹여 물을 만들어냈고, 그 물을 눈덩이에 바른 탓에 무게감과 더불어 내구도도 올릴 수 있었습니다."

"화, 확실히… 물을 이용하면 접착력도 강해지고 무게감도 늘어나지."

머리 나쁜 철수도 충분히 이해가 될 만큼 명쾌하게 설명해 준 도훈이 고드름을 저 멀리 던진다.

그와 동시에 제설 작업의 끝을 알리는 타종 소리가 이들의 정적을 깨워운다.

"행보관님이 제설 작업을 끝내라고 하는 거 같습니다."

"……."

제설 도구를 챙긴 도훈이 아직도 흐릿한 하늘을 살짝 올려다본다.

"내기란… 사람의 인생에 허무함만을 남기는 놀이일 뿐일지어다."

간드러지게 멋진 대사를 남긴 도훈이 천천히 계단을 내려간다.

하나포 분대원들은 그런 도훈의 뒷모습을 그저 말없이 바라만 볼 수밖에 없었다.

이것으로 도훈의 내기 전적은 54전 54승 0패.

또다시 그의 무패 신화에 승점이 하나 추가되는 순간이었다.

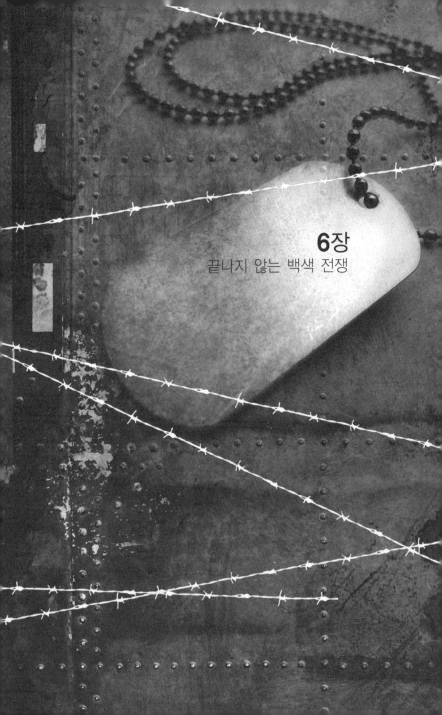

6장

끝나지 않는 백색 전쟁

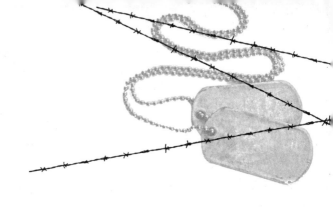

　황금 같은 토요일을 증발시킨 악마의 똥 가루 소동이 잠잠
해지고 난 이후,

　종교 행사를 위해 전투복을 입고 막사 앞에 모인 병사들은
이 지긋지긋한 종교 행사를 꼭 가야 하나 투덜거리고 있었지
만, 군종병을 목표로 하는 남자라 불리는 김철수는 기독교 행
사에 매우 강한 의지를 불태우는 중이다.

　"오늘도 신의 은총을 받으러 가보자, 도훈아! 하하하!"

　"이걸 확 다리몽둥이를 뽀사 버릴라."

　어차피 종교 행사를 가긴 가야 하는 이등병의 신분인지라
어쩔 수 없이 철수와 같이 기독교 행사를 가게 된다.

본래라면 투덜거리며 가야 할 기독교 행사지만, 도훈과 철수로서는 매우 기쁜 일이 하나 생겼기에 만면에 미소를 머금을 수 있었다.

바로 신병위로휴가.

얼마 전까지는 백일휴가라 불린 휴가였으나 요즘은 신병위로휴가라 불리고 있다. 다음 달에 이 신병위로휴가를 나가게 된 도훈과 철수는 언제 날짜를 잡을지 행복한 고민을 해야 하기 때문에 종교 행사를 가는 길도 쓸쓸하지 않았다.

"야, 도훈아, 우리 휴가 맞춰서 나가자."

"상관은 없지만."

휴가를 맞춰서 나가면 도훈도 좋긴 하다. 왜냐하면 한 명보다 둘이 있으면 덜 쓸쓸하지 않겠는가. 그리고 선임 눈치 보며 같이 휴가를 나가는 것보다 동기와 같이 가는 게 마음이 덜 불편하다.

"언제로 할까? 9박 10일 휴가라니 기분 째지는구만!"

철수가 기분이 업된 상태에서 행복한 고민을 하기 시작한다. 본래 신병위로휴가는 4박 5일이다. 첫 휴가가 얼마나 빨리 지나가는지 4박 5일이 아닌 4.5초 휴가라는 별칭으로 불리겠는가.

하지만 도훈과 철수는 신병교육대에서 펼쳐진 '천둥인의 밤' 우승을 통해 각각 4박 5일 포상 휴가를 더 받았다. 그 휴가가 신병위로휴가인 4박 5일에 덧붙여져 9박 10일이라는 기적 같은 휴가를 받게 된 것이다.

첫 휴가가 9박 10일이라니. 군대 내에서도 이리도 축복받은 신병은 아마 찾아보기 힘들 것이다.

"휴가를 짤 때 가급적이면 주말은 빼놓고 짜라."

"그야 당연하쥐!"

도훈의 말대로 주말이 한 번 포함되는 일정으로 휴가 스케줄을 짜기 시작하는 철수의 목소리가 매우 상승한다.

신병위로휴가는 그 어떠한 휴가보다도 막강한 파워를 자랑한다. 일병 정기휴가, 상병 정기휴가, 병장 정기휴가, 포상휴가, 기타 각종 휴가에 비해 우선순위가 매우 높은 휴가이기 때문이다.

한마디로 도훈과 철수는 훈련이 있는 날을 제외하고 신병위로휴가를 마음대로 짤 수 있다는 의미이기도 하다.

최대한 주말은 빼고 대략 2주간의 스케줄을 짠 이들은 종교행사가 끝나자마자 휴가 신청서를 제출하게 된다. 휴가 신청서를 제출할 때의 철수 표정은 가히 가관이었다.

휴가 일정은 이주일 뒤.

월요일에 출발해서 수요일에 복귀하는 것으로 일정을 짠 이들은 생활관 내부로 돌아와 따스한 마룻바닥에 몸을 녹인다.

"아름답다, 아름다워! 다다음 일정이 너무나도 아름답구나!"

달력을 바라보며 하염없이 기쁨을 토해내는 철수의 모습이 꼴사납게 느껴질 정도이다.

한숨을 쉬며 슬슬 외곽 근무 준비를 하기 시작한 도훈은 전투복으로 갈아입고 장구류를 챙긴 뒤 공부를 하고 있는 안재수 상병을 부른다.

"안재수 상병님, 근무 나가실 시간입니다."

"어, 벌써 시간이 그렇게 됐나?"

손목시계를 확인한 재수가 근무 투입 준비를 시작하는 사이, 도훈은 빠르게 생활관 내부에 적혀 있는 암구호를 확인하고 행정실로 들어가 말판과 총기현황판을 바꾼다.

재수가 입장할 틈에 이미 총만 꺼내어 신고만 하는 상황이 마련된 지 오래.

"역시 도훈이랑 근무 나가면 편하다니까."

"감사합니다!"

재수의 칭찬에 도훈이 목소리를 높여 대답한다.

아직까지 외곽 근무를 나가는 데 큰 실수는 저지르지 않았다. 반면 철수는 첫날부터 암구호를 까먹는다든지 근무 교대 시 행동 요령에 대해서도 전혀 모르는 등 엄청난 욕을 먹은 기억이 있다.

예견된 사실이긴 하지만 설마 그 정도로 어리바리한 놈일 줄은 도훈도 몰랐다.

오늘 당직인 맡게 된 전포사격통제관이 늘어지게 하품을

하며 이들의 신고를 받는다.

가볍게 거수경례로 받아준 통제관이 의자에 몸을 묻으며 까칠하게 말한다.

"근무 제대로 서라. 내가 불시에 순찰 갈 수도 있으니까."

"알겠습니다!"

그렇게 말하긴 했지만 2년간의 기억을 가지고 있는 도훈이 아무리 자신의 기억을 통틀어 봐도 통제관이 스스로의 의지로 순찰을 돈 기억은 전혀 없기에 말뿐인 허울이라는 사실로 인지하게 된다.

터벅터벅.

초소 계단을 올라 전번 근무자와 교대를 한 뒤 초소 안으로 들어간 도훈과 재수.

"어으, 춥다."

익숙하게 총기를 내려놓은 재수를 따라 도훈도 총기를 내려놓는다. 본래는 좌경계총 자세를 하는 게 정상이지만, 초소 안에서 실제로 좌경계총을 하고 제대로 근무를 서는 군인은 극소수에 불과하다.

눈이 쌓여 있는 산을 바라보는 이들. 하나포 분과 중 단둘이 근무를 나가면 거의 말수가 없는 인물이 재수이기에 슬쩍 도훈이 먼저 말을 꺼내본다.

"안재수 상병님, 공부를 열심히 하시던데……."

"아, 그거?"

김이 서린 안경을 닦아내며 대답한다.

"별거 아니야. 그냥 학과 공부라고 할까."

"수학과라고 들었습니다."

"기억력도 좋은 녀석이네."

입김을 토해내며 하얀 산을 바라보던 재수가 머쓱하게 웃는다.

"이름 없는 대학이긴 하지만, 그래도 난 교사가 되고 싶거든."

"임용고시를 준비하시는 겁니까?"

"뭐… 그전에 교대를 들어가는 게 순번이겠지."

한숨을 쉬며 또다시 먼 산을 바라본다.

군인이라고 다들 당장 내일 앞일만을 두고 하루하루를 버텨가는 게 아니다. 군대를 전역하고 나서 해야 할 일, 앞으로 자신이 무엇을 하며 먹고살아야 하는가에 대한 고민 등 20대 청년이라면 한 번쯤은 스스로에게 질문을 던질 법한 고민은 군인으로 복무하고 있는 이들에게도 예외 사항이 아니었다.

군대를 전역하면 이들은 무엇을 위해 또다시 앞을 향해 달려가야 하는가.

20대라는 청춘 중에서도 2년이라는 아까운 세월을 낭비한 이들은 과연 무엇을 해야 하는가.

그에 대한 해답 또한 정부는 제대로 마련해 주고 있지 않을 뿐더러 관심도 가지고 있지 않다. 오히려 공무원 가산점 제도를 없애는 등 남녀평등을 주장하면서 군인에게 그나마 있는 이점도 다 빼앗아가 버린다.

사회라는 게 그렇다. 나라를 위해 소중한 2년을 바치고 전역했지만, 복학생은 사회에 적응하기도 힘들뿐더러 머리도 백지가 되어 나온다.

모든 것을 리셋시키는 장소가 바로 군대.

그렇기에 20대 청년들은 스스로 앞가림을 해야 한다.

"물론 군대에서 공부하기 어렵지. 나도 시간을 쪼개며 틈틈이 하고 있긴 하지만 빡센 건 마찬가지야."

재수의 말을 잠자코 들으며 침묵을 유지하던 도훈 역시도 먼발치의 눈 쌓인 산을 바라본다.

"하지만 그렇다고 군대 2년을 통으로 날려먹을 수는 없잖아. 나도 군대에 들어오기 전에는 목표가 있고 꿈이 있던 남자니까. 하지만 그 꿈이 군대라는 요소 때문에 등한시되는 건 스스로가 용서하지 못하겠더라고."

"그렇습니까?"

"이등병이지만 너도 한 번쯤은 이런 생각 해본 적 없어? 난 전역하면 무엇을 하며 먹고살까, 이런 생각."

"……."

"우리는 전역하면 스물셋, 네 살이라고. 슬슬 자신의 앞날에 대해 생각해야 할 나이니까."

"맞는 것 같습니다."

선생님을 꿈꾸고 있는 재수. 그는 매일 침상마루에 좁은 책상을 펴고 앉아 두꺼운 책을 하염없이 들여다보고 있다.

공부가 부족하다 느낄 때에는 연등(군대 내에서는 취침 시간 10시를 넘겨 개인적인 시간을 할애 받는 것)까지 신청해 공부하는 경우도 다반사다.

꿈을 위해 노력하는 청년. 물론 그 청년은 안재수가 될 수도 있고 다른 현역 군인이 될 수도 있다.

나라를 지키면서 동시에 자신의 꿈도 지켜내야 하는 것이 바로 대한민국 군인이다.

조금은 안재수와 친해진 계기가 되지 않았을까 하는 생각이 든 도훈은 철모를 다시금 고쳐 쓴다.

본래 초소에서 외곽 근무를 나가면 이렇게 둘이서 속내를 털어놓는 시간을 자주 가질 수 있다.

선임과 후임이 단둘이서 나누는 대화. 말이라는 것만큼 자신을 직설적으로 표현할 수 있는 수단이 또 어디 있을까. 한 시간 동안 할 일도 없고 사회에서 무엇을 하다 왔는지에 대한 이야기도 주고받다 보면 서로 친해지는 건 당연하다.

재수와 이런저런 이야기를 하는 와중에 도훈의 볼에 뭔가 차가운 감촉이 느껴진다.

"음?"

번뜩 정신이 든 도훈의 눈가에 비친 것은 다름이 아닌,

'악마의 똥 가루!!'

설마 일요일에도 눈이 내릴 줄은 생각도 못했다. 그것도 어제에 비해 꽤나 눈발이 거칠다.

"안재수 상병님!"

"나도 보고 있어. 젠장! 왜 눈이나 비는 맨날 주말에만 오냐고! 평일에 오면 어디 덧나냐!"

군대 날씨란 것은 참으로 오묘하다. 평일이나 훈련 때는 그렇게 비가 오라고 빌어도 안 오다가 주말에는 아주 자연스럽게 내린다.

그나마 비라면 양호하다. 폭우가 내리지 않는 이상 배수로 작업을 따로 하러 갈 필요는 없으니까 말이다.

하지만 눈은 문제다. 눈발이 약하든 세든 눈은 자신의 존재를 남기기 위해 쌓이는 녀석이다. 눈이 쌓이면 바닥이 미끄러워지고, 미끄럼을 동반한 사고를 일으키게 된다.

여러모로 처리 곤란한 녀석이라고 할 수 있는 게 바로 눈. 영어로는 스노우(Snow).

그리고 운이 없다고 해야 할까.

하필이면 근무를 마치고 생활관으로 돌아오자 이미 대대장의 명령에 따라 전 포대가 제설 작업을 실시하기 위해 바삐 움직이고 있었다.

"이런 씨발! 좆같은 군대!!"

도훈의 이런 외침에도 불구하고 눈은 아직도 거세게 내리고 있었다.

대놓고 짜증난다는 표정과 함께 막사 밖에 등장한 통제관이 머리를 긁적이며 말한다.

"다들 집합시킨 이유는 잘 알고 있으리라 생각한다."

"예."

방금 전까지만 하더라도 가요 프로그램을 보며 걸그룹을 영접하고 있던 이들이다. 그런데 이 영접의 순간을 방해한 것은 바로 악마의 똥 가루. 그다지 많이 쌓이진 않았지만, 하필이면 뉴스 특보로 대설주의보가 내려서 어쩔 수 없이 이렇게 집합하게 되었다.

뉴스에 대설주의보라는 특보가 대대적으로 나오는데, 군인이 제설작업을 하지 않으면 섭섭하지 않겠는가.

"어제 행보관님이 지정해 주신 지역마다 분과별로 흩어져서 치우면 된다. 눈이 심하게 내린다 싶으면……."

통제관이 잠시 말을 끊더니 스마트폰을 만지작거리며 말을 이어간다.

"몇 명 더 뽑아서 부대 밖 도로에 쌓인 눈을 치우러 나간다."

"……!!"

그런 최악의 상황만큼은 면해야 한다. 가뜩이나 부대 주변 눈을 쓰는 것도 짜증나 죽겠는데 포차를 타고 민간 도로에 쌓여 있는 눈까지 치워야 하다니. 가장 최악의 시나리오가 도훈의 머릿속을 강타함과 동시에 빠르게 2년 전의 기억을 되살려 본다.

하지만 떠오르지 않는다.

'어쩔 수 없지!'

집합이 끝나자마자 도훈이 죽을 맛이라는 표정을 짓고 있는 대한에게 말한다.

"저, 잠시 장갑 좀 가지고 나오겠습니다."

"…그래라, 그래."

이미 세상을 포기한 눈을 하고 있는 대한에게 생활관 좀 들렀다 나오겠다고 말한 도훈이 빠르게 막사 계단을 뛰어올라간다.

1생활관 문을 열고 자신의 관물대 안에 손을 넣은 도훈이 기억 재생 장치, 일명 MRD(Memory Replay Device)를 꺼낸다.

관물대 안에 넣어두면 남들에게 들킬 확률이 매우 크기에 얼마 전 도훈은 다이나에게 MRD에 특수한 투명화 프로그램을 걸어달라고 부탁했다.

게다가 처음 도훈이 접한 기억 재생 장치와 다르게 이 MRD는 축소화를 시켜서 스마트폰처럼 한 손에 들어온다. 또한 다른 사람 눈에는 보이지 않기에 들킬 걱정은 하지 않아도 된다. 다른 사람들 앞에서 당당히 MRD를 사용해도 들킬 일은 없다는 뜻이다.

일단 MRD를 가지고 나온 도훈은 어제와 똑같이 초소 주변과 올라가는 계단을 청소하기 위해 올라가는 하나포 분대원들의 뒤를 따라갔다.

다른 사람들의 어깨는 유독 축 처져 있었지만, 철수는 어제와 다르게 기분이 좋아졌는지 힘차게 산등성이를 오른다.

아무래도 신병위로휴가의 힘이리라 생각된다. 휴가는 군인을 강하게 만드니까 말이다.

어제의 신 나는 분위기완 다르게 오늘은 서로 묵묵히 눈을 치울 뿐이다. 어제에 비해 그다지 많이 쌓인 것도 아니고, 후딱 치우고 쉬자는 생각뿐이다.

능숙한 넉가래질을 선보이며 순식간에 눈을 치워 버린 도훈. 이번에는 도훈과 같은 파트너가 된 범진이 탄성을 자아낸다.

"진짜 기가 막힌 실력이다. 너 사회에 있을 때 제설 학원이라도 다녔냐?"

"그런 학원이 어디 있습니까?"

"아니, 진짜로 궁금해서 그래. 무슨 신병이 제설 작업을 이리도 잘해. 누가 보면 군대 입대를 위해 특수 학원이라도 다닌 줄 알겠다."

"세상에 그런 사람이 어디 있겠습니까?"

"하긴 그렇겠지?"

사실 도훈은 입대 특별 학원보다도 훨씬 더 유능한 장소에서 군 생활을 배웠다.

바로 또 다른 차원에서 실제 군대를 체험했으니까 말이다. 게다가 그 기간도 2년이다. 그 누구도 넘볼 수 없는 절대 군대 체험을 한 도훈에게 감히 누가 태클을 걸 수 있겠는가.

대략 한 시간이라는 제설 작업을 마치고 다시 생활관 내부로 돌아온다.

이미 걸그룹 타이밍은 다 끝난 탓에 억울함에 사무치는 뉴스만을 볼 수밖에 없었다.

그리고 뉴스에는 이러한 소식들이 전해진다.

다음 주부터 유례없는 대설주의보!

"…우리가 휴가 나가기 직전에 눈이 오네."

철수의 말에 순간 도훈의 머리를 스치는 게 있다.

황급히 MRD를 재생시키는 그의 시야에 들어오는 건 다름 아닌 눈에 파묻힌 부대의 모습.

그렇다. 도훈의 기억으로는 분명 자신의 군 생활을 통틀어 엄청난 폭설이 내린 적이 있다. 그 폭설 자체는 문제가 없다. 왜냐하면 치우면 그만이니까.

하지만 그 폭설로 인해 휴가가 전원 밀리게 되었다는 게 문제이다.

후다닥 빨래터로 달려간 도훈이 자신이 만든 소환 포즈도 생략하고 서포터즈를 소환한다.

"야! 다이나! 후딱 와봐!"

"거참, 듣는 사람 뭐하게 부르네."

정장 차림의 다이나가 숏커트의 금발을 뽐내며 사라락 모습을 드러낸다.

"이번엔 또 왜 불렀어?"

"체서는 있어?"

"출근 안 하셨어."

"어째서?"

"집에서 게임하느라 바쁘시대."

"이 망할 국장 년이!!"

도훈이 체서를 직접적으로 소환하는 건 불가능하다. 하지만 이도훈이라는 인간에게 특별히 국장과 면담할 수 있는 권한을 줬는데, 그 권한은 이도훈 서포터즈를 통해서 서포터즈 멤버에게 체서를 소환할 만한 가치의 일인가를 심사 맡아 예외적으로 체서를 소환할 수 있게끔 새로운 시스템을 만들어 뒀다.

그 새로운 시스템을 사용해 보려는 도훈이었으나, 국장이 게임을 하느라 출근을 안 했으니 부를 수단이 없어진 것이다.

"…좋다 말았네."

도훈으로서는 매우 식은땀이 나는 상황이다. 다음 주에 있을 휴가가 밀릴지도 모르기 때문이다.

MRD를 재생시켜 본 결과, 분명 다음 주에 유례없는 폭설이 내릴 것이다. 폭설이 내리면 교통에도 차질이 생기고, 자연스럽게 휴가가 밀릴 것이다.

이미 도훈이 있던 이전 차원에서는 그 일이 실제로 벌어졌다. 도훈의 신병위로휴가가 폭설 탓에 밀린 게 기억나서 혹시나 하는 마음에 MRD를 돌려봤지만, 도훈의 어렴풋한 기억이 틀림없다는 것을 확인했다.

괴로워하는 도훈을 보던 다이나가 이해할 수 없다는 듯이 말한다.

"눈이 쌓이는 게 짜증나는 일인가?"

"그야 당연하지. 움직이지도 못하고 막사에 하루 종일 처박히면 좋겠지만, 그 눈을 다 치워야 한다는 게 문제잖아!"

"눈이라는 건 금방 치울 수 있잖아."

라고 말하며 눈이 쌓여 있는 지역을 향해 오른손을 내뻗은 다이나의 손끝에서 미세한 열기의 파동이 퍼져 간다.

그와 동시에 퍼엉 하는 작은 폭발음과 함께 전부 증발되는 눈덩이.

"고작 얼음 가루 정도로 애를 먹다니 인간은 역시 나약한 생명체구나?"

"…니들이 상식을 뛰어넘은 존재라고는 생각하지 않냐?"

아주 잠깐이지만 도훈은 다이나의 재능을 배우고 싶다는 생각이 들었다.

아무리 넉가래와 빗자루를 잘 다루면 뭐하나. 저거 한 방에 눈이 증발해 버리는데.

"아무튼… 일단 다음 주 상황을 지켜봐야겠구만."

체셔를 부를 수도 없다. 즉, 자신의 휴가가 밀릴지 아니면 제대로 나갈 수 있을지 알 수가 없다.

일단 도훈이 할 수 있는 일을 최대한 하는 수밖에 없다.

그리고 도훈의 예상대로,

[전국은 지금 폭설 대란이 일어났습니다.]

[유례없는 폭설로 인해 현재 교통이 마비되고…….]

[지금까지 박대기 기자였습니다.]

"이런 씨발!! 이 좆같은 악마의 똥 가루야! 버러지 같은 녀석들이 왜 하필이면 3월이 다 가는데 내리냐고!!"

1생활관 내부에 걸쭉한 욕설이 울려 퍼진다.

이미 말년이 하나둘씩 전역을 한 탓에 생활관 넘버원을 차지하게 된 대한이 징징거리며 발을 동동 구른다.

"이러다가 병장 정기휴가도 잘리는 거 아닌가 모르겠네!"

만약 휴가가 잘리게 될 경우에는 구름 위까지 쳐들어가서 눈이란 눈은 다 없애 버리겠다는 강한 의지를 불태우는 김대한. 물론 대한뿐만 아니라 철수도, 그리고 보기 드물게 도훈도 의욕을 불태우고 있다.

그리고 이들에게 주어진 복수의 기회.

―전 병력, 제설 도구 챙기고 막사 앞으로 모이기 바랍니다. 다시 한 번 알려드립니다. 전 병력…….

방송을 들으며 전투복으로 환복한 김대한이 천천히 자리

에서 일어선다.

"때가 왔다, 아그들아."

제설 작업 명령이 내려올 줄 알았다는 듯이 이미 전투복으로 환복을 한 이들도 천천히 방한 대책을 마련한다.

현재 시각 오후 9시.

취침 시간을 한 시간 앞두고 제설 작업을 하라는 지시가 내려온 탓에 병사들의 얼굴에는 노골적으로 짜증과 분노가 어리고 있었지만, 군대는 상관의 명령에 절대 복종해야 하는 법. 위에서 제설 작업을 하라면 해야 한다. 복종하지 않으면 심금을 울리는 맑고 고운 소리, 영창이 등장할지도 모르기 때문이다.

산만 한 덩치를 이끌고 드물게 빠른 동작을 선보이며 환복을 마친 철수가 단단히 각오를 다지며 대한에게 말한다.

"준비 다 됐습니다, 김대한 병장님!"

"음, 좋아!"

남은 인원 역시도 전원 환복을 마친다.

도훈도 장갑에 귀마개까지 완벽하게 착용하고 나서 막사 밖으로 집합한다.

이번 제설 작업을 위해 특별히 투입된 행보관 역시도 피곤한 표정을 보이며 이들에게 말한다.

"우선… 우리 포대 중 바깥 민간 도로 제설 작업을 해야 할 인원이 필요하다. 이 행보관이 생각하는 바로……."

슬쩍 병사들을 한번 둘러본다. 모두가 시선을 회피할 때, 행보관의 특별 지목이 시행되는데,

"이도훈."

"이병 이도훈!"

"그리고 김철수."

"이, 이병 김철수!"

"너희 둘의 곡괭이, 삽질은 이 행보관이 몰래 숨어서 잘 구경했다. 특히나 이도훈은 작업 능력이 아주 뛰어나더만. 그러니 특별히 이 행보관과 같이 민간 도로 제설 작전에 투입된다. 알겠나?"

"예, 알겠습니다!"

"그리고…….."

인원을 또 뽑기 위해 두리번거리던 행보관을 향해 대한이 손을 번쩍 든다.

"행보관님!"

"뭐냐?"

"저도 지원하겠습니다!"

"…네가? 무슨 심경의 변화가 온 거냐?"

"휴가를 나가기 위해서입니다!"

욕망에 충실한 답변을 내놓은 대한을 보던 행보관은 어이가 없다는 듯이 웃었지만, 병장은 행보관에게 있어서 고급 인력이다. 대한이 저렇게 열의를 불태우는 건 나쁜 현상이 아니

라 생각한 행보관은 대한의 투입을 허락한다.

"좋다, 너도 가자."

"감사합니다!"

악마의 똥 가루를 상대로 복수전이 시작된다.

"그럼 나머지는……."

스윽 한번 훑어보던 행보관이 뒤이어 다른 인원을 지목한다.

"하나포만 세 명을 빼가면 좀 억울하니까 수송에서 한 명 나와라."

"……."

수송 인원들이 눈치를 보기 시작한다. 일단 상병장급들은 나가기 싫어하는 눈빛이었기에 일, 이병급들이 적당히 알아서 나가야 하는 상황.

그러나 그때 행보관의 또 다른 지목이 실행된다.

"이대팔."

"일병 이대팔!"

"눈치 보지 말고 후딱 안 나오냐. 이 행보관이랑 같이 작업하러 가야지."

"아, 알겠습니다!"

뚱뚱한 몸을 이끌고 앞에 나온 이대팔까지, 기타 여러 명의 인원을 뽑은 행보관은 총 여덟 명에게 지시를 내린다.

"넉가래 여섯 개, 그리고 빗자루 두 개 들고 막사 앞으로 집합한다. 이대팔은 5톤 트럭 하나 수송부에서 끌고 오고, 나머지 인원은 통제관의 지시에 따라 움직인다. 알겠나?"

"예, 알겠습니다!"

행보관이 수송 분과에서 한 명을 뽑은 이유는 다름 아닌 포차 운영 때문이다.

그중에서도 재수가 없게 지목당한 이대팔. 자신의 악운을 체감하며 수송부로 내려간다.

이대팔이 5톤 트럭을 끌고 막사 앞에 포차를 주차시킬 무렵, 다른 인원들은 각종 제설 도구를 포차 뒤에 옮겨 싣는 데 모든 신경을 쏟는다.

현재 시각 오후 22시.

벌써 취침 시간이 다가왔지만, 눈을 치우지 않는 이상 잠이란 없다고 봐야 하는 게 좋을 것이다.

선탑자로는 행보관이 몸소 자리에 오르게 된다. 포차에 오르기 전에 통제관이 거수경례를 하며 행보관의 안전을 기원한다.

"조심해서 다녀오시기 바랍니다. 태풍!"

"그래. 너도 병사들 데리고 제설 작업 잘해놔라."

"예!"

"이대팔, 가자."

뚱뚱한 체격의 두 사람이 포차 운전석을 차지하고, 김대한을 포함한 나머지 일곱 명의 제설 전사는 포차 뒤에 몸을 싣는다.

어두컴컴한 환경에 눈발까지 거세고, 호로도 안 쳐진 포차 뒤에 몸을 실은 제설 전사들은 이동 간에 맛보기로 추위와의 싸움을 시작한다.

그나마 다행인 점은 사주경계를 하지 않아도 된다는 점일까.

덜컹거리는 포차를 타고 위병소 밖으로 나오자 폭설로 인해 마비가 되어버린 도로가 눈앞에 펼쳐진다.

"헐……!"

별다른 말을 꺼낼 수가 없다.

솔직히 말해서 이 정도로 눈이 쌓일 줄은 몰랐다. 얼마나 쌓였냐 하면…….

"눈이… 눈이 발목까지 옵니다!"

다른 지역도 아니다. 평소 차가 왔다 갔다 하는 도로에 발목까지 눈이 쌓인 것이다.

그렇다면 인적이 드문 장소는 도대체 얼마나 많은 눈이 쌓였다는 말인가. 덕분에 교통은 통제되어 도로 위에 지나가는 차라고는 오로지 5톤 트럭 하나밖에 없다.

평상시에도 군부대 앞에는 차량이 자주 오가지는 않지만 이건 너무 심하다. 자정이 넘지 않았음에도 불구하고 민간 차량은 한 대도 보이지 않는다.

"진짜 어마어마하게 온 모양인가 보다."

대한이 혀를 차며 말을 이어간다.

"내 군 생활을 통틀어 이렇게까지 눈이 많이 온 것은 처음이다."

사실 도훈의 입장으로서는 이번이 두 번째다. 물론 서로 다른 상황이 아닌, 같은 상황을 반복하는 것이기에 두 번이라는 의미다.

"힘든 작업이 되겠어."

침음성을 흘리며 눈밭이 되어버린 도로를 지그시 바라보던 대한의 한마디에 제설 전사들 역시도 몸을 부르르 떤다.

이들은 어쩌면 이길 수 없는 싸움을 시작한 것인지도 모른다.

"하차!"

"하차!"

행보관의 말에 하나둘씩 조심스럽게 도로 구석에 착지한다.

이들이 내리자마자 발목까지 차오른 눈이 푹 하는 소리와 함께 쑤욱 꺼지는 진귀한 장면을 연출한다.

"웃차!"

마지막으로 철수까지 모두 하차하자 각자 무기를 선택해 고른다.

유일하게 두 개 있는 빗자루 중 하나를 얻게 된 이대팔. 그리고 대한과 도훈, 철수와 기타 나머지 병력은 넉가래를 들게 되었다.

행보관은 교통 통제를 위해 경광봉을 손에 들고서 불이 잘 들어오는지 시험 삼아 작동해 본다.

"멀리서도 잘 보이겠구만."

만족스럽게 고개를 끄덕인 행보관이 제설 전사 중 넉가래 클래스를 선택한 여섯 명에게 지시한다.

"너희가 앞에서 눈을 치우고, 빗자루 두 명은 뒤에서 남은 눈을 쓴다. 알겠나?"

"예, 알겠습니다!"

"넉가래는 대한이 니가 애들 지시하면서 가고 빗자루 두 명은 나랑 같이 걸어가면서 쓸면 된다. 목표는 자정 전까지 제설 작업을 마치는 것. 최대한 빨리 끝내고 자러 가자."

"예!"

행보관의 빠른 작업 지시에 제설 전사들이 일사불란하게 움직인다.

자리를 잡은 넉가래 부대 지휘자인 대한이 짬밥으로 이들을 배치시킨다.

"철수하고 도훈이가 왼쪽 맡고, 너희 두 명은 오른쪽, 그리고 나하고 나머지는 가운데를 밀면서 간다. 각자 포지션에 맞게, 그리고 상대방 템포에 맞춰서 일정하게 가는 거다. 한 줄로 넉가래를 이어서 쭈욱 가야 서로 덜 힘들고 편하게 눈을

밀 수 있다. 알겠냐?'

"예!"

"좋아, 그럼 가보자!"

대한의 지시에 모두가 있는 힘껏 넉가래를 이용해 눈을 밀어간다.

그리 큰 도로가 아니기 때문에 여섯 명이 넉가래로 몇 번 쓱쓱 밀고 지나가면 금세 처리할 수 있다. 하지만 문제가 있다면 눈의 높이가 생각보다 상당하다는 것과 이들이 치워야 할 도로의 길이가 꽤나 길다는 점이다.

나머지는 민간 제설 차량이 도맡아 처리하고 있지만, 어느 정도 일정 도로까지는 이들이 제설 작업을 해야 한다.

게다가 휴가가 걸려 있기 때문에 대한과 철수는 지금 맹렬하게 불타오르고 있다. 오죽하면 이 기세가 눈을 녹일 듯하다.

"어잇차!!"

대한의 기합 구호에 따라 모두가 있는 힘껏 넉가래를 민다.

도훈도 최대한 자신의 넉가래 노하우를 이용하여 별다른 힘을 들이지 않고 제설 작업에 임한다. 그 모습을 주시하고 있던 행보관이 고개를 끄덕이며 도훈의 잠재능력을 높게 평가하기 시작한다.

'녀석, 범상치가 않아!'

대한보다도 훨씬 더 능숙하게 넉가래를 다룬다. 아마 제설 전사 중에서 도훈이 가장 레벨이 높은 전사가 아닐까 싶을 정도이다.

행보관 공인 인증 일꾼 이도훈의 탄생을 알리는 시작점이 아닐까 싶다.

'하지만 계급이 아쉬워. 이등병을 너무 부려먹으면 그것도 그것 나름대로 문제가 있을 테고. 일병급만 되더라도 작업에 데리고 다닐 터인디 아깝구만!'

하다못해 일병이라는 계급장만 달고 있었으면 도훈은 아마도 행보관의 충실한 오른팔 역할을 하고 있을 것이다.

그러나 군대라는 장소가 어디인가. 국방부 시계를 거꾸로 걸어놔도 가는 곳이 아닌가.

언젠간 도훈도 짬이 차오르게 되고, 그에 따라 계급이 오르게 된다. 그 사실을 충분히 알고 있는 행보관은 씨익 웃으며 도훈이 빨리 일병으로 진급하기만을 학수고대할 뿐이다.

이런 행보관의 생각을 알고 있는지, 아니면 모르고 있는지 도훈은 그저 열심히 휴가가 밀리지 않게 하기 위해서 넉가래를 밀 뿐이다.

민간 도로 제설 작전에 투입된 지 어언 한 시간 반째.

현재 시각은 오후 23시 반. 취침 시간을 넘어선 지 벌써 한 시간이 훌쩍 넘은 상황 속에서 병사들은 온갖 불만을 토로할 수밖에 없었다.

행보관과 함께 민간 도로로 작업을 나간 특수 제설 전사뿐만 아니라 부대 내에 남아 제설 작업을 하는 이들도 마찬가지다.

"난 김대한 병장님이 오늘처럼 의욕을 불태운 모습을 보여준 것은 처음 봤어."

범진이 한겨울임에도 불구하고 이마에 송골송골 맺힌 땀방울을 닦으며 말한다.

재수 역시도 1년을 넘게 김대한과 같이 지냈지만, 아마 군생활을 통틀어 가장 의욕적인 모습을 보인 날이 아닐까 싶다.

"아무래도 휴가가 걸려 있으니까."

"휴가는 사람을… 아니, 군인을 미치게 만드는구나. 하아!"

민간 도로 제설 작전에 투입된 제설 전사들을 하나하나 살펴보면 김대한과 이도훈, 김철수다. 김대한은 병장정기휴가가 걸려 있고, 이도훈과 김철수는 신병위로휴가라는 달콤한 첫 휴가가 걸려 있는 상황이다.

이러한데 그 누가 이들을 비난하리오.

휴가 앞에선 한없이 약해질 수도, 비굴해질 수도, 그리고 강해질 수도 있는 게 바로 군인이다.

"진짜… 이놈의 악마의 똥 가루는 왜 이리도 많이 내리냐."

재수의 말을 듣고 화가 난 것일까.

더욱더 거세게 눈바람이 몰아치기 시작한다. 판타지 소설에서나 나올 법한 블리자드가 실제로 시전되는 듯한 그런 기분까지 든다.

"잡담 그만하고 후딱 작업 안 하냐."

통제관이 경광봉을 들고 어서 작업이나 하라고 마구 흔든다. 눈치껏 몰래 담화를 나누던 재수와 범진은 어쩔 수 없다는 듯이 다시 제설 작업에 임한다.

한편, 이들과 다른 의미로 외로운 싸움을 하고 있는 이들 또한 존재했다.

"…한수야."

"일병 한수."

얼어 죽겠다는 얼굴로 초소 바깥의 상황을 계속해서 내려다보던 통신 분과 분대장 최수민의 질문에 한수가 자신의 손목시계를 바라본다.

"…2시간 째입니다."

"제설 작업 하는 게 편할까, 아니면 초소에서 두 시간 넘게 근무를 서는 게 편할까?"

"둘 다 고달프다고 생각합니다."

"그래, 그게 정답이겠지."

제설 작업을 하게 되면 땀이라도 흘려서 그나마 덜 춥기라도 하다. 하지만 후번 근무자 없이 계속 말뚝 근무를 서야 하는 이 상황에서 수민과 한수가 오히려 제설 작업에 열외가 되었다고 한들 절대로 편안한 위치를 선점했다고 말할 수도 없다.

"이러다가 동상 걸리는 거 아닌지 모르겠습니다."

이제야 겨우 발이 치유되기 시작한 한수인데 괜히 더 상처가 덧날지도 모른다는 말에 수민이 걱정하지 말라는 듯이 말한다.

"괜한 걱정을 다 한다. 엄살 그만 부리고 앞으로 기약 없는 근무 교대를 대비해 우리도 뭔가 대책을 세워둬야 할 거 아니냐."

"한 명씩 교대로 번갈아 쉬는 것이 어떻겠습니까?"

"가장 심플한 방법이면서 가장 효율적인 방법이기도 하지. 콜."

주머니에서 손을 꺼낸 최수민과 한수. 이들이 무엇을 할지에 대해서는 굳이 말할 필요도 없다.

"안 내면 술래."

"가위 바위 보!"

주먹을 낸 한수와 가위를 낸 최수민. 먼저 쉴 수 있는 권한을 거머쥔 쪽은 바로 후임 근무자인 한수였다.

"남자는 주먹 아닙니까! 하하!"

"크으! 이런 빌어먹을!"

심하게 괴로워하는 최수민이 퉁명스럽게 말한다.

"후딱 쉬고 있어라. 1분 1초의 망설임도 없이 바로 교대하는 거다."

"알겠습니다!"

방탄모를 뒤집어놓고 그 자리에 엉덩이를 걸터앉은 한수가 초소 벽에 등을 기대고 당직사병이 손수 지원해 준 핫팩으로 몸을 녹인다.

"이야~ 따뜻합니다, 최수민 상병님."

"발로 확 엉덩이를 까버릴라."

말이라도 안 하면 덜 밉지. 한숨을 쉬면서 막사를 내려다보는 최수민이 혀를 차며 말한다.

"지옥이다. 지옥이 펼쳐지고 있어."

장소는 다시 눈 쌓인 민간 도로.

넉가래 부대의 체력이 거의 바닥이 날 시점에 행보관이 타이밍 좋게 이들에게 달콤한 휴식 시간을 부여한다.

"10분 동안 휴식한 뒤 다시 작업 재개한다. 알겠나?"

"예, 알겠습니다."

눈길이 다시 본래 시멘트 바닥의 용모를 드러내자 민간인 차량 한두 대가 왔다 갔다 하기 시작한다. 눈을 치우기만 기다린 것일까. 오늘따라 민간인 차량이 왜 이리도 얄미워 보이는지 모르겠다는 듯 병사들을 대신해 행보관이 경광봉으로 차량을 통제한다.

그렇다고 저들을 탓할 수는 없다.

그저 악마의 똥 가루에 의한 농간일 뿐. 사람이 사람을 미워하게 되는 순간, 그것은 곧 악마의 똥 가루가 의도한 대로 흘러가는 것이다.

"…힘든가, 제설 전사들이여?"

대한이 목소리에 힘을 주고 말하자, 병사들이 우렁차게 외친다.

"아닙니다!"

"그렇다면 좋다! 일어서자, 제설 전사들이여! 가서 저 눈덩이들을 없애 버리고 휴가 가는 거다!"

"우오오오오!!"

악마의 똥 가루 VS 제설 전사의 2차 대결이 시작되었다.

"넉가래 부대 준비!"

대한의 구령에 맞춰 넉가래가 순차적으로 들어선다.

넉가래 뒤에 옆의 넉가래가, 그리고 그 옆의 넉가래가 바로 그 뒤에.

이름하여 6단 합체 넉가래 로봇!

"가자, 아그들아! 눈덩이들을 작살 내버리는 거다!"

"우오오오오!"

쓸데없는 기운을 남발하며 마치 인간 덤프트럭처럼 밀어붙이기 시작하는 넉가래 부대. 그 뒤에서 열심히 빗자루질을 하며 따라가는 이대팔과 다른 병사 한 명이 헐레벌떡 호흡을 맞춰가기 시작한다.

이 모습을 멀찌감치 보고 있던 행보관이 담배 한 대를 피우며 말한다.

"쓸모없는 곳에 기운 빼지 마라, 잡것들아!"

한마디 하고 나서 다시 경광봉을 흔들며 다가오는 민간 차량을 통제한다.

깜빡이를 켜며 지나가는가 싶더니 민간 차량이 근처에 주차하는 게 아닌가. 순간 행보관이 눈을 가늘게 뜨며 왠지 어디서 많이 보던 차량이라는 생각을 한다.

그리고 그 차량에서 내린 중년남성이 사복 차림으로 행보관에게 다가온다.

"123대대가 수고가 많구만."

"……?!"

눈발이 워낙 거칠게 몰아치기 때문에 행보관은 순간 파악하지 못했지만, 차에서 내린 인물이 누군지 행보관은 너무나도 잘 알고 있다.

"태풍!"

"음!"

짧게 거수경례를 받아주며 행보관에게 안부를 건네는 이는 다름 아닌 연대장.

갑작스런 연대장의 등장에 순간적으로 모든 병력이 행동을 중지한다.

방금 전까지만 하더라도 6단 합체 넉가래 로봇을 이끌고 열심히 눈과의 전쟁을 펼치려는 찰나였는데, 눈보다도 더 무서운 연대장의 등장이라니.

순식간에 얼어붙은 병사들을 대신해 행보관이 연대장의 방문 이유를 묻는다.

"여긴 어인 일로……."

"병사들이 밤을 지새가며 눈과 사투를 벌이고 있다는데 이 연대장이 가만히 있어서야 되겠는가. 하하!"

호탕한 웃음을 지으며 넉가래 부대를 향해 뚜벅뚜벅 걸어가는 연대장. 그 모습을 보고 있던 김대한이 잔뜩 얼어붙은 포즈로 사병들을 대신해 대표로 거수경례를 한다.

"태, 태풍!"

"수고가 많군. 자네가 가장 고참인가?"

"병장 김대한! 그, 그렇습니다!"

"대견스럽군. 후임들 잘 추슬러 아무런 사고 없이 무사히 제설 작전에 열중할 수 있도록. 알겠나?"

"예, 알겠습니다!"

병사들을 일일이 한 명씩 어깨를 토닥여 주며 격려를 아끼지 않던 연대장이 순간 도훈의 앞에 멈춰 선다.

"자네는……."

"이병 이도훈!"

"오호라! 자네가 훈련소에서 소문이 자자하던 수류탄 사건의 영웅이로군. 내 익히 자네의 소문은 아주 잘 듣고 있네. 특히나 사단장님의 총애를 받고 있다지?"

사단장의 모든 관심을 받고 있는 거의 유일무이한 이등병 이도훈의 앞에 연대장이 호쾌한 웃음을 선보이며 도훈의 어깨를 유독 힘있게 토닥여 준다.

"사단장님의 총애를 받고 있다면 나도 자네한테 잘 보여야지. 안 그런가? 하하!"

"아닙니다! 연대장님이야말로 제가 존경하는 분이십니다!"

"허허, 이 친구 참. 그러다가 사단장님께서 나한테 질투라도 하면 어쩌려고 그러나. 큰일 날 소리를 하는구만."

연대장의 말을 통해 도훈은 현재 자신이 처한 상황에 대해 어렴풋이 알 수 있었다.

아무리 도훈이 군대 내에서 최강의 이등병이니 뭐니 해도 결국 우물 안의 개구리. 부대 밖을 나갈 일이 휴가를 제외하고는 없기 때문에 다른 부대, 혹은 상급 부대에서의 자신에 대한 평이 어떤지 모르고 있다.

연대장을 통해서 도훈은 자신이 사단장의 총애를 받고 있다는 것과 더불어 훈련소에서 수류탄 사건에 일조를 한 덕분에 다른 군 간부들에게도 좋은 이미지로 소문이 났다는 사실을 눈치챌 수 있었다.

'뜻밖의 수확이로군.'

제설 작전에 투입되고 나서 얻은 예상치 못한 수확이라고 할 수 있었다.

사회란 것은 결국 인간관계다. 즉, 인맥과 이미지라고 말해도 과언이 아니다.

군대 역시도 마찬가지다. 군대와 사회를 별개라고 생각하면 안 된다. 어찌 보면 가장 사회의 기본을 근간으로 하는 계급 체계로 이뤄진 군대가 사회에서 필요한 요소들을 가장 많이 포함하고 있고 영향을 받는 집단이라 할 수 있을 것이다.

그런 면에서 도훈은 스스로를 아주 잘 포장한 셈이다.

28사단 내부에서 사단장의 총애를 받고 있다는 것, 그리고 이러한 사실이 다른 간부들에게 알려져 있다는 것은 분명 도훈에게 이점으로 작용할 것이다.

물론 도훈이 일반 사병이 아닌 군 간부였다면 필히 사단장의 총애를 단독으로 받고 있다는 점이 악재로 작용할 수도 있을지 모른다. 왜냐하면 누구는 관심 받고 누구는 찬밥신세라는 소리를 들으며 왕따를 당할 수 있기 때문이다.

하지만 사병과 간부는 다르다.

사병에게 있어서 사단장은 가히 왕과도 같은 존재. 그 왕을 등에 업고 있다면 그 누가 이도훈을 건들이겠는가. 얼마 전까지 이도훈의 속을 박박 긁어대던 박대수를 영창으로 보내 버렸다. 물론 도훈이 일방적으로 '저 새끼, 영창 보내시면 안 됩니까?' 하며 직설적으로 말한 것도 아니다.

하지만 결과론적으로 말하자면 도훈에게 까불다 사단장한테 걸려 영창을 간 셈이다. 말년에 그게 무슨 추태란 말인가.

결국 이도훈을 건들이면 사단장이라는 거물급이 소환된다.

게다가 유리아라는 아리따운 여성 소위도 옆에 끼고 있는 탓에 말 그대로 이도훈의 군 생활은 간부들조차 부러워할 정도로 탄탄대로를 걷고 있다는 뜻이다.

"아무튼 자네도 몸 건강히 무사히 제설 작전을 마치길 기원하겠네."

"예! 감사합니다!"

"그럼 난 대대로 들어가 볼까."

라고 말하며 차 안으로 들어가 방향을 튼다.

그러자 행보관이 빠르게 스마트폰을 통해 대대장에게 연락한다.

"태풍! 알파포대 행보관입니다. 예, 지금 연대장님께서 대대로 들어가신다고 합니다. 예, 개인 차량에 탑승하고 계십니다."

상세한 사항까지 전부 다 보고하는 행보관의 치밀함에 혀를 내두를 정도이다.

전화 통화를 마치고 나서 다시 제설 작전에 집중하자며 병사들에게 외치는 행보관의 목소리가 거센 눈발을 뚫고 울려퍼진다.

"잡것들아! 후딱 넉가래 안 밀고 뭐하냐!"

"예, 옙!"

다시 6단 합체 넉가래 로봇을 밀기 시작한 제설 전사들. 행
보관의 재촉에 대략 두 시간 정도 넉가래를 밀던 이들 중에
철수가 나지막이 말한다.

"얼마나 치웠을까, 우리?"

도훈에게 묻는 말이었지만 도훈은 가급적이면 철수의 말
에 대답하지 않으려 노력한다.

"모르는 게 나을 거다."

"왜? 두 시간이나 치웠으면 꽤 많이 치운 거 아니야? 이 정
도면 슬슬……."

라고 말하며 뒤로 고개를 돌리려는 순간, 도훈의 손이 철수
의 목을 고정시킨다.

"안 돼! 절대로… 절대로 뒤를 돌아봐선 안 된다!"

"무슨 헛소리야? 우리가 얼마나 눈을 치웠는지 보지도 못
한단 말이야?"

"절대로 보면 안 된다니까!"

도훈이 정색하며 철수에게 똑바로 들으라는 듯이 언성을
높인다.

"돌아보게 되면… 돌이킬 수 없는 일이 벌어질지도 몰라."

"……?"

아직까지도 도훈이 말하고 있는 바를 전혀 모르겠다는 듯
이 의구심 어린 표정으로 바라본다. 그러더니 가운데에서 열
심히 넉가래질을 운영하고 있는 대한에게 말한다.

"김대한 병장님, 도훈이 녀석이 아까부터 자꾸 이상한 말을 지껄입니다."

"무슨 헛소린데?"

"아까부터 저한테 자꾸 뒤를 돌아보지 말라고 합니다. 이 녀석, 뭔가 이상하지 않습니까? 우리가 치운 흔적도 못 보게 하다니……."

라고 말하면서 고개를 돌리려던 철수의 고개를 이번에는 대한이 두 손으로 고정시킨다.

"절대로 돌아봐서는 안 된다! 알겠나?"

"기, 김대한 병장님까지?!"

"잘 들어라, 김철수. 이건 명령이다. 절대로, 절대로 뒤를 돌아봐선 안 돼. 만약 돌아보게 되면⋯ 책임질 수 없다. 돌아올 수 없다. 피해갈 수 없다!"

"⋯⋯?"

철수의 머릿속은 혼란스러울 수밖에 없었다. 이들은 왜 이토록 뒤를 돌아보지 말라고 강조하는 것일까.

눈치를 보아하니 다른 사람들 역시도 철수에게 절대로 뒤를 돌아봐서는 안 된다는 시선을 던지고 있다.

설마 뒤에 귀신이라도 따라오는 것일까. 아니, 귀신보다도 더 무섭다는 사단장님께서 계시는 건 아닐까.

하지만 뒤에서 들려오는 소리는 행보관의 목소리밖에 없다. 부차적인 소리라고 해봤자 빗자루질 소리밖에 더 있나.

돌아보고 싶다. 쳐다보고 싶다.

하지만 돌아봐서는 안 된다. 왜인지는 모르겠지만 돌아보는 순간 무슨 일이 벌어질 것만 같다.

이것이 그 유명한 군대 괴담인가? 눈보라가 몰아치는 이 상황, 그리고 어두컴컴한 자정의 분위기가 조금 스산하게 다가오긴 했지만, 그렇다고 이 다수의 사람이 있는데도 불구하고 귀신을 두려워하는 경우가 있나.

"크윽! 빌어먹을!"

인간의 호기심이란 유혹은 생각보다 참기 힘들다.

궁금하다고 여긴 순간부터 이미 그 궁금증을 견디기 힘든 금단 증상이 나타나기 때문이다.

물론 철수도 예외는 아니다.

뒤를 돌아보고 싶다. 하지만 볼 수가 없다. 아니, 보지 못하게끔 만든다.

어째서? 왜?

철수의 머리에 의구심이 든다.

조금만 더 넉가래를 밀면 목표로 한 지점까지 다 오게 된다. 눈은 거의 다 치웠다. 그런데 왜 이들은 뒤를 돌아보지 말라고 그리 압박을 넣는 것일까.

참을 수가 없다.

"죄송합니다!!"

철수의 외마디 사과의 말고 함께 그의 고개가 뒤로 돌아갔다.

순간 대한이 손을 뻗으며 철수를 말리려 했지만, 워낙 순식간에 일어난 일이라 그의 행동은 무의미하게 돌아가고 말았다.

"김철수! 안 돼에에에에!!"

대한의 비명 소리와 함께,

뒤를 돌아본 철수는 허무함에 무릎을 털썩 꿇을 수밖에 없었다.

온몸에 힘이 빠진다.

머리가 새하얗다.

왜냐하면……

"눈이… 눈이 다시 쌓여 있습니다, 김대한 병장님!!"

철수의 절규가 밤하늘을 가르기 시작한다.

두 시간이 넘도록 미친 듯이 눈을 밀고, 쓸고, 치웠는데 그 거리 위에 또다시 눈이 쌓여 있는 게 아닌가.

이 얼마도 허무한 일이란 말인가. 철수의 외침에 대한이 전투모를 지그시 눌러쓴다.

"그러기에 뭐랬나, 제설 전사 김철수여. 절대로, 절대로 뒤를 돌아봐서는 안 된다고 했거늘."

"도대체… 왜 이러는 겁니까? 치워도 치워도 쌓이는 눈을 치우는 게 무슨 의미가 있단 말입니까?"

"정신 차려, 김철수! 여기는 군대다! 모든 일이 비효율적이고 쓸모없어 보이긴 하지만… 아니, 실제로 비효율적이고 쓸모없는 일이 태반이긴 하지만, 그렇다고 우리가 이 제설 작전을 거부할 힘이 있단 말인가! 방금 연대장님한테도 헤헤실실거리던 네 자신이 나에게 그런 말을 할 자격이 있다고 생각하는가!!"

"……!"

철수의 눈이 급격하게 커진다.

군대는 하라면 해야 한다. 불가능도 가능으로 만드는 게 바로 군인 아니겠는가!

"그래, 우리는 애초에 처음부터 이길 수 없는 싸움을 하고 있었다. 하지만 그게 어때서? 휴가를 위해서라면… 이 의미 없는 행동에도 필히 의미가 새겨질 터! 일어서라, 철수여. 아니, 제설 전사여! 그대는 오로지 이 악마의 똥 가루를 치우기 위해 이 자리에 설 자격이 있는 군인일 뿐이다!"

"김대한 병장님!"

"김철수!"

둘이 뜨거운 포옹을 하며 서로를 격려한다. 아무리 치워도 치워도 뒤를 돌아보면 쌓이는 눈앞에서 어찌할 도리가 없는 병사들의 한탄 어린 마음을 대변하는 게 아닐까 싶다.

"지랄도 정도껏 떨어라, 잡것들아."

행보관이 스마트폰으로 어딘가 연락을 하기 시작한다. 그러고 말하기를,

"곧 제설차 온다고 하니까 제설 도구 챙기고 대대로 복귀할 준비해라."

"그럼 도대체 왜 이런 고생을 한 겁니까?! 애초에 처음부터 제설차를 부르면 되는 거 아니었습니까?!"

"토 달지 말고 후딱 포차에 타라, 이 녀석들아."

그들이 포차에 올랐을 때, 제설차가 한 번 스윽 왔다 갔다 하자 이들이 두 시간이 넘도록 치운 눈보다도 훨씬 깔끔하게 처리한 모습이 시야에 들어온다.

그때, 철수의 눈에서 눈물 한 방울이 떨어졌다는 사실은 아마 철수 본인만이 아는 진실일지도 모른다.

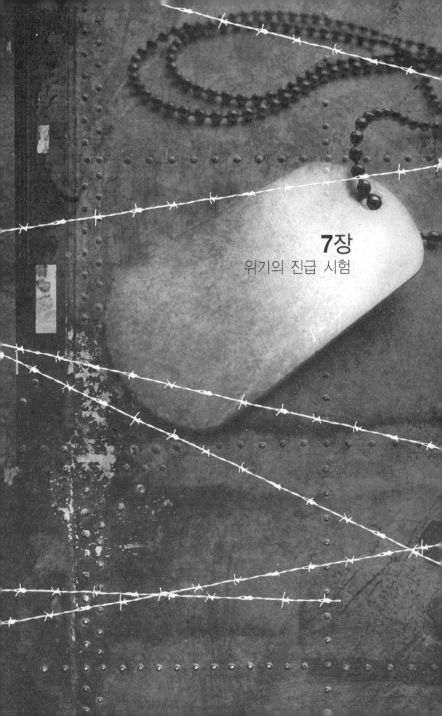

7장
위기의 진급 시험

   악마의 똥 가루라 불리는 흰색 눈과의 사투를 벌인 지도 꽤
나 많은 시간이 지났다.

   "휴~ 슬슬 더워지는구만."

   손으로 부채질을 하면서 생활관 내부로 들어오는 범진이
목장갑을 벗는다.

   마침 삽질을 하고 돌아온 하나포 인원들은 천장에 달려 있
는 구식 선풍기를 바라보게 된다.

   "이제 슬슬 선풍기를 틀어도 되지 않습니까?"

   철수와 같이 목장갑을 벗고 있는 한수의 말에 재수가 고민
해 본다.

"아무래도 그렇겠지? 조만간 행보관님께서 선풍기 청소를 지시하지 않을까 하는 생각은 들긴 하지만."

벌써부터 전투복 등 부분이 땀으로 젖는 그런 날씨가 성큼 다가왔다.

하지만 이런 더운 날씨 속에서도 아직까지 깔깔이를 착용하고 있는 한 인물이 늘어지게 하품을 하며 말한다.

"이래서 짬 안 되는 것들과 상종하면 안 된다니까."

전투모도 거꾸로 쓴 대한의 말에 범진과 재수가 제각각 한 마디씩 던진다.

"저희들도 다음 주면 병장입니다, 김대한 병장님."

"범진이 말이 맞습니다. 후딱 전역이나 하십쇼."

"나도 전역하고 싶다, 잡것들아. 그렇게 보채지 않아도 다음 주면 전역하니까 걱정하덜 마라."

행보관 특유의 말투를 따라 해보는 대한이다.

그의 말대로 다음 주 토요일이 김대한 병장의 전역일이다. 말년 휴가도 다 쓰고 이제 전역하기 바로 전 주에 갈 면회 외박 한 번만 갔다 오면 정말 말 그대로 전역만 남은 셈이다.

"그리고 보니 아까 최수민 상병이 분대장 교체식에 대해 전해달라고 들었습니다."

도훈이 다른 사람들의 목장갑을 받아 들며 한 말에 대한의 귀가 번쩍 열린다.

말년임에도 불구하고 아직까지 어깨에 무거운 초록색 견

장을 달고 다니던 대한으로서는 매우 반가운 소식이 아닐 수가 없다.

"드디어 온단 말이냐! 분대장 교체식이!"

"예, 포대장님께서 말씀하시는 것을 최수민 상병이 들었다고 합니다."

"오호라! 그렇다면 당장 준비해야지. 안재수, 따라와라! 분대장 교체식 연습하러 가자!"

"…알겠습니다."

노골적으로 귀찮다는 표정을 지어 보인 재수가 대한의 뒤를 힘없는 발걸음으로 따른다.

분대장이란 자고로 일개 분대원을 이끄는 고참급 선임을 가리키는 단어로서, 분대장을 달게 되면 그에 따른 적절한 보상과 권력이 주어지지만 가급적이면 대부분이 피하고 싶어하는 그런 직책이기도 하다.

매번 결산 때 분대장으로서 다른 분대장들과 함께 포대장과 회의를 해야 하고, 다른 분대원들에게 특별한 이상 징후는 없는지에 대해서도 매번 체크해야 한다.

아래에서는 후임들 때문에 골치 아프고, 위에서는 간부들이 마구 갈궈서 골치 아프고.

앞으로 그런 군 생활을 보내게 생겼는데 재수의 입장으로서는 마냥 기뻐할 일은 아니라고 생각한다.

재수와 대한이 자리를 비운 사이, 한수가 도훈과 철수를 가리키며 말한다.

"생각해 보니까 너희도 이번에 진급하지 않냐?"

"예, 그렇습니다!"

철수가 기운 넘치는 목소리로 대답한다.

포대에 온 지도 꽤 되었다. 그동안 다른 분대에 후임도 몇 명 생기고(대략 서너 명밖에 안 되지만), 다음 달이면 일병을 달아야 할 그런 짬이 둘 중 하나 것이다.

물론 도훈으로서는 이번에 두 번째 일병 진급이기에 별다른 감흥을 느끼지 못한다.

벌써 말년병장까지 이미 도달했던 도훈인데, 고작 일병 진급으로 기뻐할 리가 없지 않은가.

반면 철수는 만연에 미소를 지으며 도훈에게 말한다.

"우리도 이제 일병이라고, 일병!"

"그래, 좋겠다, 일병."

"넌 표정이 왜 그러냐? 일병 다는 데 안 좋아?"

"…그래 봤자 일병이잖아."

선임급과 후임급으로 나누자면 일병은 후임급에 속한다. 거의 반년 가까이 군 생활을 보냈는데 이제 겨우 일병이라는 사실에 도훈의 입장으로서는 관자놀이가 아파올 지경이다.

그동안 워낙 많은 일이 있었는데, 앞으로도 지금처럼 겪은 기간을 세 번 더 보내야 한다는 사실을 알게 된다면 기절할지도 모른다. 만약 전역을 코앞에 두고 있는 대한이 이 사실을 직접 듣는다면 자살을 추천했을 것이 틀림없다.

"그런데 한수 일병님."

잠시 일병 진급에 대한 기쁨을 누리고 있던 철수가 한수에게 질문을 한다.

"저희는 후임 안 들어오는 겁니까?"

"후임이라……."

한수도 곰곰이 생각을 해본다.

철수와 도훈의 바로 앞 선임 군번이라 하는 11~12월 군번이 거의 20명 가까이 들어온지라 요 근래에 들어온 신병은 거의 없다시피 하다.

123대대는 동기를 두 달 단위로 끊기 때문에 1~2월 군번이 동기, 3~4월 군번이 동기, 이런 식으로 진행된다. 이 말은 앞으로 후임 들어오려면 한참 멀었다는 의미이기도 하다.

"군번이 제대로 꼬였구나, 너희도."

한수가 조금은 불쌍하다는 눈빛으로 이들을 바라본다.

바로 앞 군번이 너무나도 많이 전입해 온 탓에 후임은 둘째치고 동기도 없다.

포대 내에서 거의 유일무이한 동기라 할 수 있는 도훈과 철수가 서로가 서로를 바라본다.

"뭐, 그래도 저는 동기가 도훈이라서 정말 다행입니다. 하하하!"

"나는 하나밖에 없는 동기가 너라서 정말 불행하다, 인마."

도훈의 도움을 절대적으로 많이 받아온 철수의 입장에서는 수십 명의 동기보다 한 명의 이도훈이라는 인물이 훨씬 더 도움이 된다는 사실은 굳이 말할 필요도 없을 것이다.

그렇게 서로가 상반된 평가를 하고 있을 무렵, 방송에서 익숙한 목소리인 최수민 상병이 말을 하기 시작한다.

—아아, 행정반에서 알려드립니다. 지금 즉시 전 병력은 1생활관으로 모여주시기 바랍니다. 다시 한 번 알려드립니다. 지금 즉시 전 병력은 1생활관으로 모여주시기 바랍니다.

"드디어 시작이구만."

전투화를 벗는 범진의 말에 뒤이어 한수도 고개를 끄덕인다.

"예, 드디어 새로운 분대장님이 탄생하려나 봅니다."

미리 소식을 접한 이들은 왜 갑자기 생활관으로 집합하라는 지에 대한 이유를 알고 있었다.

그리고 20분 뒤.

"태풍!"

범진의 예상대로 대한과 재수가 나란히 전투복을 입고 서서 포대장에게 거수경례를 한다.

뒤이어 시작된 분대장 교체식. 대한의 신고를 시작으로 자신의 전투복에 달려 있던 초록색 견장을 뗀다.

견장 중 하나는 김대한이, 그리고 남은 하나는 포대장이 들고 재수의 어깨에 달아준다.

"앞으로 하나포를 잘 이끌어주기 바란다."

"상병 안재수! 예, 알겠습니다!'

재수가 거수경례를 하며 포대장의 말에 대답한다.

뒤이어 대한에게도 그동안 수고했다는 듯이 격려의 말을 전한다.

"김대한도 여기까지 하나포를 이끌어오느라 수고 많았다. 하나포 반장도 뭐라 한마디 해줘라."

자신이 담당하는 분과이다 보니 하나포 반장도 빠질 수 없는 자리이기도 하다.

머리를 긁적이며 대수롭지 않게 대한의 어깨를 가볍게 두드려 주고서는,

"후딱 전역이나 해라."

"에이, 왜 그러십니까, 하나포 반장님. 나중에 저 전역할 때 우시는 거 아닙니까?"

"시끄럽다니까, 인마."

재수와 범진과 마찬가지로 하나포 반장 역시도 대한과 가장 오랫동안 알고 지낸 인물이다.

지금까지는 몰랐지만 새삼 이렇게 분대장 교체식을 마치고 나니 대한이 진짜로 전역하는구나 하는 생각이 드는 것이다.

매번 뺀질거리던 하나포 반장이었기에 별다른 표정 변화

를 보여주진 않았지만, 아마도 진심으로 대한에게 수고했다는 마음을 전했으리라 생각한다.

"자자, 분대장 교체식도 마쳤으니까 오늘 일과는 이것으로 끝낸다. 다들 환복!"

"환복!"

포대장의 말을 복명복창하며 활동복으로 옷을 갈아입기 시작하는 제1포대 병력들.

날씨가 날씨인지라 슬슬 하계 활동복을 꺼내 입는 병사도 더러 보인다.

도훈으로서는 그래도 선뜻 반팔과 반바지를 입고 다닐 자신은 없는지라 춘계복으로 갈아입는다. 반면, 더위를 많이 타는 철수는 벌써부터 하계복으로 갈아입는다.

"도훈아, 헬스장 가자."

"어. 잠깐만 기다려."

요즘 들어 부쩍 헬스장에 가서 운동하는 데 취미가 들렸는지 철수가 도훈에게 헬스장을 제안한다.

도훈도 요즘은 몸만들기에 취미가 들려 철수와 같이 계속해서 헬스장에서 시간을 보내는 데 여념이 없었다. 군대에서 할 수 있는 거라고는 걸그룹을 보기 위한 TV 시청이나 책 보기밖에 없지 않은가.

그런 연유로 건강한 몸을 만들기 위해 헬스장에서 운동을 한다는 취지도 있지만, 이들이 운동에 부쩍 박차를 가한 이유는 따로 있었다.

일병을 달고 일병 정기휴가를 같이 나가 바닷가로 놀러 가자는 계획을 세웠기 때문이다.

"여름하면 수영복, 수영복하면 비키니 아니겠냐! 바닷가에 몸짱이 되어 가면 여자들이 줄을 서겠지?"

역기를 들고 바닷가 생각만 주구장창 하면서 운동에 집중하는 철수의 말에 도훈이 혀를 차며 말한다.

"여자 친구한테 이른다?"

"어허! 남자들끼리 떠나는 바다 여행에 어찌 감히 아녀자가 발을 들여놓을 수 있단 말인고!"

"니 행동에 뭐라 반박해야 좋을지 모르겠다."

그래도 뜨거운 여름밤을 바닷가에서, 그것도 친구와 함께 보낸다는 점에 대해서는 도훈도 크게 불만 사항을 가지진 않는다.

어차피 양심에 찔리는 건 철수뿐이지 도훈으로서는 그다지 양심에 가책이 느낄 만한 짓은 하지 않기 때문이다.

왜냐하면 도훈은 여자 친구가 없다.

그래서 그 자신감을 회복하기 위한 프로젝트 일환 중 하나가 바로 철수와 같이 바닷가에 가서 여자 꾀기.

그러기 위해서는 몸을 만들어둬야 한다. 몸짱이 되어야 한다. 어차피 군대 내에서는 할 일도 없으니까.

그런 생각을 품고 있는 이들이었으나…….

—행정반에서 알려드립니다. 이병 이도훈, 이병 김철수는 지금 당장 행정반으로 오기 바랍니다.

"왜 갑자기 우릴 찾는 거지?"

의아한 표정으로 묻는 철수였으나 도훈이라고 알 리가 없다.

들고 있던 역기를 내려놓은 도훈이 가볍게 몸을 풀며 말한다.

"일단 가보면 알겠지."

"그렇겠지?"

머릿속에 궁금증을 품고서 발걸음을 이동하는 이들. 행정반에 도착하자 그곳에는 도훈과 철수뿐만 아니라 범진, 재수, 그리고 기타 열 명 정도의 인원이 대기하고 있었다.

무슨 일인가 싶어서 물어보려는 철수였지만 도훈이 철수의 행동을 저지한다.

"…대충 무슨 일인지 알겠다."

"벌써?"

"너 여기에 있는 사람들의 공통점이 뭔지 모르겠냐?"

"글쎄. 잘 모르겠는데?"

"이런 머저리 같은 녀석. 김범진 상병님하고 안재수 상병님만 봐도 알 수 있잖아."

"…여전히 모르겠다."

운동에 전념하는 철수였지만, 머리를 키우는 데에는 그다지 전념하고 있지 않나 보다.

반면 눈치 9단에 이르게 된 도훈은 순식간에 이들의 공통점을 찾아내었다.

"진급을 앞두고 있는 사람들… 이라고 하면 대충 이해할 수 있겠냐."

"오! 그러고 보니 진짜네."

범진과 재수는 병장 진급을 앞두고 있다. 그리고 도훈과 철수 역시 다음 달이면 일병 진급을 앞두고 있는 이등병이다.

행정반에서 진급을 앞두고 있는 이들을 부른 이유라면…….

"설마… 그거인가?"

도훈의 머릿속에 안 좋은 예감이 서서히 자라나고 있다.

도훈의 머릿속에 드는 불길한 생각.

그리고 그 생각이 포대장의 발언에 의해 현실로 이뤄지기 시작한다.

"우리 부대는… 진급 시험을 치르게 되었다."

"이런 빌어먹을 좆같은 군대!!"

도훈이 머리를 감싸 쥐고 절규해 보지만, 그렇다고 진급 시험을 막을 길은 없다.

진급 시험을 보지 않는 이상 일병으로 진급하는 건 불가능, 아니, 불가능하지는 않다. 두 달을 유급하게 되면 강제적으로 진급이 되기는 한다. 하지만 남들은 다 일병으로 진급하는데,

이도훈 혼자서 이등병으로 남아 있는 건 웃기는 일 아니겠는가.

게다가 만약 여기에 두 달 이내의 후임까지 있어봐라. 후임보다 계급이 낮아지는 불상사가 발생하는 경우도 고려하지 않을 수가 없다.

"무슨 일이 있어도 진급은 해야 한다."

아직 말년병장이라는 지위를 되찾지도 못했는데 벌써부터 일병 진급 좌절이라는 타이틀은 달고 싶지 않은 게 도훈의 솔직한 심정이다.

물론 그 심정은 진급을 앞두고 있는 다른 인원들도 마찬가지다.

하나포는 자그마치 네 명이나 진급 시험을 앞두고 있기에 다른 분대보다도 훨씬 진급 시험이라는 시련이 무겁게 다가온다.

특히나 이번에 분대장을 달게 된 안재수의 입장으로서는 반드시 병장으로 진급해야 한다. 분대장까지 달았는데 여기서 진급 누락이라도 해봐라. 후임들에게 본보기가 될 수 없는 사태가 벌어지게 된다.

게다가 포대의 브레인이라 불리는 재수로서는 자존심이 달려 있는 문제다.

범진과 철수도 마찬가지다.

진급을 하지 못하면 정기휴가를 나갈 수 없다.

이번 정기휴가에는 도훈과 같이 바닷가로 놀러 가기로 결정한 철수는 물론이요, 있는 휴가를 다 써서 이제 정기휴가밖에 갈 게 없는 범진 역시도 이번 진급 시험은 꽤나 중요한 시련으로 다가오고 있었다.

"우리 포대에는 가급적이면 누락자 없이 모두 합격하길 기원한다. 그럼 당직."

"예!"

포대장의 말에 따라 최수민이 기다렸다는 듯이 작은 종이를 나눠 준다.

"이게 뭡니까, 포대장님?"

범진이 모두의 궁금증을 한곳에 몰아 질문하자, 기다렸다는 듯이 포대장이 간략하게 대답해 준다.

"진급 시험 과목 목록과 그 평가 기준이다."

"……."

"진급 시험 제도가 도입된 지는 얼마 되지 않았다. 아직 잘 모르는 사병들도 있으니까 특별히 고려해서 너희에게 제공해 준 자료이니 소중하게 가지고 있어라. 특히나 일병 진급, 혹은 상병 진급 예정인 이등병과 일병들은 다음 진급 시험에도 써먹을 수 있으니 고이 간직하도록. 이상."

"예, 알겠습니다!"

"그럼 해산!"

포대장의 지시를 통해 받은 진급 시험 평가 기준표는 생각보다 매우 상세하게 나뉘어져 있었다.

팔굽혀펴기, 윗몸일으키기, 오래달리기, 화생방, 안보 파트로 나뉘어져 있으며, 전반적으로 크게 두 가지로 나눌 수 있었다.

필기는 안보, 그리고 화생방.

실기는 팔굽혀펴기, 윗몸일으키기, 오래달리기, 그리고 화생방 실습 파트가 있다.

팔굽혀펴기나 윗몸일으키기, 오래달리기는 안 그래도 헬스장에서 몸만들기에 열을 올리고 있는 도훈과 철수이기에 별다른 문제가 되질 않는다. 물론 운동신경이 좋은 범진으로서도 큰 문제가 되지는 않는다.

안재수 역시도 포대의 브레인이라 불리고는 있지만, 체력적인 면도 입대 이후로 크게 상승했다. 체력이 안 좋은 편은 아닌지라 실기 파트 부분은 별다른 어려움 없이 통과할 수 있을 것이다.

하지만 문제가 있다면 역시 모두의 발목을 잡는 바로 안보 필기시험과 더불어 화생방이다.

정훈교육, 즉 정신교육 때 배운 이론 시험을 본다는 의미다.

솔직히 안보 관련 필기시험은 재수와 도훈을 제외한 이들에게는 아주 커다란 장애물로 작용하고 있었다.

철수와 범진은 애초에 공부에 소질이 없는 이였고, 군대에 오고 나서도 공부를 해야 한다는 압박 때문에 벌써부터 거부 작용이 발생하고 있었다.

"왜 군대에 와서까지 공부를 해야 하냐는 거야!"

결국 침상마루 위에 접이식 탁자를 펴고서 공부를 하던 범진의 성질이 폭발하고 말았다.

뒤이어 기다리고 있었다는 듯이 철수도 범진의 의견에 힘을 실어준다.

"이건 진급 시험이란 이름의 괴롭힘입니다! 군인의 전투력과 사기를 마구 하락시키는 그런 못 써먹을 제도라고 당당히 말씀드릴 수 있습니다!"

"그래, 그 점에 대해서는 나도 심히 공감한다, 철수야."

펜과 종이와 그다지 많은 친밀도를 쌓아두지 못한 게 여기 와서도 발목을 잡게 될 줄은 아마 본인들도 몰랐을 것이다.

설마 군대에 오고 나서도 공부를 하게 될 줄이야.

게다가 이 공부는 사회에 나가면 그다지 도움이 안 되는 내용들이다. 한마디로 말하자면 군대 한정 지식.

그래서 더더욱 배우는 데 반발심이 드는 것이다. 이 공부 내용이 취업에 도움이 된다면 얼마나 좋을까. 하지만 불행하게도 군대 지식이 유리하게 작용하는 건 군대뿐이다.

반면, 잠자코 펜을 굴리며 공부를 하던 재수가 이들에게 핀잔을 늘어놓는다.

"조금은 도훈이를 본받아라. 조용하게 공부하고 있잖냐."

아까부터 아무런 말 없이 그저 책상에 시선을 고정시킨 채 교본을 보고 있는 도훈의 흔들림 없는 태도.

그러나 범진이 도훈에게 슬쩍 다가가더니 이내 코웃음을 친다.

"얌마, 안재수."

"왜?"

"이 녀석은 우리보다 더 심한 놈이야."

"뭔 소리야, 그게?"

"눈 뜬 채 자고 있잖아, 이도훈 녀석."

"……."

나름 몰래 자는 데 도가 튼 사람만이 할 수 있다는 바로 그 눈 뜬 채 잠들기 스킬을 시전 중인 이도훈의 모습에 철수가 정말 다른 의미로 존경스럽다는 듯이 말한다.

"이런 것도 본받고 싶다."

"본받을 걸 본받아라, 이 녀석아."

근처에서 깔깔이를 입은 채 늘어지게 하품을 하던 대한이 철수에게 한 말이다.

"하나포에 병장이 나 하나뿐이라는 말은 듣기 싫으니까 후딱 진급이나 해라, 아그들아."

"김대한 병장님, 언제부터 있었습니까?"

"나? 아침 집합하고 나서 몰래 숨어 있었지."

현재 이들은 내일모레로 다가온 진급 시험을 대비하기 위해 일과 시간임에도 불구하고 포대장의 배려로 인해 1생활관에 모여 필기 공부를 하고 있는 중이었다.

각 포대별로 진급 누락자가 얼마나 되는지에 대한 것도 은근히 포대장의 실적에도 반영이 되기 때문에 대놓고 각 포대장도 이번 진급 시험에 사활을 걸게 되었다.

진급 시험이 내일모레. 하지만 공교롭게도 대한의 전역도 곧 얼마 남지 않았다.

"이번 외박 나갔다 오면 미리 일병모 두 개, 병장모 두 개 사와야 하니까 내 돈 낭비 안 되게 진급 시험 반드시 붙어라. 알겠냐?"

"예, 알겠습니다!"

"그럼 나는 몰래 잠이나 더 잘 테니까 행보관님이 찾으시면 모른다고 해."

라고 말하면서 매트리스가 나란히 정렬되어 있는 뒤 공간에 몸을 구겨 넣으며 안으로 들어간다.

말년병장의 필수 아이템인 깔깔이를 겉에 입은 채 그대로 또다시 취침 모드로 돌입.

아침 10시인데도 잘도 자는구나 하는 생각이 들 정도이다.

"어이쿠, 목이야."

앉아서 취침을 취하고 있던 도훈인지라 그 후유증이라 할 수 있는 뻐근한 뒷목을 풀며 다시 교본을 바라본다.

도훈이 공부에 취미가 없는 것은 사실이지만, 그렇다고 머리가 안 좋은 건 결코 아니다.

'이걸 계속 봐야 하는 의미가 있나.'

사실 짬으로 따지자면 근 2년 반이 넘어가는 짬밥 내공을 자랑하는 인물이 바로 이도훈이다. 이제는 거의 간부급 짬밥을 자랑하기 시작한 이도훈인데, 기초적인 정훈교육 지식을 갖추고 있다는 사실은 굳이 의심할 여지가 없다.

한마디로 말해서 도훈이 필기 공부에 약한 면모를 보이는 것은 이미 다 알고 있는 내용이기 때문이다.

이 차원으로 날아오기 전에 진급 시험을 세 번이나 봤다. 이번이 네 번째 진급 시험인데 굳이 볼 게 더 있을까.

화생방 실습은 더욱 말할 필요도 없다. 보호 두건까지 합해서 정확히 9초대를 끊은 이도훈이다. 그 여파로 행보관 당직 때 TV 연등이라는 기적적인 상황도 만들어낸 적이 있다.

하품이 다 나올 정도인데 이걸 또 해야 하다니. 말 그대로 이미 만렙과 퀘스트를 다 깼는데도 불구하고 게임이 끝나지 않는 기분이라고 할까.

물론 그 기분을 느끼는 인물은 도훈뿐만이 아니다.

"아! 자는 것도 지겨워 죽겠네!"

결국 매트리스를 발로 박차고 나오며 마루로 나온 대한이 늘어지게 하품을 한다.

"전역까지 이제 일주일도 채 안 남았는데 왜 이리도 지겹냐. 도대체……."

"그게 군대의 마법 아니겠습니까. 그렇다고 진급을 앞두고 있는 후임들 방해는 하지 마시기 바랍니다."

"벌써부터 분대장 달았다고 전임 분대장을 찬밥 대접하냐, 안재수? 섭섭하다."

재수의 등을 쿡쿡 찌르며 장난스럽게 말하지만, 이들은 진급에 군생활의 모든 것을 걸고 있다.

분위기가 심상치 않음을 느낀 대한은 어쩔 수 없다는 듯이 한숨을 쉬면서 말한다.

"좋다! 불쌍한 중생들을 위해 특별히 내가 나서주마!"

"그러니까 방해는 하지 말라고 했잖습니까, 김 병장님."

"방해라니? 말년의 짬을 무시하지 마라, 안재수. 넌 진급 시험이 처음 아니냐?"

"……."

대한의 말대로 안재수와 범진은 진급 시험이 처음이다.

본래는 없는 제도였으나 도중에 도입된 제도이기에 대한은 진급 시험을 치른 적이 없다. 하지만 재수와 범진은 불행하게도 마지막 커트라인에 걸린 탓에 병장 진급 시험을 봐야 하는 입장이 되고 만 것이다.

"내가 진급 시험을 본 적은 없지만, 그래도 너희에게 도움이 될 만한 정보는 충분히 줄 수 있다."

"…정말입니까?"

"얌마, 하다못해 너희의 진급을 전면적으로 지원해 줄 수도 있으니까 그런 신뢰도 떨어지는 눈빛은 좀 하지 마라, 안재수."

신뢰가 가지 않는 건 당연하다.

말년병장이니까 그저 심심해서 재미로 이들을 도와주겠다고 말하는 대한의 말에 진심이 느껴지지 않다는 것 정도는 재수나 범진뿐만 아니라 철수, 도훈, 한수도 충분히 알 만한 사실이다.

하지만 그렇다 해도 대한의 지식은 절대로 무시할 수 없다.

군대는 오로지 짬이 전부다.

계급도 있지만 소위가 행보관을 무시하지 못하듯 때로는 군대 내에서도 짬이 계급에 많은 영향을 끼치는 때도 더러 있다.

물론 하나포 인원 중에서 가장 많은 짬을 자랑하는 건 도훈이지만, 겉으로 보이는 것으로 따지자면 대한이 가장 최상위 선임자이다.

"좋습니다. 만약 이번에 김대한 병장님이 적극적으로 도와주신다면, 그리고 그 덕에 하나포 인원 전원이 진급 시험에 성공하게 된다면 저희 또한 김 병장님에게 그만한 대접을 해드리겠습니다."

"대접? 그게 뭔데?"

"김 병장님, 슈X치킨 엄청 좋아하시지 않습니까?"

"그야 당연하지! 슈X치킨이야말로 인류가 만든 최고의 음식이니까."

"전역 기념 파티 때 PX에 있는 슈X치킨을 전부 사서 먹여 드리도록 하겠습니다."

"진짜냐?!"

놀란 나머지 자리에서 벌떡 일어선 대한이 재차 재수에게 묻는다.

그러자 고개를 끄덕이며 진심을 담아 대답한다.

"예, 공교롭게도 분과 운영비가 꽤 남아서 어떻게 처리할까 고민 중이었는데, 이번 김 병장님 전역 기념 파티 때 슈X치킨으로 호화롭게 꾸밀 수 있는 기회가 찾아와서 개인적으로 굉장히 기쁩니다."

"야, 인마! 나만 믿어라! 니들 전부 다 진급 시험에 붙게 해 주마! 하하하!"

"하지만 만약 떨어진다면……."

"…떨어진다면?"

재수의 눈빛이 가늘어진다.

"초라한 전역 파티가 될 것입니다."

"남의 진급 시험에 나의 전역 파티가 걸려 있다는 뜻이냐?"

"그러니까 김 병장님도 장난이 아닌 진심으로 진급 시험

서포터에 임해달라는 뜻입니다."

"으음."

대한의 입에서 미약한 한숨 소리가 새어 나온다.

미약하게 신음을 토해내던 대한이 식은땀을 흘리며 진급
시험 필기 공부를 한창 열심히 하는 중인 이들을 바라보며 말
한다.

"설마 이런 짬 찌끄레기들의 진급에 나의 화려하고 성스러
운 전역 파티를 걸어야 하다니."

"그 파티를 열어주는 게 누구라고 생각하십니까, 김 병장
님?"

안재수의 말에 대한이 할 말을 잃고 만다.

얼마 되지도 않는 월급조차 흥청망청 쓴 터라 돈도 남아 있
지 않다. 특히나 최근에 벌인 이도훈의 풀작키 띄우기 내기와
눈덩이 멀리 던지기 내기에서 꽤나 많은 타격을 입은 김대한
인지라 이미 통장 잔고는 주식 주가 하락하듯 바닥을 기고 있
는 중이다.

인생에 단 한 번밖에 없다는 전역인데, 초라하게 보낼 수는
없었다.

"어쩔 수 없지. 짬내 나는 불쌍한 너희를 위해 내가 모범을
보여주마!"

"진작 그런 적극적인 태도를 보여주셨으면 좀 좋지 않습니
까, 김 병장님."

"시끄럽다, 이 사악한 분대장 녀석아!"

김대한은 이미 안재수의 언변에 넘어가고 말았다는 사실에 매우 불쾌한 기분을 드러낼 수밖에 없었다.

그래도 어찌하겠는가.

자신의 전역 파티를 화려하게 꾸미기 위해서는 이들의 도움이 필요한 것을.

"안보 필기시험이라고 까짓것 별거 없어. 북한 도발 주요 사건 명칭하고 연도 좀 외우고, 그리고 맨날 정신교육 시간에 나온 그거 있잖아. 그것만 외우면 돼."

대한의 나름 족집게 명강의가 이어지고 있는 와중에 철수가 손을 들고 질문한다.

"김 병장님, 그것이 뭡니까?"

"넌 대대장님 정신교육 시간이 좋았냐? 맨날 강조하는 그거 있잖아. 주적은 누구고 친미를 하느니 어쩌느니 하는 그런 말들 말이야."

"아하!"

"어쨌든 그런 것만 주구장창 외우면 된다. 필기시험이라고 해봤자 별로 비중도 없구만."

100점 만점으로 이뤄지는 비중에 필기시험이 차지하는 비중은 10점이다.

체력이 50%를 차지하고, 남은 40%는 화생방이 차지하고 있다.

"너희 중에 딱히 운동에 젬병인 녀석은 없으니까 필기시험은 그렇다 쳐도 승부의 향방이 될 것은 화생방이겠구만."

역시 병장 짬밥이라고 해야 할까. 순식간에 진급 시험에 대한 핵심 요소를 꿰뚫어 본다.

차지하는 비중만으로는 체력이 반을 차지하지만, 어차피 체력은 대한이 말했듯이 말도 안 되는 체력 수준을 보유하고 있지 않으면 웬만하면 합격할 수준의 기준만 넘으면 된다.

문제가 있다면 바로 화생방.

특히나 병사들이 가장 어려워하는 필기시험과 더불어 방독면 제한 시간에 쓰기가 가장 큰 걸림돌이 되리라 예상한다.

"다들 방독면 정비하고, 어디 보자, 우리 포대에 화생방 교육 받고 온 녀석이 있지?"

김대한이 기억을 더듬어본다.

이번에 행정 분과로 새로 전입해 온 이등병 한 명이 있는데, 그 녀석이 화생방 교육을 받고 온 정식 화생병이라는 사실을 떠올린 것이다.

"잠깐만 기다려라."

"어디 가시는 겁니까, 김 병장님?"

범진의 물음에 대한이 별거 아니라는 듯이 말한다.

"얌마, 모처럼 말년인데 계급으로 밀어붙여서 할 일을 이럴 때 해둬야지."

일명 계급 깡패.

그게 바로 말년병장이다. 참고로 이도훈이 얼마 전까지 말년병장이었음은 굳이 말할 필요도 없을 것이다.

한창 공부 중인 1생활관을 벗어나 막사 밖으로 나온 김대한. 나오자마자 그를 반기는 목소리가 들려온다.

"이 잡것들아! 삽질 하나 제대로 못하냐!"

'행보관님이잖아?'

말년병장 킬러라 불리는 행보관의 버럭 하는 소리가 김대한의 귓가에 감지된 것이다.

반사적으로 자세를 낮추고 고개를 빠끔히 내밀어 막사 바깥에 있는 행보관의 위치를 살피려 하자, 보고 있던 최수민이 어이가 없다는 표정으로 묻는다.

"뭐하는 겁니까, 김 병장님?"

"쉿! 바깥에 행보관님 있는 거 안 보이냐? 걸리면 난 바로 작업행이라고."

"아, 그러고 보니 행보관님이 김 병장님 열나게 찾던데 말입니다."

"어디 있다고 했냐?"

"저도 모른다고 했습니다. 김 병장님 숨는 실력은 우리 포대 내에서도 최고 아닙니까."

"하긴 내가 좀 대단하긴 하지."

김대한은 병사로서도 나름 무난한 군 생활을 보내왔다. 이

도훈처럼 이등병 때부터 특출 난 특 A급 신병 소리를 들은 적도 없고, 철수처럼 도훈과 비교되며 욕을 먹은 적도 없다.

그의 군 생활의 철칙은 한마디로 절대로 나서지도 않고 절대로 뒤처지지도 않는다는 것이다.

훈련소 초기에 도훈이 제시한 군 생활 철칙 중 하나인 묻혀 살기의 달인이 바로 김대한이다.

물론 그런 대한에게도 한 번의 위기가 찾아온 적은 있다.

그게 바로 분대장이라는 직책이었다.

분대장은 군번에 의해 어쩔 수 없이 달게 되는 일이 과반수다. 위와 아래로 차이가 많이 나는데다가 그 당시 적정 수준 상병 군번이라고는 김대한 혼자밖에 없어서 반 강제적으로 분대장을 달게 되었다.

하지만 그런 군 생활의 위기도 잘 버텨내고 오늘로써 분대장도 위임했다.

떨어지는 낙엽도 조심하라는 말년병장의 수칙을 철저히 이행하며 2생활관으로 몰래 잠입을 하는 데 성공.

"이리 오너라!"

비전포 분과가 모여 있는 2생활관의 문을 활짝 열지만, 거기에는 아무도 없다.

"아, 맞다. 일과 시간이지."

매번 숨어서 잠만 자던 대한인지라 잠시 일과 시간과 개인 정비 시간을 헷갈린 모양이다.

"병장 김대한, 행정반에 용무 있어 왔습니다."

발걸음을 다시 행정실로 옮긴 김대한이 최수민에게 묻는다.

"야, 행정 분과에 새로 전입해 온 신병 어디 갔냐?"

"그 친구라면 파견 나가지 않았습니까."

"···파견?"

"예, 전문 화생방 교육을 받고 온 화생병 자체가 워낙 희귀하다 보니 다른 부대로 파견 나갔습니다."

"타이밍 한번 기가 막히구만."

군대는 타이밍이다. 다시 한 번 그 깨달음을 절실히 느낀 대한은 어쩔 수 없다는 듯 혀를 차며 행정반에 놓여 있는 A급 방독면 주머니 하나를 집어 들고 안을 열어본다.

"흠. 부수물자도 제대로 있구만."

"김 병장님, 그걸로 뭘 하시려는 겁니까? 설마 전역 기념으로 가져가실 생각을 하고 있다면 당장 그만두시는 게 좋을 겁니다."

"야, 인마, 내가 최 병장 같은 병신인 줄 아냐?"

참고로 최 병장이란 인물은 대한의 바로 맞선임 군번으로, 얼마 전에 전역하면서 몰래 군용 물품 하나를 기념으로 가지고 가려다가 들켜서 무진장 혼이 났던 인물이다.

그때 당시 가져가려 한 것은 포대전술에 관련된 교본이었다.

"하여튼 최 병장도 참 또라이지. 그게 무슨 기념이라고 가져가냐."

"그래도 전 나름 이해가 됩니다."

최수민이 완장을 다시 고쳐 차면서 말을 이어간다.

"전역하는 건 일생일대에 단 한 번뿐이지 않습니까. 군 생활도 마찬가지고. 저는 군대를 늦게 와서 알지만, 제 친구들 중에는 전역한 놈이 꽤 많이 있습니다. 그 녀석들 중엔 간혹 군대 생활을 그리워하는 놈들도 있습니다."

"흐음, 그러냐?"

"예, 솔직히 말해서 군 생활도 힘들긴 하지만, 사회생활도 그만큼 힘들지 않습니까? 군대는 그래도 사람 사는 정이라도 있지, 사회에 나가면 직장 상사 눈치 보고, 제대로 퇴근도 못 하면서 야근해야 하고, 그러면서 스트레스 받으면서 몸도 상하고, 가정을 위해서 그만두지도 못하고 노예처럼 생활해야 하는 것도 제가 봤을 때는 군 생활보다 더하면 더했지 적어도 편하지는 않을 거라 생각합니다."

"하기야……"

대한도 군대에 오고 나서 사람 사는 정이라는 것을 배웠다.

같은 천장 아래에 80여 명의 땀내 나는 남자들이 옹기종기 모여 2년간 같이 생활해 왔다. 언제 또 인생에 이런 기회가 있을까.

물론 지금 당장 군대 내에 있으면 기분은 좆같을 것이다.

국방부 시계는 왜 이렇게 느리냐며 투정을 부릴지도 모른다.

하지만 사회의 시계는 국방부의 시계보다도 냉정하고 얼음장같이 차갑다.

"요즘 사회는 정이 없으니까."

대한이 미묘하게 한숨을 내쉰다.

생각해 보면 자신이 지내온 군 생활도 나름 재미가 있었다. 김대한이 이병일 시절에 어리바리한 그 모습으로 하늘같은 병장의 코골이에 자신도 모르게 베개로 그 병장을 잠결에 때린 적도 있고, 포탄 사격을 하는데 포탄을 땅에 떨어뜨려 오금이 저린 적도 있다.

하지만 지금은 이병 김대한이 아닌 병장 김대한이다.

자신보다 위인 녀석들은 다 전역했고 지금은 후임밖에 남아 있지 않다.

"나 참, 군대라는 게 진짜 이상하단 말이야?"

깔깔이 주머니에 손을 넣은 대한이 머리를 긁적이며 방독면 주머니를 들어 보인다.

"이거 잠시 빌린다."

"뭐하는 데 사용하시려는 겁니까?"

"우리 귀여운 후임들 진급이라도 시켜주려고."

특출 나지도, 그렇다고 뒤처지지도 않은 군 생활을 보내온 김대한이지만, 그가 한 가지 자신있어하는 게 있다.

바로 정이 많은 남자.

병장 김대한은 그런 남자였다.

"김철수! 씨발 그것도 못하냐!"

"죄, 죄송합니다!"

"보호 두건 없이 방독면 9초 쓰기도 못하는 놈이 어떻게 진급한다는 거냐! 처음부터 다시!"

"예!"

진급 시험을 하루 남기고 김대한의 강도 높은 화생방 교육이 시작되었다.

이미 화생방 방독면 쓰기 마스터라 불리는 이도훈은 대한에게 별다른 도움을 받을 필요가 없었다. 포대의 브레인이라 불리는 안재수 역시도 방독면 쓰기만 안전하게 착용하면 별다른 무리 없이 진급할 수 있으리라 예상된다. 화생방 필기시험이든 안보 필기시험이든 재수는 이미 다 외워 버렸기 때문이다.

하지만 김범진, 김철수, 일명 김 듀오라 불리는 이 두 사람에게 있어서 가장 큰 장애 벽이 바로 화생방이었다.

방독면 쓰기는 둘째치고, 필기시험조차 제대로 된 지식이 없다. 본래대로라면 안재수가 가르치는 편이 훨씬 효율적일지 모르지만, 재수도 이번 진급 시험을 보는 탓에 이들에게 할애할 시간보다 차라리 안재수가 부족한 체력적인 면을 좀 더 기르는 편이 좋을 거라 판단한 대한의 지시에 의해 지금은 열심히 헬스장에서 운동하고 있는 중이다.

"무색무취 대처 상황! 그리고 핵폭발이 발생했을 때 후폭풍에 대처하는 상황! 전부 다 외워라! 알겠냐!"

"예, 알겠습니다!"

평소의 김대한보다 훨씬 더 많은 기합이 들어가 있는 모습을 본 이도훈은 멀찌감치 앉아 고개를 끄덕일 수밖에 없었다.

반면, 평소보다 진귀한 장면이라도 목격했는지 사라락 소리와 함께 모습을 드러낸 앨리스가 의아한 목소리로 묻는다.

"저 아저씨, 평소에는 착하더니만 오늘따라 왜 저렇게 화를 내는 거야?"

앨리스의 물음에 도훈이 다시 팔굽혀펴기를 하기 위해 자세를 잡는다.

"글쎄다."

"너도 이유를 모르는 거야? 별일이네."

"별일이라니, 무슨 뜻이냐?"

"군대에 대해서는 척척박사잖아. 모르는 게 없는 군대 마스터!"

"나한테 이상한 별명 붙여주지 마라. 그것보다 차원관리자인 네가 이해할 수 있을 리가 없지."

"인간의 감정과 연관되어 있는 거야?"

짧은 호흡과 함께 순식간에 팔굽혀펴기를 끝낸 도훈이 흙이 묻은 손바닥을 털어낸다.

"떠나려는 자, 무언가를 남기고 싶어할지어다."

"무슨 소리야?"

"인간이란 존재는 말이다, 자신이 떠날 자리에 항상 자신의 존재를 떠올릴 수 있게끔 무언가를 남겨두고 싶어하는 습성이 있어. 사람이란 존재는 타인이 기억해 줌으로 인해 영원히 가슴속에 살아갈 수 있는 그런 부류니까."

"누군가가 기억을 해주고, 그 기억 속에 인간이란 존재는 영원히 살아간다는 뜻?"

"대충 그래."

"음, 어렵네."

군대라는 한정된 장소에서 대한은 아마도 후임들이 자신을 기억해 주길 바라는 마음으로 저렇게 열을 내고 있는지도 모른다.

인생에 단 한 번밖에 없는 군대 생활.

그리고 그 군 생활의 끝을 알리는 신호탄, 전역.

김대한의 전역일은 이제 채 일주일도 남지 않았다.

8장
말년병장, 일병 되다!

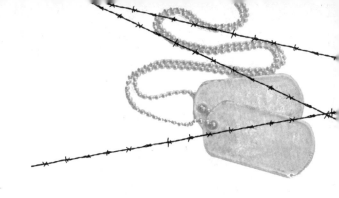

다음 날 아침.

"전방에 힘찬 함성 5초간 발사!"

"아아아아아아아아아~!!"

당직병의 선창과 함께 시작된 우렁찬 군인들의 함성 소리.

드디어 진급 시험의 날이 밝아왔다.

비몽사몽 떠오르는 아침 해를 맞이하는 군인들의 국군도수체조와 함께 당직이던 하나포 반장이 연신 하품을 하며 중얼거린다.

"씻고 밥 먹을 준비해라. 이상."

"예!"

포대 구호를 외치며 각자 씻기 위해 움직이려는 찰나, 하나 포 반장이 잠시 잊고 있었다는 듯이 외친다.

"모두 동작 그만!"

"……."

막사로 뛰어가려던 이들의 발걸음이 멈춘다.

모두의 시선이 하나포 반장으로 향하는 와중에, 스마트폰을 보며 오늘의 일정 사항을 간단하게 전해주기 시작한다.

"에… 오늘 진급 시험 보는 놈들은 아침 먼저 먹고 1생활관에서 대기한다. 알겠나."

"예, 알겠습니다!"

"그럼 진짜로 해산."

"해산!"

하나포 반장의 말과 함께 우르르 몰려가 화장실에서 세면 세족을 끝내고 진급 시험을 앞두고 있는 병사들만 따로 식사 집합을 먼저 한다.

그 와중에 아닌 척하면서 몰래 대열에 합류한 김대한이 들킬세라 몸을 감추지만, 하나포 반장의 눈에 딱 띄고 만다.

"내가 그럴 줄 알았다, 이 녀석아. 그렇게 아침밥이 먹고 싶었냐?"

"하나포 반장님, 오해십니다. 저는 이 하나포 분과의 진급을 책임지고 있는 병장 김대한입니다. 코치인 제가 없으면 무의미하지 않겠습니까."

"니가 먼저 밥을 먹으러 가는 행동이 더 무의미하다, 인마."

그래도 어쩌겠는가. 김대한이 후임들의 진급 시험을 위해 그동안 피나는 훈련과 아낌없는 코칭을 해준 것은 부정할 수 없는 사실이다. 오죽하면 행보관도 '저 녀석이 전역을 앞두니까 이제야 정신을 차렸구만' 이라고 했겠는가.

하나포 반장의 무언의 동의를 구한 김대한도 진급 시험 인원들과 같이 식사를 하게 된다.

밥을 먹는 와중에도 김대한의 열혈 코치는 계속되는데.

"방독면의 부수 물자를 말해봐라, 김철수!"

"예! K−1 방독면의 부수 물자로는 보호 두건, 방수 주머니, 흐림 방지포, 음료 취수관 및 수통 마개가 있습니다!"

"방독면을 착용할 때의 주의 사항을 말해봐라. 이번에는 김범진!"

"땅에 장구류 및 부수 물자가 떨어지지 않게 해야 하며, 최대한 외부 공기에 피부가 노출되지 않도록 주의해야 합니다!"

밥을 먹으면서도 화생방 퀴즈 쇼가 진행된다. 옆에서 듣는 사람조차 소화가 안 될 만큼 열혈적인 학구열을 보여주는 이들 덕분에 어느새 테이블에는 하나포 인원만 남아 있다.

"좋아, 내가 너희에게 가르쳐 줄 것은 더 이상 없도다."

그동안 혹독했던 김대한의 화생방 교육을 따라온 교육생

철수와 범진은 대한에게 거수경례로 인사하며 외친다.

"감사합니다, 김 병장님!"

"이제는 병장, 그리고 일병 계급장을 달고 오는 일만 남았다! 알겠나!"

"예, 알겠습니다!"

식사를 다 마치고 나서 막사로 올라온 이들.

굳은 얼굴로 1생활관에서 대기하는 와중에, 익숙한 인물이 모습을 드러낸다.

"반갑다, 제1포대 인원들. 나 기억나지?"

도훈과 철수가 이 포대에 처음 들어왔을 때 만난 간부 중 하나인 인사장교였다.

실로 오랜만에 보는 인사장교의 얼굴이지만, 불행하게도 서로 오랜만에 만난 기쁨을 나눌 새도 없이 곧장 진급 시험으로 돌입하게 된다.

"그럼 진급 시험 치르는 병사들은 막사 앞으로 집합."

"집합!"

인사장교를 대신해서 유리아가 병사들을 막사 바깥으로 모은다. 유리아에게 있어서는 선임급이기도 한 인사장교이기에 그녀가 이번 진급 시험을 대신 총괄하게 된다.

포대장은 대대장과 볼일이 있어 자리를 비운 상태. 행보관은 진급시험이니 뭐니 하는 건 전혀 관심이 없는 사람으로서 오로지 작업, 작업, 작업으로 이뤄진 존재이기에 이미 자리를 비웠다.

"모두들 긴장하지 말고 잘 볼 수 있도록."

"예!"

유리아의 격려에 모두가 목소리를 높여 대답한다. 군대에서 좀처럼 듣기 힘든 여성의 응원이라 그런지 다른 포대보다도 훨씬 기운이 넘치는 것으로 보인다.

첫 번째로 펼쳐진 시험은 안보 필기시험.

따로 시험을 볼 공간이 없기에 가장 큰 공간인 1생활관에서로 거리를 두고 마루에 쭈그린 채 시험을 보는 중이다.

물론 도훈도 마찬가지.

'더럽게 다리 저리네.'

흡사 옛 조선시대의 모 시험을 연상시키는 그런 자세로 열심히 답을 적어간다.

안보 필기시험은 대한이 말한 그대로 북한이 보여준 주요 도발 명칭, 역사적인 문제, 그리고 정신교육 때 매번 나오던 그런 내용들로 구성되어 있었다.

'역시 말년 짬밥은 괜히 먹는 게 아니군.'

도훈도 알고 있는 내용이지만, 그래도 대한의 족집게 능력은 실로 대단하다는 생각이 들었다.

아마 대한의 코치로 가장 많이 득을 본 것은 범진과 철수일 것이다.

결과가 어떻게 나오느냐에 따라 달라지겠지만, 일단 적어도 그 둘에게는 대한의 조력이 확실히 도움이 되었으리라 생각한다.

아니, 그렇게 되어야 한다.

하지만 현실은 자고로 생각하는 그대로 이뤄지지 않았으니.

"이런 XXX XXXXX XXXX XXXXX 같은 녀석들아!!"

김대한의 입에서 차마 필터링 없이는 듣기 힘든 욕이 난무하기 시작한다.

그가 이렇게 화를 내는 이유는 당연하다.

범진과 철수의 시험지가 '0' 점이었기 때문이다.

"내가 외우라는 것만 외워도 0점은 안 나오겠다, 이 녀석들아! 아니, 그보다 열 문제 중 어떻게 한 문제도 못 맞히냐?!"

"문제가 객관식으로 나올 줄 알았습니다."

"얌마, 김범진! 넌 짬밥을 똥구멍으로 처먹었냐? 누구 편하라고 객관식으로 문제를 내겠냐?! 딱 보면 몰라? 간부들도 이거 귀찮아서 일부러 주관식 아니면 괄호 채우기 형식으로 낼거라고 예상되지 않냐?!"

대한의 말은 실로 현명했다.

군대가 누구 좋으라고 객관식으로 문제를 내겠는가. 군대는 간부의 힘이 가장 크게 작용하는 집단이다. 사병의 진급 따위를 신경 쓰기 위해 문제를 사지선다, 혹은 오지선다로 내주는 그런 천사 같은 간부는 상당히 보기 드물다.

그리고 123대대 인사장교 역시도 그런 천사 같은 부류의 간부가 아니기에 이런 결과가 나온 것이다.

암기에 자신이 없는 범진과 철수는 객관식으로 문제가 출제될 것이리라 철석같이 믿고서 대충 이미지 형식으로 암기했다. 그 부작용이 주관식, 혹은 괄호 채우기에서 여지없이 드러난 것이다.

벌써부터 100점 만점 중 10을 까먹고 들어간 이들 탓에 대한의 관자놀이가 더더욱 아파온다.

본래는 최저 점수를 따지 못하면 다른 진급 시험 평가 과목에서 만점을 맞아도 탈락이다. 하지만 인사장교도 양심은 있는지, 아니면 본인의 판단하에 문제가 어려웠다고 생각했는지 필기시험에는 크게 의의를 두지 말라고 병사들에게 전한다.

병 주고 약 주는 꼴이지만, 여하튼 탈락의 위기는 아직 성큼 방문하지 않았다.

"안재수, 너는 몇 점이냐?"

내심 다른 인원들의 점수가 궁금해져 묻는 범진의 말에 재수가 별거 아니라는 듯이 대답한다.

"만점."

"이런 씨발. 이도훈 너는?"

"만점입니다."

"난 이등병보다 못한 놈이구나! 빌어먹을!"

갑자기 예상치 못한 정신적 데미지를 입게 된 범진이 잠시 패닉 증상을 일으킨다.

반면, 철수는 어차피 필기시험에서 그다지 큰 득이 되지 않을 거라고 생각했는지 긍정적인 태도로 일관한다.

"괜찮습니다, 김범진 상병님. 다른 과목에서 만회하면 됩니다."

"……."

무식하면 용감하다 했던가.

철수의 위로 아닌 위로를 받은 범진은 그나마 자신과 같이 바보 동지가 있어서 조금이나마 기운을 차린다.

"좋아, 씨발! 까짓것, 진급 시험 따윈 족쳐 주겠다!"

다시 사기를 끌어올린 범진이지만, 이들의 재기를 기다려 주지 않으려는 것인지 인사장교의 다음 말이 이어진다.

"유리아 소위, 다음 시험으로 바로 넘어가지."

"예, 알겠습니다."

인사장교의 말에 유리아가 재빨리 병사들에게 말한다.

"다음은 화생방 필기시험이다. 모두 다시 제자리로 돌아가도록."

"또 필기시험이냐? 빌어먹을!"

이제 막 다시 기운을 차리려 했건만, 두 번째로 이어지는 필기시험에 범진과 철수의 전의가 상실한다.

안보 필기시험은 10점이라는 미비한 점수라서 그랬지만, 화생방 필기시험은 위험하다. 여기서 좋지 않은 점수를 취득하게 된다면 진급은 이들을 사뿐히 즈려밟고 가시옵소서 신세가 될 것이다.

대한이 범진과 철수의 머리에 손을 올려놓으며 말한다.

"너희의 돌대가리 같은 지식에 나의 말년 기적을 선사해 주마!"

"……?"

한번 도와주기 시작했으면 끝을 봐야 하는 법.

후임들의 대위기를 왕고인 대한이 모른 체할 수는 없었다.

드디어 시작된 화생방 필기시험.

안보 시험보다도 훨씬 더 강력한 난이도를 자랑하는 화생방 필기시험에 문제지를 받자마자 병사들이 한숨을 토해낸다.

그러자 인사장교가 복도 한가운데에 있는 의자에 앉으며 말하길,

"너무 나 원망하지 마라. 문제는 내가 낸 게 아니라 작전장교가 냈으니까. 우리 포대의 화생방 성적이 나쁘니 뭐니 해서 특별히 이번에는 진급 시험에 엄청난 난이도의 문제를 준비했다고 하더라."

"이건 팀킬 아닙니까? 같은 포대 인원들끼리 서로 오고 가

는 정이 있어야……."

범진의 소심한 항의였지만, 인사장교는 그저 뻐근한 목을 이리저리 돌리며 풀고 있을 뿐이다.

"그러니까 나 원망하지 말래도. 따지려면 작전장교한테 가서 따져."

"큭!"

"시험 시간은 한 시간. 문제는 총 20문제. 전부 다 주관식이고 문제 틀리는 즉시 봐주고 이런 거 없이 점수 제대로 측정하라고 했으니까 나에게 자비를 바라지 마라. 그럼 시작."

"시, 시작!"

문제지를 보자마자 다시 한 번 병사들은 헛기침을 삼킨다.

문제 난이도로 치자면 거의 최상급이라고 할 수 있을 정도로 어려운 화생방 문제가 튀어나온 것이다.

재수도 이건 쉽사리 풀지 못할 정도의 문제인데, 다른 포대원들은 오죽하겠는가.

'드럽게 어렵네.'

속으로 욕지거리를 내뱉는 도훈이지만 그래도 풀지 못할 정도는 아니다.

군대 짬밥만 2년 반을 넘어가고 있다. 화생방은 이제 행정 분과에 편입한 전문 화생방 교육을 받고 온 화생병보다도 더 잘 알고 있는 도훈이기에 거침없이 해답을 적어나간다.

하지만 이번 화생방 필기시험은 개인플레이가 아니다.

손목시계를 바라보던 도훈. 시험이 시작된 지 30분이 지났음을 눈치챈 도훈이 슬쩍 헛기침을 두 번 하고 자신의 맞은편에 자리 잡은 안재수를 바라본다.

그러자 재수도 기다리고 있었다는 듯 도훈과 눈을 마주친다. 뒤이어 재수가 헛기침을 세 번 하자 이번에는 재수의 옆에 있는 범진, 그리고 도훈의 옆에 있는 철수가 각자 자신의 옆에 있는 이들과 눈을 마주친다.

분과의 위기는 모두의 위기.

군대는 연대책임이다.

그렇다면 이 위기도 연대로 극복해야 하지 않겠는가!

'시작이다!'

정확히 33분 33초를 가리키는 순간, 덜컥 1생활관 문이 열린다.

"어잇차!"

무거운 짐을 들고 1생활관에 모습을 드러낸 대한의 모습에 인사장교가 버럭 소리친다.

"야, 인마! 무슨 짓이야?! 시험 중인 거 안 보여?!"

"죄송합니다, 인사장교님. 행보관님이 화생방 물자 좀 바깥에 옮겨달라고 해서 본의 아니게 생활관 쪽으로 지나가게 되었습니다."

"바깥으로 당장 돌아가지 못하냐!"

"헤헤헤, 실례하겠습니다."

"이 새끼가……!'

헤픈 웃음을 선보이며 다수의 화생방 물자를 들고 1생활관 복도를 가로지르는 대한. 전역을 코앞에 둔 말년병장인지라 능청맞게 못 들은 척하고 인사장교를 지나쳐 간다.

그리고 바로 그때가 타이밍.

"잠시 지나가겠습니다~"

김대한이 화생방 물자를 들고 이동하려는 찰나, 인사장교의 감시망이 옅어진 찰나를 노린 도훈과 재수가 빠르게 범진과 철수에게 뭔가를 던져준다.

작게 구긴 종이 하나.

범진과 철수가 아무렇지도 않은 척 구겨진 종이를 받아 펴놓고 시험지 밑에 살짝 깔아놓는다.

그러면서 둘 다 엄지손가락을 척 하고 올려 무사히 종이를 받았다는 신호를 보낸다.

대한이 생각한 작전.

그것은 이름하여 '남의 실력을 빌려서라도 진급하고 말겠다, 이 빌어먹을 군대야!' 작전이라 할 수 있다. 대한이 인사장교의 시선을 끄는 사이 그 틈을 노려 도훈과 재수가 미리 적어둔 답안지를 이들에게 던져준다는 작전이다.

대신 써서 하기에는 필체를 비교할 위험성이 있고, 객관식 문제보다도 주관식과 괄호 채우기 문제가 많아 금방 들통 날 수도 있다.

그래서 이렇게 답안지를 건네주는 방법을 택하게 된 것이다.

"그럼 시험 감독, 수고하시기 바랍니다!"

"빨리 안 사라지냐, 김대한!"

인사장교가 들고 있던 볼펜으로 정확히 김대한의 등을 가격한다. 장난으로 아픈 척을 하면서 후다닥 반대편 생활관 문 쪽으로 퇴장한다.

"저놈은 전역이 얼마 안 남은 주제에 아직도 철이 안 들었구만. 이런 짜증나는 녀석."

혀를 차면서 다시 자리에 앉는다.

"너희도 후딱 시험지 제출할 준비해라. 알겠냐?"

"예, 알겠습니다!"

"옆 사람 거 훔쳐볼 생각은 하지도 말고."

훔쳐보지 않는다.

답안을 적어서 넘겨줄 뿐이지.

이미 완전범죄를 저지른 하나포 일당에게는 해당 사항이 없을 것이다. 인사장교 앞에서 감히 누가 과감히 시험지를 커닝하는 것도 아니고 대놓고 답을 적어서 옆으로 건네줄 생각을 하겠는가.

걸리면 즉시 진급이고 뭐고 군기교육대로 갈 수도 있지만, 그만큼 이런 위험 요소를 감수할 만큼 진급자들에게는 진급이라는 게 매우 간절하다.

예전에는 진급 시험도 안 보고 그냥 절로 진급을 시켜줬건만, 국방부의 음모에 의해 밑의 병사들만 죽어라 고생하는 중이다.

"결과는……."

시험지를 다 걷고 난 이후 채점을 한 인사장교가 실로 놀랍다는 눈빛으로 말한다.

"만점자가 네 명이나? 별일이네. 설마 제1포대에서 만점자가 나올 줄이야."

"……!!"

서로 눈짓을 건네며 그 네 명이 암묵적으로 하나포 인원이 아닐까 하는 막연한 기대감을 가지기 시작한다.

천천히 만점자 명단을 보던 인사장교가 말하길,

"이병 이도훈, 상병 안재수, 그리고……."

꿀꺽.

절로 침이 삼켜지는 순간, 인사장교의 다음 말이 이러진다.

"상병 김범진, 이병 김철수, 이상 네 명이 만점이다."

"아싸아!!"

괴상망측한 승리의 함성을 내지르는 사인방. 물론 도훈과 재수는 진작부터 자신들이 만점이라는 사실을 알고 있었기에 솔직히 말해서 별로 기뻐할 건더기가 없었지만, 자신들뿐만 아니라 범진과 철수도 만점을 받았다는 사실에 같이 기뻐해

준다.

군대란 것은 연대책임. 기쁨과 슬픔도 전부 연대책임이다.

특히나 분대장을 새로 달게 된 안재수로서는 하나포에서만 화생방 필기 만점자 네 명을 배출해 냈다는 사실에 자부심이 들 정도였다.

"전부 하나포냐. 공부 많이 했나 보네. 아무튼 축하한다."

"감사합니다!"

인사장교의 축하 메시지와 함께 순수하게 기뻐하는 네 병사. 비록 꼼수가 있었지만, 과정이 어찌 되었든 군대는 들키지만 않으면 된다.

이도훈의 군대 철칙 중 하나가 아닌가. 안 들키면 그만, 들키면 문제가 심각하다.

시험지를 바라보던 인사장교가 뒤에 서 있는 유리아에게 말한다.

"대대를 통틀어서 제1포대에만 화생방 시험 만점자가 나왔어. 이건 대단한 성과라고 할 수 있지."

"그렇습니까?"

"알파 포대장님이 기뻐하시겠구만."

남의 일이지만 자신의 일처럼 기뻐해 주는 인사장교에 비해 유리아의 머릿속에는 잠시나마 의구심이 든다.

포대의 브레인이라 불리는 재수, 그리고 군 생활 마스터라 불리는 이도훈이 화생방 만점이라는 사실은 군이 의심할 여지가 없다. 유리아도 이 둘이 만점을 받을 거란 사실은 진작부터 알고 있었으니까 말이다.

하지만 아무리 생각해도 바보에 멍청이라 불리는 철수가 만점을 받은 것이, 그리고 머리 쓰는 일에는 젬병인 범진까지 만점을 받은 것은 이상하다는 생각이 든 것이다.

'…그저 공부를 열심히 한 탓일까.'

부하를 의심하는 행동은 좋지 않다고 판단한 유리아이기에 재빨리 머릿속에서 의구심을 지워 버린다.

한편, 생활관에서 나온 하나포 인원들을 향해 김대한이 하이파이브를 유도하기 위해 양손을 들어 올린다.

그러자 철수와 범진이 대한의 손바닥을 짜악 소리와 함께 마주 쳐 준다.

"잘했다, 아그들아!"

"이게 다 김대한 병장님의 신들린 연기 덕분이었습니다!"

"인마, 말년의 연기력을 얕보지 말란 말이다. 꾀병 연기는 둘째치고 온갖 연기에 통달한 군인이니까. 하하하!"

부정적인 방법이긴 했지만 결과만 좋으면 된다. 이것으로 화생방 필기는 전원 합격.

상당히 좋은 출발을 선보이는 하나포 인원이었으나, 아직 진급 시험이 끝난 건 아니다.

화생방이 필기 하나만으로 끝나면 참으로 좋겠다만, 불행하게도 이들을 기다리고 있는 건 공포의 방독면 빨리 쓰기 시험이다.

본래는 보호 장비 전부를 착용해야 하지만, 아까 김대한이 화생방 물자를 나르는 작업을 했듯이 화생방 보호복은 전부 행정 분과에서 재고 조사를 위해 사용하고 있는 중이다. 불행 중 다행이라고 해야 할지도 모르지만, 그만큼 방독면 빨리 쓰기의 점수 비중이 늘어남으로 인해 큰 변화는 없다.

"일렬로 서고."

인사장교의 말에 따라 첫 번째 조에 속하게 된 재수와 범진이 나란히 다른 병장 진급자들과 마주 선다.

"선임들이 먼저 견본을 보여줘라. 알겠나?"

"예, 알겠습니다."

"그럼… 시작!"

인사장교의 초시계가 냉정하게 스타트를 끊는다. 이번 방독면 착용 실기 시험은 전투복도 아니고 게다가 방탄모와 총도 없다.

그저 방독면을 빨리 쓰면 하면 된다. 게다가 보호 두건도 없는지라 정확히 9초 안에 들어와야 합격.

도훈과 한수가 행보관 앞에 선보이던 방독면 빨리 쓰기에 비하면 턱없이 낮은 난이도를 자랑하지만 그렇다고 방심하면 안 된다.

"엇?!"

병장 진급자 중 한 명의 방독면 수통 마개 부수 물자가 바닥으로 떨어진다. 매의 눈으로 지켜보고 있던 인사장교가 빠르게 그 장면을 포착하며 말한다.

"자네, 마이너스 1점."

"이, 이럴 수가!"

이런 식으로 점수를 깎이는 일이 발생할 수 있기 때문이다. 방심은 절대 금물.

범진과 재수도 그 점에 유의하며 최대한 빠르게 방독면을 착용한다.

이번에는 머리를 쓰는 일도 없고, 안보 시험이나 화생방 필기시험처럼 암기해야 할 지식도 요하지 않는다. 그저 최대한 빨리 방독면을 쓰기만 하면 그만.

"그만."

9초에 정확히 모두에게 정지 신호를 내린 인사장교가 손바닥으로 정화통을 직접 막으며 병사들이 제대로 방독면을 착용했는지 검사하기 시작한다.

"넌 이게 뭐냐, 이게? 불합격."

"이, 인사장교님! 제발 한 번만 더 기회를……!"

"시끄럽다. 자, 다음."

잔인하게 탈락자를 만들어낸 인사장교가 다음 차례인 범진을 부른다.

침을 꿀걱 삼키며 인사장교와 마주 선 범진의 정화통에 손바닥이 압력을 가하자, 방독면 마스크에 공기가 통하지 않음을 깨달은 인사장교가 채점판을 들고서 말한다.

"합격."

"아싸~!!"

"다음."

재수가 굳은 표정으로 범진에 뒤이어 평가를 받는다. 김범진은 합격했는데 동기인 자신이 떨어지면 얼마나 쪽팔리겠는가. 게다가 자신은 분대장이다. 여기서 떨어지면 후임에게 본보기가 되지 않는다는 사실을 알고 필사적으로 군대의 신에게 제발 합격시켜 달라고 기원해 본다.

재수의 노력이 군대의 신에게 닿았을까.

"합격."

"감사합니다!!"

범진에 뒤이어 재수까지 합격하게 된다.

뒤에서 흐뭇하게 바라보던 대한이 둘의 머리 위로 손을 올리며 말한다.

"드디어 내 후임들이 병장을 달았구나. 축하한다, 인마들아."

"감사합니다, 김 병장님."

범진에게는 특히나 많은 도움을 준 대한이기에 범진은 진심으로 그에게 감사의 마음을 표현한다.

하지만 진급 시험은 끝나지 않았다.

"다음 일병 진급자들, 앞으로!"

"앞으로!"

아직 철수와 도훈이 남아 있다. 물론 이들은 도훈에 대해선 걱정하지 않는다. 군 생활 마스터라 불리는 천하의 이도훈이 고작 일병 진급 시험에 떨어지겠는가. 이도훈은 일병 진급 시험이 아닌 병장 진급 시험을 봐도 전혀 어색하지 않을 인물이기에 그렇다 치지만 정작 중요한 건 철수다.

초시계에 손을 올려놓은 인사장교가 우렁차게 외친다.

"가스!"

"가스, 가스, 가스!"

병사들의 움직임이 바빠진다.

앞서 선보인 병장 진급자들에 비해 이들은 아직 이등병이다. 서투른 손놀림이 더러 보이는 게 당연하지만, 도훈은 실로 완벽하게 방독면을 착용하고 있다.

부수 물자까지 고려하며 방독면을 착용한 시간이 정확히 7초 21. 살짝 초시계를 바라보던 인사장교가 작은 침음성을 흘린다.

'이 녀석은… 도대체 뭐하는 놈이야?'

이도훈의 명성은 인사장교도 익히 들어 잘 알고 있다. 사단장의 총애를 받고 있을뿐더러 훈련소에서는 수류탄 사건의 영웅이라 불리는 이도훈. 게다가 작업의 신이라 불리는 제1포대 행보관의 열렬한 관심까지 받고 있다.

사병으로서 절대로 쉽지 않은 길을 걷고 있는 이도훈의 가장 무서운 점인 현재진행형이라는 것이다.

혹시나 해서 인사장교가 먼저 끝난 도훈의 정화통에 손바닥을 대본다.

의심할 여지도 없이 합격.

'무서운 녀석이구만.'

소름이 끼칠 정도로 완벽하고 빠른 방독면 착용하기에 인사장교의 이마에 식은땀이 한 방울 흘러내린다.

아마 이 정도면 대대, 아니, 연대를 통틀어서 가장 뛰어난 병사가 아닐까 싶다.

"그만."

초시계를 멈추고서 다른 병사들도 체크하기 시작한다. 이등병은 다른 진급자들에 비해 탈락자가 속출하는 가운데 드디어 초미의 관심사인 철수의 평가 차례가 온다.

"어디 보자."

정화통에 손을 대는 인사장교. 모두가 숨을 죽이며 철수를 바라보고 있을 때, 인사장교가 손바닥을 떼고서 말한다.

"합격."

"김철수 너 이 새끼!!"

"기어코 해냈구나!! 장하다, 내 아들 군번!!"

범진과 대한이 철수를 얼싸안고 진심으로 기뻐한다.

"가, 감사합니다!"

철수의 눈시울이 붉어진다. 그동안 고생하던 기억이 주마등처럼 지나가서 그러는 것일까.

가장 큰 고비인 화생방을 뛰어넘은 하나포 인원이었으나 아직 안심하기에는 이르다.

팔굽혀펴기와 윗몸일으키기를 가볍게 통과한 4인방은 마지막 남은 연병장 달리기를 위해 가볍게 몸을 풀고 있는 중이다.

초시계를 들고 활동복으로 갈아입은 이들에게 설명하기 시작하는 인사장교가 유리아에게 말한다.

"뛰는 데 지장 있는 병사는 없겠지?"

"예, 진급 시험을 받기 전에 미리 조사를 했지만 없었습니다."

"좋아, 그럼 시작해 볼까?"

제한 시간 내에 연병장 열 바퀴를 돌아야 하는 마지막 진급 시험.

화생방과 각종 필기시험, 그리고 체력 시험을 무난한 성적으로 통과한 이들. 그리고 아주 우수한 성적으로 이제는 거의 특급 단계까지 노리고 있는 도훈이 출발선상에 마주 선다.

"이제 너희의 진급을 결정지을 마지막 시험이다. 제한 시간 내에 들어오지 못하면 그동안 아무리 다른 과목 시험을 잘 치렀다 해도 탈락이다. 알겠나?"

"예, 알겠습니다!"

"마지막까지 포기하지 말고 힘내라. 그럼."

진급 시험의 마지막 과목 시작을 알리는 인사장교의 목소리가 연병장에 울려 퍼진다.

"출발!!"

오래달리기라는 마지막 관문을 앞두고 있는 상황에서 출발선상에 선 이들 중 인사장교의 신호와 함께 우렁찬 외침을 내지르는 이가 있었다.

"선방 필승!!"

엄청난 기합과 함께 초반부터 전력으로 앞서나가기 시작한 인물은 다름이 아닌 김철수.

연병장을 정확히 열 바퀴를 돌아야 하는데 벌써부터 전력으로 달리기 시작하는 철수를 본 도훈이 소리친다.

"이 병신아, 페이스를 유지하면서 천천히 달려!"

"어차피 난 달려봤자 금방 지친다고! 그렇다면 초반이라도 빠르게 달리는 게 좋지 않겠냐?"

역시 생각이라고는 하질 않는 돌대가리 녀석이라고 생각한 도훈이 어쩔 수 없다는 듯이 재수에게 말한다.

"저도 페이스 좀 올리겠습니다."

"그래, 가서 저 바보 녀석에게 페이스 좀 조절하라고 해라."

"예!"

입대한 지 근 반년이 되어 가는지라 도훈의 체력도 어느 정도 좋아진 상태다. 말년병장 때의 수준에는 미치지 못하지만, 연병장 열 바퀴 정도는 적당히 페이스를 조절하면서 여유롭게 달릴 수 있는 수준은 된다.

게다가 전투복을 입고 뛰는 구보도 아니고 군가를 외치면서 뛰는 것도 아닌지라 아침에 매번 달리는 구보보다 훨씬 더 여유롭게 철수의 뒤를 쫓아간다.

대략 두 바퀴 정도가 지났을까.

"헥헥!"

벌써부터 체력이 방전되어 버린 철수가 흐느적흐느적 움직인다.

뛰는 것인지 걷는 것인지 구분이 안 갈 정도로 현저하게 느린 속도를 보이는 철수의 넓은 등을 도훈이 손바닥으로 내친다.

짜아악!

"아야?!"

"그러니까 생각 좀 하고 살라고 내가 그랬잖냐."

"다 죽어가는 사람한테 이게 무슨 짓이야!"

"다 죽긴 개뿔. 여자 친구랑 그 짓 할 때는 열나 유연한 허리 놀림을 선보이는 녀석이 그런 말이 나오냐?"

"너야말로 여자 친구도 없으면서……."

"이런 씨발 새끼!! 확 대가리를 분질러 버릴라!"

욕지거리를 내뱉은 도훈이 화를 가라앉힐 무렵, 구경을 나온 인물 중 대한이 목소리를 높인다.

"김철수! 이도훈! 니들이 꼴찌인 거 안 보이냐?! 후딱 스피드 안 올려?!"

"거 봐라. 김 병장님이 너 때문에 빡 돌았잖아."

이미 다른 사람들은 이들보다 거의 반 바퀴를 앞서나가고 있다.

재수와 범진도 적절히 스피드를 조절하면서 앞서나가기 시작한다. 이들은 병장 진급이기 때문에 도훈과 철수보다도 합격 기준이 높다. 그래서 차마 이들에게 철수와 같이 페이스를 맞춰달라는 말을 하지 못하는 도훈이다.

결국 자신이 철수를 챙겨야 하는 상황에 도달한 도훈이지만, 이런 생각을 하고 있을 무렵 예상치 못한 인물이 트랙 안쪽에 등장한다.

"마지막까지 항상 네 녀석이 문제냐, 김철수?!"

"김 병장님?!"

진급자가 아님에도 불구하고 알아서 자처해 트랙 안쪽으로 들어온 김대한이 철수의 어깨 위에 두 손을 올리며 가볍게 안마를 해준다.

"진급 시험이라고 해서 너무 긴장하지 말고 도훈이랑 같이 적당히 페이스 조절하면서 뛰어라. 여기서 떨어지면 무슨 창피냐. 적어도 내가 전역하기 전까지 니들 일병 다는 거 보고 전역할란다."

"김 병장님……."

"사내자식이 오기도 없냐? 후딱 뛰어!"

"예, 예!"

사람은 언제나 위기의 상황에서 초인적인 힘을 내는 여력을 지니고 있다.

위기가 닥쳐오게 되면 자신도 모르게 발휘하게 되는 그런 기적적인 능력이 말이다.

물론 철수라고 예외는 아니다.

"씨발, 까짓것, 한번 해보자!"

다시 기운을 차린 철수가 열심히 달려가기 시작한다. 그러나 이것도 순간 기운이 넘쳐 초반과 같은 바보 같은 행동을 하게 되면 곤란하다.

어느새 철수의 옆에 나란히 달리기 시작한 도훈이 나지막이 말한다.

"합격하고 싶으면 내 페이스에 맞춰서 뛰어라."

"너만 따라가면… 합격할 수 있냐? 일병 될 수 있는 거냐?"

"김철수 너, 지금 나를 의심하는 거냐?"

도훈이 순간 목소리를 깔며 말한다.

지금 철수의 옆을 같이 달려주는 이가 누구인가. 천하의 이도훈이다. 군대 내에서만큼은 먼치킨이라는 별명이 붙을 정도로 군대에 대해서는 이도훈을 따라잡을 이가 없다. 옆에서 같이 뛰어주고 있는 김대한 역시도 이도훈의 잠재능력은 예상이 불가능할 정도다.

말년병장임에도 불구하고 이도훈이라는 벽을 넘을 자신이 없다.

짬밥으로 밀어붙인다 해도 실질적인 능력으로 따지자면 단연 이도훈이 더 높을 것이다.

그 점만큼은 대한도 인정하고 있는 바이다.

말년병장인 김대한도 그렇게 생각하는데 같은 계급인 철수가 고민할 여지가 어디 있겠는가.

"…그럴 리가 없잖아!"

"좋아, 나만 따라와라. 일병 달게 해주마."

도훈도 점점 몸이 달아오름을 느낀다.

오랜만에 보는 진급 시험. 하나의 목표를 위해 동기와 같이 힘을 낸다는 건 훈련소 이후로 처음이다.

그때 당시는 각개전투, 야간행군 등 수십 명의 동기와 함께 위기를 헤쳐 나갔지만, 지금은 오로지 철수와 도훈 단둘뿐이다.

그러나 분명 훈련소 동기들도 어디에선가 이들과 같이 진급하기 위해 연병장을 뛰고 있을 것이다.

그 생각을 하니 절로 힘이 나는 것은 어찌 보면 당연지사이다.

한편, 멀찌감치 진급자들의 기록을 측정하고 있던 인사장교가 김대한을 지그시 바라보고 있다.

옆에서 대신 점수판을 들고 있던 유리아가 슬쩍 인사장교의 눈치를 보며 묻는다.

"말리시지 않는 겁니까?"

"자네야말로 왜 나에게 그런 걸 묻지?"

"그야… 어찌 보면 방해하는 거 아닙니까? 진급 시험을 치르는 자들만 뛰는 장소에 김대한이 있다는 건 다른 사람에게 방해가 될 수도 있다고 생각합니다."

"자네는 상당히 이성적이고 냉정하구만. 전포대장으로서의 마인드로는 괜찮은 편이야."

"가, 감사합니다."

예상치 못한 칭찬을 받게 된 유리아가 얼떨결에 감사의 말을 전한다.

"하지만 전우애로서는 빵점이야."

"……?"

"남자란 생물은 말이야, 가슴속에 뜨거운 무언가를 가지고 있어. 군대 용어로 치자면 전우애(戰友愛)라고 하지. 사회 용어를 빌려 표현하자면 우정(友情)이지."

전투모를 고쳐 쓰며 진급을 앞두고 있는 두 명의 이등병과 함께 옆에서 열심히 소리치며 격려하는 대한의 모습을 응시하는 인사장교의 말이 이어진다.

"전우애라는 건 반드시 동기들 사이에서만 생성되는 게 아니야. 계급이 다른 선임과 후임 사이에도 생겨나지. 2년간 군대 내 같은 천장 아래에서 생활하다 보면 자연스레 그 사람에 대해 알게 되고, 다른 부대 병사보다 더 많은 애정이 생기게 마련이지."

"그런 겁니까?"

"김대한 녀석도 마찬가지일 거야. 전역도 얼마 안 남은 녀석이 저렇게 자처해서 후임 녀석을 격려하는 것도 일종의 전우애라고 할 수 있으니까."

이해가 잘 안 된다는 얼굴을 하고 있는 유리아에게 인사장교가 호쾌한 웃음을 터뜨린다.

"남자의 우정이로구만! 하하하!"

남자의 우정이라는 아주 좋은 말로 포장한 것도 좋지만, 대한이 이렇게 열을 내고 있는 요소 중 '전역 파티가 걸려 있다'는 점도 결코 무시할 수는 없다.

물론 자신의 후임이 진급 시험에 떨어져 풀이 죽은 모습을 보기 싫다는 생각도 있다. 하지만 전역 파티의 중요도에 비하면 솔직히 대한으로서는 그다지 높지 않다.

"으윽! 다리에 쥐가?!"

"쥐는 개뿔! 자, 저기 짬타이거 왔다! 쥐 도망갔다 생각하고 뛰어!"

"억?! 김 병장님, 갑자기 지병인 천식이……."

"천식 같은 소리 하고 있네! 양식이나 한식 아니면 그냥 뛰어!"

"김 병장님! 비, 빈혈 증세가!"

"니 대가리를 삽으로 찍어버리기 전에 후딱 안 뛰냐!"

실로 가차 없는 응원(?)을 선보이며 철수의 등을 거의 떠밀다시피 몰아붙인다.

이제 남은 건 두 바퀴. 이미 병장 진급자들은 결승점 통과까지 앞으로 한 시간을 남겨두고 있는 상황이다.

열심히 뛰고 있지만 이제는 정말 뛸 힘도 없는지 거의 걷다시피 하는 철수. 이제 정말 여기까지인가 하고 생각한 도훈은 차라리 먼저 갈까 하는 생각까지 한다.

철수의 등을 열심히 떠밀었지만 안 되는 일은 어쩔 수 없다. 그렇다고 자신의 진급까지 포기하기에는 희생이 너무나도 크다.

'방법이 없을까, 방법이…….'

마지막까지 철수를 끌고 갈 방법을 생각하던 도훈의 귓가에 김대한의 목소리가 울려온다.

"김철수, 이걸 봐라!"

"그, 그것은?!"

걷다시피 하는 철수 앞에 등장한 것은 김대한의 손에 들린 일병모!

"그렇다. 니가 그토록 원하는 일병모다! 게다가 오버로크도 사재! 어떠냐? 엠보싱도 들어가 있어서 볼록하지?"

"비, 빌어먹을!! 미치도록 쓰고 싶습니다!"

"자, 따라와라, 김철수! 일병모가 너를 부르고 있다!"

"움직여라, 나의 다리여!"

설마 김철수의 사기를 살리기 위해 일병모를 구해올 줄이야. 이건 도훈조차 생각하지 못한 기발한 미끼 전법이다.

이등병의 입장에서는 일병이 그렇게 부러울 수가 없다. 작대기 하나와 두 개는 실로 어마어마한 차이를 자랑한다. 무엇보다도 이등병에서 벗어날 수 있다는 그 반가운 마음 하나로 일병모에 대한 열망이 매우 높게 표현되기도 한다.

김대한은 그런 이등병의 심리를 매우 잘 파악하고 있었다.

그렇기에 혹시나 몰라서 이등병인 김철수가 지치고 힘들 때 일부러 기운을 북돋워주기 위해 한수에게 직접 빌린 초 A급 일병모를 가져온 것이다.

'무서운 사람······!'

도훈도 진심으로 혀를 내두를 정도이다. 역시 괜히 말년병장이 아닌가 보다.

엄청난 속도를 내며 결국 남은 연병장 두 바퀴를 무사히 소화하는 순간,

"해, 해냈다! 내가 해냈다고!"

결승점을 통과하며 두 팔을 공중으로 치켜들며 소리치는

철수. 그 옆에 아주 여유롭게 들어온 도훈은 가볍게 호흡을 고르며 몸을 푼다.

길고 길었던 진급 시험의 끝을 알리는 호루라기 소리와 함께.

상병 안재수 외 세 명은 각각 한 계급씩 진급하는 데 성공한다.

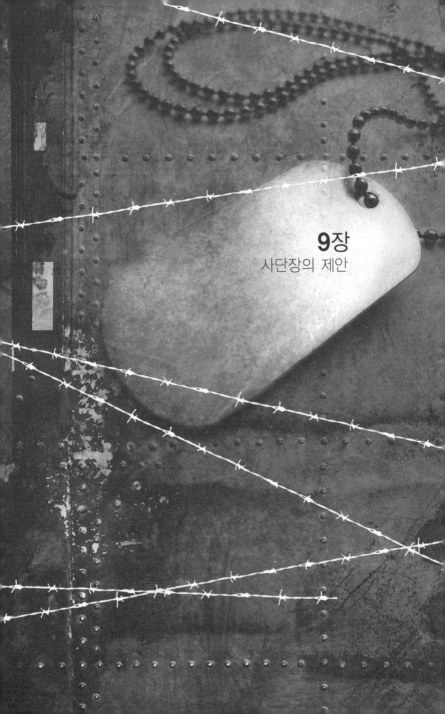

9장
사단장의 제안

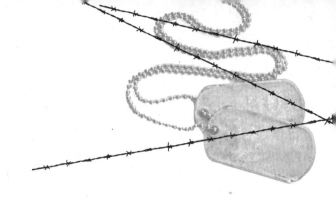

 진급 시험이 끝난 다음 날, 개인 정비 시간.

 토요일 아침을 먹고 막사로 올라온 뒤에 1생활관 화장실을
청소 중인 철수가 화장실 휴지를 비우고 있는 도훈을 툭툭 건
드린다.

 "왜?"

 "그거 해줘봐, 그거."

 "……."

 노골적으로 짜증난다는 표정을 짓고 도훈이 한숨을 쉬며
말한다.

 "김철수."

"일병 김철수!"

어제부터 자꾸 계속 자신의 관등성명을 이병이 아닌 일병으로 잘못 말하는 김철수 탓에 오히려 도훈이 많이 귀찮아졌다.

물론 이들이 정식으로 일병이 되기까지는 아직 이틀이 남았다. 이틀 뒤에는 새로운 달이 시작되며, 그때부터 정식으로 일병 계급장을 달 예정이기에 아직까지는 이등병이 맞다.

그럼에도 불구하고 일병의 기분을 느끼고 싶은지 아무도 없을 때 도훈에게 자신의 관등성명을 댈 수 있게끔 이름을 불러달라고 조르는 탓에 아침부터 도훈의 성격이 폭발한다.

"화장실 휴지 버리는 쓰레기장에 너도 같이 버려줄까?"

"에이, 농담도 심하구만. 같은 일병끼리 너무하네. 하하!"

"이 새끼를 그냥 확 진급 누락시켰어야 하는데."

관자놀이를 누르며 절로 나오는 한숨을 막을 길이 없는 도훈의 앞에 1사로 화장실 칸에서 볼일을 보고 있던 대한이 목소리를 살짝 높인다.

"그래 봤자 일병 찌끄레기들 주제에! 어허! 물러가라! 짬내 난다!"

"김 병장님, 언제부터 거기에 있었던 겁니까?"

"아까부터. 이놈의 군대리아는 먹기만 하면 아침부터 설사를 유도한다니까."

"외박 나갈 준비 안 하십니까?"

"이제 곧 나갈 거야."

오늘이 바로 대한의 전역을 앞둔 최후의 외박. 이미 휴가는 전부 다 써버렸기에 외박밖에 남지 않았다.

"김 병장님, 나가는 김에 저희 일병모 잊지 마시길 바랍니다!"

"알고 있어, 짜샤."

화장지로 뒤처리를 하고 바지를 올려 입은 대한이 화장실 바깥으로 나오며 최후의 외박 나갈 준비를 하기 시작한다.

화장실 청소를 하고 있던 도훈과 철수에게 대한이 뭔가 생각났다는 듯이 말한다.

"야, 신병 둘."

"이병 이도훈."

"일병 김철수!"

"일병 같은 소리 하네, 이 짬밥 찌끄레기 새끼가."

대한이 자신의 병장모로 철수의 뒤통수를 때린다.

"아, 김 병장님! 장난도 못 치게 하시는 겁니까?"

"어쭈, 이게 감히 하늘같이 높은 병장님한테 대들어?"

"빨리 전역이나 하십쇼."

범진의 영향을 크게 받은지라 철수가 장난식으로 대답한다. 어차피 부대 내에서는 이제 '대한이 형'이라든지, 같은 후임인데 병장을 달고 있는 병사들은 '김 병장'이라고 말을 놓는 경우도 있었다.

대한의 입장에서는 그게 나쁘지 않았다. 그런 반응 하나하나가 자신이 이제 진짜로 전역을 앞두고 있다는 증거이기도 하니까 말이다.

"그래, 그래. 야, 그건 그렇고, 니들 오늘 나랑 외박 안 나갈래?"

빗자루로 화장실 바닥에 있는 물기를 쓸던 도훈이 기뻐하는 철수를 대신해 대답한다.

"저흰 외박 신청도 안 했습니다. 그러다가 다른 선임 분들에게 혼이라도 나면……."

"행보관님한테 한번 우겨볼까? 안 그래도 오늘 당직이 행보관님이시잖아."

"그래도 그건 좀 힘들 듯싶습니다."

"흐음."

홀로 외박을 나가려니 뭔가 재미가 없을 것 같은 대한이었으나 별다른 방도가 없다.

얌전히 포기할 수밖에 없나 싶었지만, 기회는 예상외의 순간에 성큼 다가오는 법이다.

"이이이이이도훈!!"

"이병 이도훈."

난데없이 생활관 내로 뛰어들어온 포대장이 말을 더듬거리며 이도훈을 급하게 찾는다.

주말 개인 정비 시간을 가지고 있던 병사들이 어벙한 표정으로 포대장을 보고 있는 와중에 관사에서 사복만 대충 챙겨 입고 올라온 포대장이 부들부들 떨리는 손으로 도훈을 가리 키며 외친다.

"지, 지금 당장 외, 외출 준비하도록! 지금 당장!!"

"잘 못 들었습니다?"

"후딱 전투복 입고 나갈 준비하라고! A급으로 입어야 한 다! 알겠나?!"

"예!"

무슨 일인지는 모르지만, 일단 전투복으로 황급히 환복한다.

그러면서 생각을 정리하기 시작하는 이도훈이 남들에게 들리지 않을 만큼 작은 목소리로 앨리스를 호출한다.

"앨리스, 잠깐 나와 봐."

그와 동시에 생활관 내에 따스한 바람이 살짝 일렁인다. 생 활관 내부에 있는 이들은 앨리스의 존재를 모르지만, 도훈에 게는 확실히 앨리스의 인기척이 느껴진다.

—하암! 또 무슨 일이야?

막 자다 일어났는지 늘어지게 하품을 하는 앨리스의 모습 에 도훈이 작게 읊조린다.

"천리안이다."

—또 뭘 시키려고?

"지금 당장 위병소로 이동해서 번호판이 다른 개인 소유 차량이 주차되어 있는지 확인해 봐."

─…귀찮은데.

"빨리 해."

─알았어. 알았다고.

앨리스가 사라지자 헐떡이는 포대장 뒤로 유리아가 모습을 드러낸다.

그것도 매우 짜증난다는 표정이 아주 노골적으로 드러나 있다.

"이도훈."

"이병 이도훈."

"포대장님한테 외출 준비하라는 말 들었지?"

"네. 그런데 어느 분이 절 보러 오신 겁니까?"

"그건……."

유리아의 말이 끝나기도 전에 앨리스가 다시 모습을 드러내며 도훈에게 속삭인다.

─있어.

그 말이 끝나자마자 생활관 내부에 모습을 드러낸 또 다른 인물.

낯선 이도 아니고 최근 들어 도훈이 너무나도 잘 알게 된, 절대로 잊을 수 없는 사람이 너털웃음을 터뜨리며 도훈에게 인사한다.

"그동안 잘 지냈나, 이도훈?"

사단장의 등장이었다.

"자자, 긴장 풀고. 오늘만큼은 사단장이 아니라 이웃집 아저씨랑 같이 외출 나가는 기분으로 있게나. 하하하!"

"아빠, 좀 조용히 하세요!"

유리아가 운전하고 있는 사단장의 팔을 꼬집으며 투정을 부린다.

반면, 뒷좌석에 서로 어깨를 딱 붙이고 앉아 있는 세 남자는 굳은 얼굴과 굳은 표정, 그리고 굳은 자세를 유지하며 이 난관을 어떻게 헤쳐 나가야 좋을지 고민하기 시작한다.

그중 한가운데에 앉아 있는 인물은 사단장의 지목을 받은 이도훈,

왼쪽에 자리를 차지하고 있는 인물은 오늘 외박을 나갈 예정에 있던 김대한, 마지막으로 오른쪽에서 바들바들 떨고 있는 덩치 큰 인물은 다름 아닌 김철수였다.

상황은 대략 이렇다. 사단장이 아침에 일어나자마자 이들 부대를 갑자기 방문. 있던 대대장, 없던 포대장들까지 부리나케 뛰어와 사단장을 영접했는데 사단장은 오늘 자신의 딸과 함께 외출을 나가고 싶은데 난데없이 도훈도 같이 데리고 나가고 싶다고 한 것이다.

그 와중에 도훈과 같은 분과에 있는 최고 선임이자 곧 전역을 앞두고 있는 김대한이라는 존재를 사단장이 알게 되었고, 같이 나가는 김에 자신들하고 동참하자고 해 설득당해 버렸다.

김철수는 어쩌다 보니 함께하게 되었다. 가장 큰 요인은 바로 김대한에게 있었다.

"저 녀석이 가겠다면 저도 같이 가겠습니다!"

하는 김대한의 물귀신 작전에 꼼짝없이 희생당해 끌려오게 되었다.

공짜 외출은 물론 좋다. 하지만 이게 사단장과 함께하는 외출이라면 심각한 문제가 있다는 사실은 굳이 다른 병사들이 말하지 않아도 충분할 알 수 있을 것이다.

"이게 다 김 병장님 때문이지 않습니까!"

"시끄러워! 죽을 때도 같이 죽고, 살 때도 같이 사는 게 전우애 아니겠냐!"

"그렇다면 저 전역할 때 같이 전역하십쇼!"

"이 새끼를 그냥! 나보고 지금 이등병 생활부터 다시 하라는 거냐? 차라리 그럴 바에는 자살하고 만다!"

이도훈이 용케 자살을 안 한 게 신기할 정도다. 도훈은 정확히 이등병 때도 아니고 입대한 순간부터 다시 군 생활을 하고 있는 중이다.

물론 대한과 철수는 이를 알 리가 없다. 아는 게 이상한 일이니까.

한편, 시내 쪽에 도착하자 사단장이 차를 어느 복어탕 집에 주차한다.

"자, 점심이나 같이 먹음세."

"…복어탕이라…….."

사단장이 데려와서 먹긴 해야겠지만 솔직히 대한과 도훈, 철수 세 사람 중 복어탕을 좋아하는 사람은 아무도 없다.

입맛이 까다롭기로 소문난 철수는 특히나 복어탕을 매우 싫어한다. 이걸 솔직하게 말해야 하나 말아야 하나 고민하던 찰나에, 구원의 손길이 등장한다.

"아빠 멋대로 말도 안 하고 정하는 게 어디 있어요? 민폐라구요."

유리아가 이들 3인방을 대신해 볼멘소리를 한다. 그러자 사단장의 표정이 살짝 굳어가며 이들에게 묻는다.

"자네들 혹시 복어탕 싫어하는가?"

"아닙니다!! 복어탕, 최고입니다!!"

"세상에서 제가 제일 사랑하는 게 복어탕입니다!"

"우리 어머니가 해주신 밥보다도 맛있는 게 복어탕 아니겠습니까! 하하하!"

대한과 도훈, 그리고 철수가 진심으로 우러나오는 거짓말을 선보이며 사단장의 기분을 맞춰주느라 식은땀을 흘린다.

3인방의 대답을 듣고 다시 흡족한 미소를 지어 보이는 사단장이 유리아에게 말한다.

"거 봐라. 이 녀석들도 좋다고 하지 않느냐."

"어휴, 나도 몰라요."

한눈에 봐도 이들이 과장된 대답을 하고 있다는 사실이 노골적으로 보이는데, 사단장은 그게 안 보이나 보다. 가게로 먼저 들어간 사단장의 뒤로 유리아가 나지막이 한숨을 쉬며 이들에게 말한다.

"미안해. 괜히 주말에 우리 아빠 때문에 이런 고생을 하고……."

"아, 아닙니다, 전포대장님! 저, 저는 정말로 복어탕이 좋습니다!"

철수가 부들부들 떨리는 손으로 거수경례를 하며 또다시 거짓말을 한다. 뒤에서 철수의 떨리는 등을 바라보던 대한과 도훈은 눈물이 왈칵 쏟아질 뻔했다.

참된 군인정신, 그게 바로 상관에게 절대 아부하는 모습 아니겠는가!

특히나 사병과 간부 사이라면 그게 더 심하다. 더욱이 그 간부가 대대장도 아니고 연대장도 아니고 사단장이라면 기절초풍할 노릇.

철수가 여태까지 기절하지 않고 여기까지 버텨온 것이 장할 정도이다.

한편, 직원의 안내에 따라 2층으로 올라가 구석자리에 앉은 사단장이 이들의 자리 배치를 하기 시작한다.

"아, 병장 자네하고 덩치 좋은 너는 거기 옆에 앉고, 너희 둘은 오른쪽에 앉거라.

사단장이 가운데에 앉고 철수와 대한이 옆자리에 앉는다.

그렇다면 나머지 유리아와 도훈은 두말할 필요도 없이 서로 옆에 앉는 배치가 완성된다.

살짝 얼굴이 빨갛게 달아오른 유리아가 대뜸 사단장에게 소리친다.

"잠깐만요! 이거 무슨 의도예요?"

"무슨 의도라니? 난 그냥 아무런 생각 없이 앉으라고 권유한 것뿐인데."

"직접 자리를 배치해 주셨잖아요! 아무 생각이 없긴 뭐가 없어요?"

"자자, 그러지 말고 앉거라. 다른 손님들이 다 쳐다보잖냐."

"……"

유리아가 아무리 제1포대 전포대장이라 해도 아버지인 사단장보다 계급이 높을 수는 없다. 투 스타와 원 다이아몬드가 얼마나 많은 차이가 나는지 굳이 말하지 않아도 알 것이다.

그렇게 어색한 배치가 끝나고, 한동안 말을 이어가지 못하던 테이블 위로 드디어 복어탕이 등장했다.

"자, 많이들 잡수세요."

"하하하! 감사합니다, 아주머니."

사단장이 주인아주머니에게 감사의 표시를 하며 젓가락을 든다.

"다들 먹게."

"가, 감사히 먹겠습니다!"

어색한 웃음과 함께 각자 앞접시에 복어를 덜어놓기 시작한다.

순간 욱 하는 표정의 김철수. 그러자 대한이 반사적으로 철수의 옆구리를 쿡쿡 찌르며 작게 말한다.

"설마 너 복어탕 못 먹는 거냐?"

"사실 생선은 별로⋯⋯."

"이 멍청한 놈아, 사단장님 앞이라고. 여기서 못 먹는 모습을 보였다간 니는 군 생활은 끝이다. 알겠냐?"

"아, 알겠습니다."

눈물을 머금고 복어탕을 겨우 입안으로 밀어 넣는 철수의 모습을 지켜보던 도훈이 속으로 감탄을 자아낸다.

동기라서 잘 알지만, 철수는 생선을 정말로 싫어한다. 오죽하면 매번 급식 때 생선이 나오면 한숨과 함께 식사를 하겠는가.

'우욱!'

생선의 비린 감촉이 입안에 퍼지기 시작하자, 순간 이걸 뱉을까 말까 진심으로 고민하기 시작하는 김철수였으나,

"허허, 고 녀석 참 복스럽게도 먹는구만."

사단장의 말 한마디가 철수의 등을 거의 강제로 떠밀었다.

그대로 꿀꺽 소리를 내며 목 안으로 복어를 삼킨 철수가 이미 반쯤 제정신이 아닌 상태로 목청을 높여 말한다.

"가, 감사합니다, 사단장님!"

"그래, 그래. 군 생활도 많이 힘들었을 텐데 많이 먹어둬.

자, 요것도."

라고 말하며 직접 친절히 복어탕에 있는 복어 머리를 철수의 앞접시에 덜어주시는 사단장님이다.

순간 생과 사의 갈림길에 선 철수를 향해 대한과 도훈은 그저 철수의 무운을 빌어줄 뿐이다.

철수가 복어탕과 장렬한 싸움을 마치고 있는 와중에, 사단장이 도훈에게 예상치 못한 말을 꺼낸다.

"우리 딸이 안 그래도 매번 집에 오면 자네 이야기밖에 안 하던데, 알고 있나?"

"아빠!!"

두 손으로 테이블을 탁 내려치며 말을 끊으려 하지만 이미 늦은 상황이다. 옆자리에 있던 도훈도, 맞은편에 있던 대한도, 그리고 복어탕과 치열한 전투를 벌이고 있던 철수도 이미 사단장의 말을 들었으니까 말이다.

한편, 그 대상이 된 도훈은 순간 무슨 말을 해야 좋을지 판단이 서지 않았다.

두뇌 회전은 도훈의 장기다. 하지만 이런 식으로 사단장과의 예상치 못한 만남에서, 그것도 예상치 못한 질문을 듣게 된다면 인간이란 존재는 당황하게 마련이다.

물론 굳이 말하지 않아도 제일 많이 당황한 인물은 다름 아닌 유리아이다.

"이상한 말 하지 말라고 몇 번이나 이야기했어요?!"

"허허, 난 사실만을 이야기했을 뿐인데?"

"정말······!"

얼굴이 빨갛다 못해 거의 터지기 직전까지 달아오른 유리아가 황급히 화장실을 가려는 듯이 자리에서 일어선다.

사단장과의 만찬은 생각보다 높은 난이도를 자랑하기에 도훈은 이 위기를 어떻게 넘겨야 할지 자신의 뇌세포들을 닦달할 수밖에 없었다.

유리아에 관련된 질문은 그렇다 치더라도, 집에서 도훈의 이야기를 그렇게 많이 꺼낼 줄은 도훈도 몰랐다.

피드백의 위력이 실로 굉장하다는 사실을 다시 한 번 깨달았을 즈음, 화장실을 다녀온 유리아가 살짝 짜증을 내며 말한다.

"식사도 다 했으니까 이제 집에 가요."

"흐음. 그렇군."

고풍스러워 보이는 메탈 디자인의 손목시계를 바라보던 사단장이 이후에 약속이 있는지 순순히 유리아의 말에 따른다.

본래 사단장의 성격이라면 한번 관심을 보인 것은 끝까지 물고 늘어지는 성격인데 그나마 다행이라고 생각해야 좋을지 모르겠다.

식사를 하고 나오는 와중에 계산을 마친 사단장이 도훈을 살짝 불러낸다.

"그러고 보니 자네 말이야."

잠시 말을 끊은 사단장이 남들에게 들리지 않게, 특히나 유리아에게는 들리지 않게끔 신경을 많이 쓴다. 아마도 도훈에게만 할 기밀 사항이라도 있는 것일까.

뒤이어 유리아가 다른 곳에 정신이 팔려 있음을 눈치챈 사단장이 말을 이어간다.

"전역이 언제쯤이지?"

"내후년… 1월 정도 됩니다."

"흐음. 적당하군."

고개를 끄덕인 사단장의 반응에 무언가를 어렴풋이 느낀 이도훈.

그의 예상대로 사단장에게서 도훈의 입장에서는 폭탄급 발언이 튀어나온다.

"혹시 간부 지원해 볼 생각 없나?"

유리아를 데리고 차를 운전하며 사라지는 사단장을 향해 대한이 도훈과 철수를 대표로 거수경례를 한다.

"조심해서 들어가시기 바랍니다! 태풍!"

이제 겨우 자유 시간을 가지게 되었다. 원래 도훈과 철수는 잠시 외출이었지만, 사단장이 특별히 힘을 써준 덕분에 외출에서 외박으로 변경되었다.

과정은 좀 고달팠지만, 결과적으로는 대한이 원하는 대로 완성되었다. 의도한 건 아니나 결과만 좋으면 만사 오케이 아니겠는가.

"자~ 그럼 니들이 그토록 원하던 일병모나 사러 가자!"

"오옷! 드디어 일병모!"

대한의 뒤를 따르는 철수가 생각에 잠겨 있는 도훈의 어깨를 툭 친다.

"후딱 가자."

"어, 알았어."

"너답지 않게 멍을 그렇게 때리고 있냐?"

"잠시 생각해 볼 게 있어서."

아직 철수나 다른 사람들에게는 말하지 않은 사실.

사단장에게 간부 지원을 제안 받은 건 도훈의 입장에서 솔직히 말하자면 충격 그 자체였다.

도훈의 인생에 군 생활을 직업으로 삼는다는 계획은 애초에 없었다. 물론 제안을 받았을 뿐이지 이걸 계기로 진짜 군인으로 거듭난다는 의미는 아니다. 어디까지나 '지원해 볼 텐가?' 했으니까. 결과적으로 말하자면 강제성은 없다.

하지만 도훈이 신경 쓰는 것은 다름 아닌 가능성의 여부다.

여기서 도훈이 진짜로 군 생활에 인생을 바치겠다는 결정을 하게 되면 자신은 어떻게 되는 것일까?

우선 저쪽 세계로 날아간 초짜 신병 도훈과 이쪽 세계에 있는 말년병장 이도훈이 서로의 세계로 다시 돌아갈 일은 없을 것이다. 만약 그게 가능했다면 진작 앨리스의 실수가 밝혀진 이후로 차원관리국에서 대처를 해줬을 것이다.

그런데 지금까지 그렇게 하지 않고 군 생활 2년을 고스란히 버티는 쪽으로 일정이 잡혀 있다. 그 증거로 이도훈 서포터즈라는 괴상망측한 분과도 생겼으니까 말이다.

'어렵구만.'

이 선택 하나로 이도훈에게 얼마나 많은 피드백 작용이 되돌아올지 모른다. 절대로 알 수 없는 미래 덩어리가 한꺼번에 이도훈을 향해 다가올 수도 있다는 소리다.

기껏 체셔를 통해서 확실한 미래 일정표를 알게 된 도훈인데, 여기서 다수의 피드백 공격을 받아버리면 자신이 차원관리자를 통해 쓸 수 있는 기술 중 하나인 '미래 예측'을 쓸 수가 없어진다.

천리안과는 다르게 미래 예측은 순간순간 발동시킬 수 있는 유동적인 기술이 아니다. 미래를 알고 있는 체셔라는 존재가 있기에 성립될 수 있는 기술이다.

그런 체셔조차 미래를 알 수 없게 된다면 미래 예측은 쓸수 없다.

'미치겠네.'

사단장이 제안할 정도면 적어도 이삼 년 깔짝거리다 중위나 중사 계급장을 단 채 도중에 전역하는 일은 없을지도 모른다. 어중간하게 전역하게 되면 나이는 나이대로 먹고, 그러면취업 시기도 놓치게 된다.

가장 애매한 군 생활 간부 인생에서 어려운 난관을 사단장의 힘을 빌리면 아주 가볍게 극복할 수 있다.

평생직장을 보장 받을 수 있는 절호의 찬스!

"하지만… 군 생활은 토 나오지."

군 생활 마스터라 불리는 이도훈이기에 군 생활이 얼마나 힘들고 괴로운지 잘 알고 있다. 그렇기에 쉽사리 결정을 내리지 못하는 것이다.

"모르겠다. 일단 일병모부터 사고 보자!"

지금 당장 중요한 것은 '용사의 집'에 가서 자신에게 어울릴 만한 초 A급 일병모를 고르는 일이다. 오늘 일을 내일로 미루지 말자는 명언도 있지만, 가끔은 미뤄도 된다. 그렇게 생각한 도훈은 철수와 함께 대한의 뒤를 따른다.

근처에 있는 작은 군용물품점, 흔히 말하는 '용사의 집'에 도착한 이들 중 용사의 집을 처음 보는 철수가 작은 탄성을 자아낸다.

"세상에, 이런 가게가 있을 줄이야!"

철수 입장에서는 아마 처음 볼 것이다. 저번에 도훈과 같이 나온 첫 번째 외박에서도, 그리고 신병 위로휴가에서도 용사의 집을 가본 적이 없다.

이번이 아마 첫 경험이 아닐까 싶다.

"내가 이등병 시절부터 자주 애용하던 가게다. 자, 들어가자."

용사의 집 안으로 들어가자 수많은 군용물품이 자리하고 있다. 각종 사단 마크에 전투모, 고무링, 군번줄 등등.

특히나 철수의 시선을 사로잡은 건 일병모도 있지만 고무링 또한 철수를 유혹한다.

"이, 이렇게 두꺼운 고무링이 있을 줄이야!"

훈련소에서 보급 받은 고무링은 아주 얇은 두께를 자랑한다. 덕분에 제대로 전투복 하의 끄트머리가 고정도 안 되고, 심하게 움직이면 간혹 고무링의 조임이 약해져 바지 끝자락이 전투화로 내려오는 경우가 있다.

하지만 이처럼 두꺼운 고무링을 착용하게 된다면 착용감도 좋고 안전하게 끝자락이 고정된다.

"이, 이거 하나 사도 됩니까?"

철수가 두꺼운 고무링을 들어 보이며 말하자, 대한이 씨익 웃으며 대답한다.

"본래는 짬 안 되는 새끼들은 가느다란 고무링밖에 못 썼는데 요즘은 그런 거 없더라. 그러니까 신경 쓰지 말고 사."

"알겠습니다!"

재빨리 고무링을 구입하는 철수. 도훈은 다른 물품 구입하기에 바쁘다.

바로 전투화 끈을 당기기만 하면 알아서 끈을 조여 주는 조임쇠.

"그게 뭐야?"

고무링을 구입한 철수가 조임쇠를 보고 묻자, 도훈이 별거 아니라는 듯이 대답한다.

"전투화 조임쇠."

"오, 좋아 보인다. 이것도 사야지."

또다시 충동구매 시작. 전투화 끈을 일일이 묶는 것보다 조임쇠를 통해서 한꺼번에 끈을 쭉 당기기만 하면 알아서 전투화 끈이 묶이는 조임쇠가 훨씬 더 효율적이다. 특히나 조임쇠가 빛을 발하는 시간은 다름 아닌 오대기 훈련 때.

안 그래도 다음 오대기 멤버가 이도훈이기 때문에 혹시나 있을지 모르는 사태를 대비해서 미리 조임쇠를 사둔다.

'이제 지긋지긋한 전투화 끈 묶기와도 안녕이구만.'

그 밖에 녹이 슬어 더 이상 착용하기 불편한 군번줄, 도색이 다 벗겨진 버클 등을 산 이들은 드디어 고대하던 일병모 앞에 섰다.

"어디 보자."

짬이 부족한 이들을 대신해(물론 도훈은 예외다) 자신이 직접 전투모를 골라주겠다고 말한 대한이 먼저 오버로크를 칠 전투모를 고른다.

각이 제대로 잡혀 있는 전투모를 각각 57호, 58호 하나씩 고른 대한이 용사의 집 사장님에게 전투모를 맡기며 말한다.

"볼록이로 일병 마크 오버르크 부탁합니다. 아, 그리고 이건 개구리 마크로 해주세요."

전투모를 하나 더 올려놓은 대한을 유심히 바라보던 주인이 반가운 표정을 지어 보인다.

"오, 김대한 아니냐. 드디어 전역하는 거냐?"

"예, 이제 다음 주입니다."

"이야, 이등병 때 우리 가게에 온 게 엊그제 같은데 벌써 전역이라니 신기하구만."

"시간 참 빨리 가죠? 하하!"

국방부 시계는 거꾸로 달아놔도 작동하게 마련이다. 그 시간 속에 대한의 계급도 점점 흘러간 끝에 드디어 작대기 마크에서 벗어나 개구리 마크로 진화하게 된 것이다.

군용물품을 두 손 가득히 가지고 나온 이들이 저녁을 먹기 위해 고깃집에 자리를 잡는다.

"그나저나 김 병장님, 그 가게 단골이십니까?"

삼겹살을 굽고 있는 도훈의 말에 대한이 너털웃음을 지어 보인다.

그러고서 말하길,

"야, 인마. 이제 그냥 형이라 불러라. 어차피 3일 뒤면 전역하는데 뭔 존댓말이야."

"…그래도……."

"괜찮다니까. 자, 불러봐라. 대한이 형이라고."

"대한이 형!"

"그래그래, 잘한다."

도훈의 형이란 칭호에 철수가 기다렸다는 듯이 말한다.

"그럼 난 김뱀이라고 부를게. 어때?"

"암마, 어느 순간 자연스럽게 말까지 놓냐."

"헤헤, 어때? 괜찮지?"

"하여튼 이 녀석은 눈치가 없어서 탈이라니까."

그래도 그다지 기분이 나쁘진 않은지 오히려 킥킥거리며 대답한다.

김뱀, 혹은 대한이 형.

김대한 병장님이라는 칭호 대신 이런 친근한 말이 오히려 대한의 전역 사실 여부를 점점 앞당겨 준다. 특히나 종이 가방 안에 고이 모셔져 있는 전역모는 더더욱 전역의 기분을 느끼게 해준다.

"근데 이도훈."

"예, 형."

도훈은 말까지 놓지는 않는다. 철수는 워낙 얼굴에 철판 깔기의 달인이라 자연스럽게 반말까지 통용되지만, 도훈은 사실 그렇게까지 오지랖이 넓은 인물은 아니다.

이럴 때는 오히려 철수같이 저렇게 속 시원히 사람을 대할 수 있는 능력이 부럽게 느껴지기도 한다.

"아까부터 무슨 고민 있냐?"

"…그렇게 보입니까?"

"어. 그렇게 보인다. 아까 사단장님이랑 헤어지고 나서부터."

"......"

대한이 괜히 말년병장이라는 타이틀을 달고 있는 게 아니다. 그만한 눈치와 그만한 경험이 있기에 말년병장으로 불리고 있다.

특히나 군인의 고민 상태라면 대한도 이미 충분히 다 겪었기에 잘 알고 있다.

"혹시 너 사단장님한테 간부 지원하라는 말 들은 거냐?"

"......!"

순간 도훈이 어깨를 흠칫한다.

솔직히 도훈은 대한이 자신의 고민거리를 예상할 수 있을 거라 생각하지 않았다. 왜냐하면 간부 지원 자체가 흔히 벌어지는 일도 아니고 고작해야 포대에 한두 명밖에 없으니까 말이다.

훈련소 내에 있을 때에도 우매한이라는 조교가 간부 지원을 꿈꾸고 있긴 했지만, 모든 병사가 간부를 목표로 하는 것은 아니다.

그보다도 대한은 어떻게 도훈의 고민을 알아차린 것일까.

"인마, 넌 모든 간부가 탐내고 있는 인재이니 당연한 제안 아니겠냐. 아니, 오히려 이제야 간부 지원 제안을 받은 게 시기가 늦었다는 생각이 들 정도니까."

"그렇습니까?"

도훈의 인지도는 사병들 사이에서도, 그리고 간부들 사이에서도 굉장히 높은 편이다.

훈련소에서 보여준 활약으로 사단장 표창장까지 받았을 뿐만 아니라 자대에 오고 나서도 여럿 놀라게 만들었다.

게다가 사단장의 총애를 받고 있기까지 하다.

아무리 육사 출신이 ROTC나 기타 육사 출신 외의 간부보다 진급 시험에 강세를 보인다 하더라도 이도훈 정도의 인물이라면 그런 불리함도 충분히 극복할 수 있을 것이다. 더욱이 사단장의 백업까지 받게 된다면 그런 일도 불가능하진 않을 것이라고 생각한 대한이기에 쉽사리 이도훈 고민을 알아맞힌 것이다.

"뭐, 천천히 고민해 보는 것도 나쁘지 않지. 그것도 인생의 일부니까."

"예, 한번 고민해 보겠습니다."

이건 어쩌면 두 번 다시 오지 않을 찬스일지도 모른다. 군 생활이 각박하다느니 어쩌느니 말이 많지만, 차원 이동 덕분에 고작 이등병에 불과한 자신이 여기까지 올 수 있었던 것이 아닌가.

저녁 식사를 하고 나서 호텔로 돌아가 대표로 전화를 하기 위해 잠시 공중전화로 돌아온 이도훈.

부대 전화번호를 누르면서 대한에게 들은 조언을 곱씹어 본다.

병장과 이등병의 관계를 떠나서 대한은 자신보다 사회 경

험을 많이 한 형이기도 하다. 그의 충고는 새겨들을 가치가 있다고 생각하며 부대 전화번호를 누르는 순간,

"태풍! 이병 이도……."

―야, 이도훈! 지금 당장 부대로 들어와라!

"자, 잘 못 들었습니다."

당직사병 전문이라 불리는 최수민이 목소리를 높이며 난 데없이 복귀하라고 하지 않는가.

순간 당황한 도훈이 다시 되묻지만, 최수민의 뒤를 이어 이 번에는 행보관이 수화기를 낚아챈다.

―아, 나 행보관이다.

"태, 태풍! 그런데 행보관님, 부대에 무슨 일이라도 벌어 진 겁니까? 최수민 상병이 난데없이 복귀하라고 하는 데……."

―다름이 아니고, 지금 부대에 비상사태가 걸렸다. GP 쪽 에서 총소리가 들렸다는 보고가 들어왔지 뭐냐. 게다가 하필 이면 우리 지역 근처다. 하나포는 가뜩이나 인원도 없는데, 너하고 철수에다 대한까지 나가서 지금 난리도 아니다.

"그, 그런 일이……!"

도훈이 기억을 곱씹어본다.

행보관이 직접 외박 나간 병사를 복귀하라 말할 정도면 보 통 일이 아니다. 실제 상황이 발생했다는 의미일 터인데, 만 약 정말로 실제 상황이 발생했다면 도훈이 기억하지 못할 리

가 없다.

자신이 이등병 때 실제 상황이 걸린 적은 단 한 번도 없었다.
그런데 왜 이제 와서 실제 상황에 대한 이야기가 나오는가.

─그리고 미안하지만 대한이 녀석도 데려와라. 전역도 얼
마 안 남아서 좀 그렇긴 한데, 아무래도 막 분대장을 단 재수
보다는 대한에게 의지해야겠다.

"예, 알겠습니다."

곧장 전화를 끊고 빠르게 호텔 밖에 있는 대한과 철수에게
달려간다.

그러면서 도중에 도훈이 빠르게 다이나를 호출한다.

"다이나! 지금 당장 나와 봐!"

뛰어가는 이도훈과 달리 공중에 뜬 채 도훈과 같은 속도로
이동하는 다이나가 모습을 드러낸다.

다른 사람한테는 보이지 않는 투명화 술법이 걸려 있기에 이
렇게 공중 부양이라는 아주 편리한 모습으로 등장한 것이다.

다급히 계단을 내려가는 도훈이 다이나의 모습을 확인하
고는 재차 말한다.

"내가 묻고자 하는 말, 무엇인지 알고 있지?"

"대충은."

앨리스나 트위들디와는 다르게 다이나는 이런 긴급한 상
황에 대한 대처 능력은 매우 뛰어나다. 일반 사원이 아닌 팀
장이 아닌가.

2층 구간을 내려가는 도훈에게 다이나가 보고 형식으로 대답하기 시작한다.

"너도 잘 알고 있겠지만 이 차원은 네가 있던 본래 차원과는 다른 형태로 미래가 흘러가고 있어. 북한이라는 나라의 도발 역시도 그 예외 사항 중 하나야."

"젠장! 하필이면 이런 상황에 도발이라니!"

북한이 남한을 향해 도발을 걸어오는 건 어제오늘 일이 아니다. 이 사실은 굳이 군인이 아니더라도 충분히 잘 알고 있는 사실이다.

대외적으로 잘 알려지지 않은 도발까지 포함하면 수십 건에 이른다. 하지만 이렇게 실제 상황이 걸리면 군인들은 막상 겁을 먹게 마련이다.

1층 복도를 지나 입구로 뛰쳐나온 도훈의 표정이 예사롭지 않음을 눈치챈 대한이 도훈에게 재촉한다.

"무슨 일이냐? 왜 그리 호들갑이야?"

"그게……."

잠시 숨을 고른 도훈이 아까 행보관이 자신에게 전해준 말을 그대로 알려준다.

"GP 지역에서 총소리가 들려서… 지금 비상사태랍니다! 당장 부대로 복귀하랍니다!"

"……!"

대한의 머리가 빠르게 회전하기 시작한다. 비록 전역이 얼마 안 남은 말년병장이지만 전역 전까지는 명실공히 군인이다.

게다가 제1포대 내에서는 최고참.

"저번에도 이런 상황이 한 번 있었건만… 빌어먹을! 내 군 생활 참 스펙터클하구만!"

대한이 빠르게 행동으로 옮기기 시작한다.

"김철수 넌 짐 가지고 나 따라오고, 도훈이 너는 호텔 예약한 거 취소해라! 난 택시 잡을 테니까 곧장 사거리로 뛰어오면 된다!"

"아, 알겠습니다!"

"예!"

철수와 도훈이 제각각 대답하며 대한의 지시대로 실천한다.

역시 말년병장이라고 할까. 위기 상황이 와도 당황하지 않고 재빨리 자신의 역할을 수행한다.

『말년병장, 이등병 되다!』 5권에 계속…

Sanctum
생텀

이영균 판타지 장편 소설

FUSION FANTASTIC STORY

취재 현장에서 맞닥뜨린 녹색 괴물.
그리고 무혁은 한 번 죽었다.

**죽음에서 깨어난 무혁에게 다가온 것은
숨겨졌던 이세계, 생텀의 존재였다!**

현대에 스며든 악신 투르칸의 잔인한 손길.
생텀에서 온 성녀 후보 로미와 도멜 남작을 도우며
무혁의 삶은 점차 비일상에 접어드는데……

**이계와의 통로는 과연 우연인 것인가?
생텀(Sanctum)의
진정한 의미를 찾아라!**

Book Publishing CHUNGEORAM

유행이님 자유추구
WWW.chungeoram.com

FANATICISM HUNTER

광신사냥꾼

류승현 판타지 장편 소설

FANTASY FRONTIER SPIRIT

「블레이드 마스터」의 류승현 작가가 펼쳐내는
판타지의 새로운 신화!

마도대전을 승리로 이끈 유리언 대륙의 영웅,
최강의 아크 메이지 제온!

그러나 '세상의 섭리'에 아내와 아이를 빼앗기는데……

『광신사냥꾼』

만약 그것이 정말로 세상의 섭리라면,
그마저도 무너뜨리고 말리라!

복수를 위한 제온의 위대한 여정이 시작된다!

Book Publishing CHUNGEORAM

유행이 아닌 자유추구 -
WWW.chungeoram.com

말년병장 이등병되다!

에바트리체 장편 소설

FUSION FANTASTIC STORY

대한민국 남자라면 알고 있을 바로 그 이야기!

『말년병장, 이등병 되다!』

전역을 코앞에 둔 말년병장, 이도훈.
꼬장의 신이라 불리던 그가 갑자기 훈련병이 되었다?!

"…이런 X같은 곳이 다 있나!"

**전우애 넘치는 군인들의
좌충우돌 리얼 군대 이야기!**

Book Publishing CHUNGEORAM

유행이 아닌 자유추구 -
WWW.chungeoram.com